구덩이

Котлован

세계문학전집 153

구덩이

Котлован

안드레이 플라토노프

정보라 옮김

민음사

차례

구덩이 7

작품 해설 219
작가 연보 243

사적인 인생의 30주년 기념일에 보셰프는 그가 존재의 수
단을 얻어 왔던 작은 기계 공장에서 해고되었다. 해고 통지서
에는 증가하는 내면적 허약함과 전반적인 노동의 흐름 도중에
사색에 빠지는 성벽을 사유로 생산에서 파면 처분한다고 쓰
여 있었다.

　　보셰프는 숙소에서 자루에 물건을 집어넣고, 대기 속에서
미래를 더 잘 이해하기 위해 밖으로 나왔다. 그러나 대기는 공
허했고, 움직이지 않는 나무들은 잎사귀 속에 조심스럽게 열
기를 간직하고 있었으며, 먼지는 사람 없는 길 위에 울적하게
깔려 있었다. 자연의 상태는 그러하였다. 보셰프는 자신이 어
디로 향하고 있는지 알지 못했고, 도시의 가장자리에서 어느
택지(宅地)의 낮은 울타리에 팔꿈치를 기대었는데, 그곳에서

는 가족이 없는 아이들이 노동을 하고 유용해지는 법을 배우고 있었다. 그 너머에서 도시는 끝났다. 단지 도시로 돈벌이를 나온 농부들이나 저임금 부류를 위한 술집이 하나 있을 뿐으로, 그것은 마치 공공 기관처럼 마당이 아예 없었고, 뒤로는 진흙 언덕이 하나 있어, 밝은 날씨 속에서 늙은 나무 한 그루가 홀로 자라나 있었다. 보셰프는 술집에 이르러, 진실한 인간의 목소리를 듣기 위해 안으로 들어갔다. 여기에는 자기의 불행을 망각하는 행위에 몸을 던진 절제할 줄 모르는 사람들이 있었고, 보셰프는 이 사람들 사이에서 더 조용하고 편안해졌다. 그는 날씨가 바뀌며 거센 바람이 시끄럽게 불기 시작하는 저녁때까지 술집에 재석(在席)해 있었다. 저물녘에 보셰프는 밤의 시작을 보기 위해 열린 창문으로 다가가 진흙 언덕 위의 나무를 보았다. 나무는 거친 날씨 때문에 흔들리며 비밀스러운 수치심을 간직한 채 잎사귀를 접고 있었다. 어딘가, 아마도 소비에트 무역 노동자 공원에서, 취주악단이 신음하고 있었다. 단조롭고 음정이 맞지 않는 음악이 바람을 타고 산골짜기 옆의 황폐한 땅을 건너 자연 속으로 흘러갔는데, 왜냐하면 취주악단이 아주 드물게만 기쁨을 느꼈고, 음악을 위해 음악에 상응하는 의미의 그 무엇도 완수할 수 없었으며, 움직이지 않은 채 저녁시간을 보내곤 했기 때문이었다. 바람 뒤에는 다시 침묵이 따라왔고, 더 조용한 황혼이 그 침묵을 덮었다. 보셰프는 창가에 앉았다. 밤의 부드러운 어둠을 관찰하기 위해, 여러 가지 구슬픈 소리에 귀를 기울이기 위해, 잔혹하고 돌과 같은 뼈에 싸인 심장으로 고통 받기 위해.

"이봐, 종업원!" 이미 조용해진 술집 안에서 누군가 소리 질렀다. "맥주 두 잔 가져와. 목 좀 축이게!"

보셰프는 사람들이 언제나 술집에 신부와 신랑처럼 둘씩 짝을 지어 오며, 가끔은 사이좋은 하객들까지 전부 데리고 온다는 것을 오래전에 발견했다.

종업원은 이번엔 맥주를 가져오지 않았고, 방금 들어온 지붕 고치는 인부 둘은 앞치마로 갈증 난 입술을 문질렀다.

"이 관료주의자! 노동하는 사람이 손가락만 한번 까딱해도 주문한 걸 갖다줘야지, 콧방귀만 뀌어!"

그러나 종업원은 직장에서 기운을 낭비하지 않고 사생활을 위해 힘을 비축했으며 의견 충돌에는 관여하지 않았다.

"이 시설은 이제 영업 종료요, 시민들. 집에 가서 다른 할 일이나 찾아보시오."

지붕 고치는 인부들은 접시에서 소금 크래커를 하나씩 집어 입에 넣고는 나갔다. 보셰프는 술집에 혼자 남았다.

"이봐, 시민! 술은 한 잔만 주문하고 여기 무기한 앉아 있는군! 당신은 술값을 냈을 뿐이지 점포를 전세 낸 게 아니오!"

보셰프는 자루를 집어 들고 밤으로 나왔다. 질문을 던지는 하늘은 그의 위에서 별들의 고문하는 듯한 힘으로 빛났지만, 도시에는 이미 불이 꺼져 있었고, 잠을 잘 수 있는 사람들은 저녁 식사로 배를 채우고 잠들었다. 보셰프는 부서지는 토양 위로 내려가 골짜기 안으로 들어가서, 잠들어 자기 자신과 멀어지기 위해 배를 깔고 엎드렸다. 그러나 잠이 들려면 마음의 평화와 삶에 대한 순진한 믿음이 필요하고 이미 견뎌 낸 고통을 용서해야 하는 법인데, 보셰프는 의식(意識)의 건조한 긴장 속에 누워서 자신이 과연 세상에 소용이 있는지, 아니면 그가 없어도 모든 것이 계속 잘 돌아갈지 알지 못했다. 사람들이 질식하지 않도록 알 수 없는 곳에서 바람이 불어왔으며, 변두리 어딘가의 개 한 마리가 의심에 찬 약한 목소리로 직무를 이행하고 있음을 알렸다.

"개도 지쳤구나. 단지 태어났기 때문에 살고 있는 거야, 나처럼."

보셰프의 몸은 피로하여 창백해졌고, 눈꺼풀에 냉기를 느껴 따뜻한 눈을 눈꺼풀로 덮었다.

술집 종업원이 시설을 열 준비를 하고, 주위의 바람과 잔디가 햇빛 때문에 흔들리고 있을 때, 보셰프는 촉촉한 힘으로 가득해진 눈을 내키지 않게 떴다. 그는 다시 살고 먹어야 했으므로 자신의 불필요한 노동을 변호하기 위해 공장 위원회를 찾아갔다.

"관리부에서는 동무가 생산 도중에 멈춰 서서 생각에 잠긴다던데." 공장 위원회에서 말했다. "무슨 생각을 했소, 보셰프 동무?"

"삶의 계획에 대해서요."

"공장은 산업조합에서 준비한 계획에 따라 일합니다. 동무의 사생활 계획이라면 클럽이나 붉은 독서실에 가서 작업하시오."

"저는 일반적인 삶의 계획에 대해 생각하고 있었습니다. 제 삶은 겁내지 않습니다. 그건 저에겐 수수께끼가 아닙니다."

"그래 무엇을 달성했소?"

"행복 같은 걸 생각해 낼 수도 있었을 겁니다. 그리고 영적인 의미 덕분에 생산성이 향상될 수도 있었을 겁니다."

"보셰프 동무, 행복은 물질주의에서 생기는 것이지 의미에서 생기는 게 아니오. 우리는 동무를 옹호해 줄 수 없소. 동무는 의식이 없는 사람이고 우리는 인민대중의 후미에 뒤처지고 싶지 않으니까."

보셰프는 생계를 해결하기 위해서라면 가장 하찮은 일이라도 부탁하고 싶었다. 생각은 작업 외 시간에 할 작정이었다. 그러나 부탁을 하려면 사람에 대한 존경심이 필요한 법인데, 보셰프는 그들에게서 자신에 대한 존경심을 발견할 수 없었다.

"동무들은 인민대중의 후미에 뒤처지는 것을 두려워하는군요. 후미는 유한하니까요. 그래서 목덜미에 앉아 계시는군요!"

"정부는 동무에게 여분의 생각할 시간을 주었소, 보셰프. 전에는 여덟 시간씩, 이제는 일곱 시간씩 일하니, 동무는 입을 다물고 계속 살아갈 수도 있었소! 모두들 한꺼번에 생각을 하기 시작한다면, 행동은 누가 하겠소?"

"생각이 없으면 사람들은 의미 없이 행동합니다!"

보셰프는 생각에 잠겨 발언했다.

그는 아무 도움도 받지 못한 채 공장 위원회를 나왔다. 그가 걸어갈 길은 여름의 한가운데 놓여 있었고, 양쪽 길가에서는 사람들이 집과 기술적인 건축물을 짓고 있었는데, 그 건물들 속에 이제까지 몸담을 곳 없던 인민대중이 말없이 존재하게 될 것이었다. 보셰프의 육체는 안락함에 무관심했고, 그는 지치지 않고 야외에서 살아갈 수 있었으며, 먹을 것이 충분했을 때에도 이전의 숙소에서 평화롭게 지낼 때에도 불행하여 고통스러웠다. 보셰프는 도시 외곽의 술집을 또 지나가게 되어, 밤을 지낸 곳을 다시 바라보았다. 그곳엔 자기 인생과의 어떤 공통점이 남아 있었으며, 그는 자기 앞에 펼쳐진 지평선과 숙인 얼굴에 불어오는 바람 외에는 아무것도 느끼지 않고 공간 속에 있었다.

1베르스타[1] 정도 앞에 도로 관리인의 집이 있었다. 주위의 공허함에 익숙해져, 관리인은 큰 소리로 아내와 다투었고, 여자는 무릎에 아이를 앉히고 열린 창가에 앉아 목청 높인 욕설로 남편의 말에 대꾸하고 있었다. 아이는 모든 것을 이해하면서도 아무 말도 하지 않고 조용히 앉아 윗도리의 주름을 끌어당기고 있었다.

아이의 참을성 덕에 보셰프는 기운이 났다. 그는 아이의 어머니와 아버지는 삶의 의미에 대해서 아무 생각이 없으며 화가 나 있을 뿐이지만, 아이는 괴로움 속으로 성장해 가며 비난하지 않고 살아가는 것을 보았다. 보셰프는 영혼을 긴장시키고, 지성(知性)의 노동을 위해 몸을 아끼지 않기로 마음먹었는데, 이것은 머지않은 날에 도로 관리인의 집으로 되돌아와 모든 것을 이해하는 아이에게 그의 부모가 거듭 잊어버리고 있는 삶의 비밀을 말해 주기 위해서였다. 보셰프는 부모를 관찰하면서, '이들의 몸은 그저 자동 기계처럼 헤매고 있구나.

---

1) 미터법 시행 전 러시아의 거리 단위. 1베르스타는 1.067킬로미터다.

그들은 본질을 느끼지 못해.'라고 생각했다.

"왜 당신들은 본질을 느끼지 않으시오?" 보셰프가 창문 쪽으로 돌아서며 물었다. "당신들한테는 아이가 살고 있는데, 댁들은 말다툼을 하고 있잖소. 아이는 이 세상 전체를 완전하게 하기 위해 태어난 거요!"

남편과 아내는 얼굴에 드러낸 악의 뒤에 양심의 두려움을 감추고 목격자를 바라보았다.

"평화롭게 존재할 방법이 없다면 아이라도 존중하시오. 그게 당신들을 위해서도 더 좋을 거요."

"그런데 당신은 여기서 뭐가 필요한 거요?" 도로 관리인이 목소리에 악의에 찬 날카로움을 담아 물었다. "길을 가는 중이거든 계속 가시오. 그런 사람들을 위해 길을 만들어 놓은 거니까……."

보셰프는 길 가운데에 망설이며 서 있었다. 가족들은 그가 가기를 기다리며 악의를 일단 보존해 두고 있었다.

"갔으면 좋겠지만 갈 곳이 없소. 어디 다른 도시로 가려면 머오?"

"가깝소." 도로 관리인이 말했다. "그렇게 서 있지 말고 계속 길을 따라가면 나올 거요."

"그러면 당신은 아이를 존중하시오. 당신이 죽으면 아이가 남을 거요."

이 말을 마치고, 보셰프는 도로 관리인의 집에서 1베르스타 정도 걸어 나가 도랑 가장자리에 앉았다. 그러나 그는 곧 인생에 대해 의구심이 들기 시작했고 진실이 결여된 몸이 허약해지는 것을 느꼈으며, 세상 전체의 정확한 구조와 그 안에서 무엇을 추구해야 하는지를 알지 못하고는 더 이상 힘들게 걸어갈 수가 없었다. 그는 생각에 지쳐 길가의 먼지투성이 잔디 위에 누웠다. 더웠고, 한낮의 바람이 불고 있었고, 어딘가의 마을에서 수탉이 울었다. 모든 것이 대답 없는 존재에게 항복해 버렸으며, 보셰프만이 외따로 떨어져 말이 없었다. 죽은 낙엽이 그의 머리 가까이에 떨어져 있었는데, 바람이 먼 곳의 나무에서 날아온 것이었고, 이제 이 나뭇잎은 흙 속에서 안식을 찾게 되었다. 보셰프는 마른 잎을 주워 자루 속의 비밀스러운 부분에 감추었다. 그 자루에는 불행과 망각의 물건들이 모두 모아져 있었다. '넌 인생의 의미를 갖지 못했구나.' 보셰프는 빈약한 동정심을 느끼며 생각했다. '여기서 쉬어라, 네가 왜 살고 죽었는지 내가 알아낼 테니. 넌 아무에게도 필요하지 않고 온 세상 안에서 혼자 시들고 있으니, 내가 너를 간직하고 기억해 주마.'

"모든 것은 아무것도 의식하지 못한 채 세상을 살며 고생한다." 보셰프는 길 가까이에서 말하고는, 고생하는 전반적인 존재들에 둘러싸여 계속 가기 위해 일어섰다. "마치 누군가, 혹은 얼마 안 되는 몇 사람이, 우리에게서 확신이라는 느낌을 뽑아내 자기들만 간직하려고 가져간 것 같아."

보셰프는 지칠 때까지 길을 갔다. 그는 매번 그의 영혼이 더 이상 진실을 알지 못한다는 사실을 기억해 낼 때마다 쉽게 지쳤다.

그러나 도시는 어느새 멀리서 모습을 드러냈고, 도시의 협동조합 빵집에서는 연기가 났으며, 저녁의 햇살은 거주자들의 움직임 때문에 생긴 집 위의 먼지를 비추고 있었다. 그 도시는 대장간으로 시작되었고, 보셰프가 지나갈 무렵 대장간에서는 길이 없는 곳을 달려 망가진 차가 수리되고 있었다. 뚱뚱한 장애인이 말 묶는 말뚝 가까이 서서 대장장이에게 말했다.

"미시, 담배 좀 줘. 아니면 밤에 또 자물통을 부술 거야!"

대장장이는 차 밑에서 대답하지 않았다. 불구자는 목발로 그의 엉덩이를 찔렀다.

"미시, 당장 일을 멈추는 게 좋아. 내놔, 아니면 난동 부릴 거야."

보셰프는 불구자 가까이 멈추어 섰다. 도시 중심가로부터, 일렬종대로 선 피오네르[2] 어린이들이 지친 음악을 앞세워 행진해 왔기 때문이다.

"어제 일 루블[3]이나 줬잖아." 대장장이가 말했다. "일주일이라도 날 좀 평화롭게 내버려 둬! 참다 참다 네 목발을 태워 버릴 수도 있어!"

"태워!" 노동 불능자가 응수했다. "애들이 날 수레에 실어 줄 거야. 지붕이랑 대장간 다 찢어발겨 버리겠어!"

대장장이는 어린이들의 모습에 잠시 정신이 팔렸다가 기분

---

2) 선구자, 개척자라는 뜻이며, 9~14세의 소년 소녀로 이루어진 공산소년단을 말한다. 소비에트 사회에서는 정책적으로 학령 전 아동은 유아반, 학령기 아동은 소년단, 15세 이상 청소년은 공산청년단에 가입시켜 어린 시절부터 집단 활동을 생활화하도록 유도했다.
3) 러시아의 화폐 단위. 1루블은 100코페이카다.

이 풀려서 불구자의 주머니에 담배를 쏟아부었다.

"다 긁어 가라, 욕심쟁이야!"

보셰프는 불구자에게 다리가 없다는 데 주목했다. 한쪽 다리는 완전히 없었고, 다른 쪽 다리가 있을 곳에는 나무로 만든 의족이 채워져 있었다. 불구자는 지팡이를 짚고, 절단된 오른쪽 다리의 나무 의족을 힘껏 뻗어서 자신을 지탱했다. 노동 불능자에게 치아는 전혀 없었는데, 음식을 씹는 데 깨끗이 소모해 버렸기 때문이지만, 대신 엄청나게 먹어서 얼굴은 거대하고 몸은 무거운 그루터기 같았다. 가늘게 찢어진 두 개의 갈색 눈은 박탈당한 자의 욕심과 누적된 열정의 갈망을 담아 그 두 눈과는 상관없는 외부 세상을 관찰했으며, 입 안에서는 들리지 않는 그의 생각들을 중얼거리는 잇몸이 서로 마찰되고 있었다.

피오네르 악단은 멀어지면서 어린이 행진곡을 연주하기 시작했다. 대장간 앞으로, 자신들의 미래의 중요성을 의식하며, 정확하게 발을 맞춰 맨발의 소녀들이 지나갔다. 그들의 성장하고 있는 연약한 몸은 세일러복을 입고 있었고, 주의 깊고 생각에 잠긴 머리 위에는 빨간 베레모가 자유롭게 얹혀 있었으며, 다리는 청춘의 솜털로 덮여 있었다. 소녀들은 모두 전체 행렬에 박자를 맞춰 움직이면서, 자기 자신의 중요성을 느끼고, 행렬의 연속성과 행진의 힘을 위해 필요 불가결한 삶의 진지함을 의식하며 미소 지었다. 피오네르 소녀들은 다들 내전(內戰)의 죽은 말들이 벌판에 쓰러져 있을 때 태어났으며, 모두가 분홍빛 건강한 피부를 가지고 태어난 것은 아니었는데,

왜냐하면 그 어머니들은 자신의 몸 안에 비축해 두었던 것만으로 생존해야 했기 때문이며, 그 때문에 모든 소녀들의 얼굴에는 어린 날의 수고와 노력, 메마른 육체와 아름다운 표정이 남아 있었다. 그러나 어린아이다운 우정의 행복감과, 어린 시절의 놀이와 그들의 품위 있고 엄격한 자유의 범위 안에서 미래의 삶을 만들어 가는 일은, 그들의 앳된 얼굴을 예쁘고 잘 먹어 토실토실하게 만드는 대신 그 자리에 진지한 즐거움을 낙인찍었다.

보셰프는 이 생면부지 어린이들의 흥분에 찬 행렬이 바라보는 앞에 어색하게 서 있었다. 피오네르 아이들은 틀림없이 그보다 더 많이 알고 느낄 것이었기 때문에 그는 부끄러웠다. 왜냐하면 어린이란 신선한 육체 속에 성숙해 가는 시간인데, 반면 보셰프 자신은 목적을 달성하려는 삶의 헛된 시도처럼, 서둘러 가는 활달한 젊은이들에 의해 이름 없는 침묵 속으로 따돌려지고 있었기 때문이다. 보셰프는 수치와 활기를 동시에 느꼈다. 그는 보편적이고 영구불변한 삶의 의미를 즉시 찾아내어, 이 아이들을 앞질러, 확고한 부드러움으로 가득한 그들의 햇볕에 그을린 다리보다 빨리 살아가기를 간절히 원했다.

피오네르 소녀 한 명이 행렬에서 달려 나와 대장간 옆의 호밀밭으로 들어가서 꽃을 땄다. 몸을 숙이면서 조그만 아가씨는 부풀어 오른 육체의 모반(母斑)을 드러내었고, 그러고는 두 관찰자, 보셰프와 불구자에게 아쉬움을 남기며 드러나지 않는 힘으로 쉽게 지나가 버렸다. 보셰프는 불구자 쪽을 곁눈질했다. 얼굴이 소모하지 못한 혈액으로 부풀어 오른 그는 신음하며 주머니 속에서 손을 움직였다. 보셰프는 불구자의 그 강력한 감정을 알아챘지만, 제국주의로 인해 불구가 된 자가 사회주의 어린이들에게 결코 다가가지 못하리라는 사실 때문에 즐거웠다. 그러나 불구자는 피오네르 행진을 끝까지 지켜보았고, 보셰프는 그 작은 인간들의 안전과 순수성이 걱정되어 겁이 났다.

"그 눈으로 어디 다른 데를 보지 그러시오?" 그가 장애인에게 말했다. "대신 담배라도 피우는 게 낫겠소!"

"저리 꺼져, 잔소리꾼!"

다리 없는 남자가 말했다.

보셰프는 움직이지 않았다.

"내 말 안 들려!" 불구자가 반복했다. "내가 비키게 해 줄까?"

"아니오." 보셰프가 대답했다. "당신이 소녀에게 이상한 말을 하거나 무슨 짓을 할까 봐 두려웠소."

불구자는 습관적인 고통 속에 커다란 머리를 땅을 향해 떨궜다.

"내가 어린애한테 무슨 말을 하겠어, 쓰레기 같은 놈아. 난 곧 죽을 테니까 기억해 두려고 아이들을 바라보는 거야."

"자본주의와의 전쟁에서 부상했나 보군." 보셰프가 조용히 말했다. "하지만 불구자도 늙을 때까지 살 수 있소. 내가 본 적 있지."

다리가 절단된 사람은 보셰프에게로 눈을 돌렸다. 그 눈은 우월한 마음의 야만성으로 가득했다. 처음에 불구자는 낯선 사람에 대한 적의로 숨이 막혀 대꾸를 못 하다가 마침내 분노 때문에 천천히 말했다.

"그런 늙은이도 있지. 그래도 너 같은 병신은 없어."

"나는 진짜 전쟁에 나가 본 적이 없소. 참전했다면 나도 무사히 돌아오지는 못했을 거요."

"그래, 전쟁에 안 가 본 것 같군. 네가 왜 그렇게 바보인지 알겠어! 전쟁에 나가 보지 않은 남자는 애를 낳아 보지 않은 여자하고 똑같아. 천치로 산다고. 네놈 속은 훤히 다 보여!"

"아⋯⋯!" 대장장이가 애처롭게 말했다. "애들을 보면 소리치고 싶다니까. 5월 1일 노동절 만세!"

피오네르의 음악은 잠시 쉬었다가 다시 행진곡을 연주하기 시작했다. 보셰프는 계속 괴로워했고, 그 도시에서 살기 위해 밖으로 나왔다.

세상 전체가 완전히 알려질 때까지 기다리기라도 하듯 보셰프는 그날 저녁때까지 말없이 도시를 걸어 다녔다. 그러나 세상은 아직도 그에게는 불분명했고, 그는 자기 몸의 어둠 속에서 조용한 장소를 느꼈는데, 그 안에는 아무것도 없었고, 그 무엇도 어떤 일이 생겨나는 것을 막지 않았다. 마치 자리를 비운 채 사는 사람처럼, 보셰프는 점점 슬퍼지는 마음속에서 자라나는 압박감을 느끼며, 어두운 슬픔 속으로 점점 더 깊이 물러나면서 사람들 사이를 걸었다.

마침내 그는 도시 중심가와 그곳에서 짓고 있는 건물들을 볼 수 있었다. 저녁의 전깃불이 이미 비계 위에 들어와 있었지만, 들판의 고요한 빛과 시들어 가는 짚의 향기는 열린 공간 전체에서 이곳으로 흘러 들어와 방해받지 않고 대기 중에 걸려 있었다. 자연에서 분리되어 전기가 환하게 불을 밝힌 장소에서는 사람들이 목재 비계의 광란 속에서 벽돌로 벽을 쌓고 짐을 나르며 의욕적으로 일했다. 보셰프는 그가 알 수 없는 탑을 세우는 것을 오랫동안 지켜보았다. 그는 노동자들이 거칠게 힘쓰지 않고 규칙적으로 움직이지만, 구조물의 완성을 향하여 무언가를 눈에 띄게 더해 가고 있음을 알아차렸다.

"건물이 늘어나면 사람들의 삶에 대한 의식은 줄어드는 것 아닐까?" 보셰프는 선뜻 믿을 수 없었다. "사람은 건물을 짓고 자신은 무너진다. 그럼 그 안에는 누가 살지?" 보셰프는 그곳을 떠나면서 궁금해했다.

그는 도시 중심부를 떠나 교외로 나갔다. 걷는 동안 인적 없는 밤이 왔다. 멀리 어둠과 자연에는 물과 바람만이 서식하고 있었으며, 이 위대한 실체의 슬픔은 새들만이 노래로 지을 수 있었다. 새들은 그 위로 날아다니고 모든 것이 더 쉽기 때문이다.

보셰프는 버려진 공터를 돌아다니다 밤을 지내기 위해 따뜻한 구덩이를 하나 팠다. 대지에 난 구멍으로 내려간 그는 이름 없이 잊힌 모든 것을 기억하고 앙갚음해 주기 위해 수집한 물건이 든 자루를 머리 밑에 괴었고, 슬퍼져서, 그런 채로 잠이 들었다. 그러나 어떤 사람 하나가 들판으로 낫을 들고 와서 그곳에서 태곳적부터 자라난 풀덤불을 베어 내기 시작했다.

자정쯤, 풀 베는 사람이 보셰프가 있는 곳에 이르러 그에게 일어나 그 부지를 떠나라고 명령했다.

"무슨 소리요!" 보셰프가 내키지 않는 목소리를 높였다. "여기 그냥 공터일 뿐이오."

"이제부터는 부지가 될 거요. 벽돌 건물이 세워질 테니까. 아침에 여기 다시 와서 보면 이 공터는 곧 영원히 건축물 아래로 사라질 거요."

"그럼 나는 어디로 가란 말이오?"

"노동자들 막사에서 마저 잘 수 있을 거요. 거기로 가서 아침까지 눈을 붙이고, 아침이 되면 사람들한테 사정을 설명하시오."

보셰프는 풀 베는 사람이 이야기한 곳으로 갔고 곧 이전에 채소밭이었던 곳에 판자로 지은 창고를 발견했다. 그 안에는 열일곱 명에서 스무 명쯤 되는 사람들이 누워 자고 있었고, 흐릿한 등불이 의식 없는 인간의 얼굴들을 비추고 있었다. 잠든 사람들은 모두 시체처럼 말랐고, 각각의 몸에서 거죽과 뼈 사이의 좁은 공간은 혈관이 차지하고 있었으며, 두꺼운 혈관은 격렬한 노동의 시간 동안 얼마나 많은 피를 실어 날라야 하는지를 보여 주었다. 웃웃이라는 거름망은 새로운 힘을 주는 심장의 느릿한 운동을 정확하게 전달하였으며, 심장은 잠자는 사람들 각각의 버려진 육체의 어둠 속 가까운 곳에서 뛰고 있었다. 보셰프는 만족한 사람의 단순한 행복감이 이들의 얼굴에 나타나 있는지 보기 위해서 가장 가까운 곳에서 잠든 사람의 얼굴을 훔쳐보았다. 그러나 그는 죽은 듯이 잠들어 있었고, 눈은 깊이 슬프게 감추어져 있었으며, 식어 버린 다리는 남루한 작업복 바지 속에 무력하게 뻗어 있었다. 막사 안에는 숨소리 외에는 아무 소리도 들리지 않았다. 아무도 꿈을 꾸지 않았고 아무도 추억과 대화를 나누지 않았다. 각각의 사람들은 삶의 어떠한 잉여적 요소도 갖지 않은 채 존재했고, 잠자는 동안에는 오직 심장만이 살아서 그를 지탱해 주었다. 보셰프는 피로하여 추위를 느꼈고 온기를 찾아 두 명의 잠든 노동자 사이에 누웠다. 그는 눈을 감은 사람들에게 알려지지 않은 채 그들 사이에서 밤을 보내게 된 것을 기뻐하며 잠들었다. 그러고는 진실을 느끼지 못하는 채로 밝은 아침이 올 때까지 그렇게 잠을 잤다.

아침이 되자 어떤 본능이 보셰프의 머리를 쳤다. 그는 깨어나 눈을 뜨지 않고 귀를 기울였다.

"이 남자는 약해!"

"의식 있는 사람이 아냐."

"괜찮아. 자본주의는 우리 같은 사람들을 바보로 만들었고 이 남자도 어둠의 찌꺼기니까."

"출신 성분이 좋으면 괜찮을 거야."

"몸으로 봐서는 가난한 계급인데."

보셰프는 새로운 날의 빛을 향해 망설이며 눈을 떴다. 어제 잠들었던 사람들은 살아나서 보셰프의 허약한 상태를 관찰하며 서 있었다.

"당신은 왜 여기서 걸어다니며 존재하는 거요?"

누군가 그에게 물었다. 질문한 사람은 극도로 기진맥진하여 수염이 조금밖에 없었다.

"난 여기 존재하지 않소." 그렇게 많은 사람들이 그 순간 자신을 지켜보자 부끄러워하며 보세프가 말했다. "여기서 생각하고 있을 뿐이오."

"그럼 왜 생각을 하면서 자신을 학대하는 거요?"

"진실이 없으면 내 몸은 약해져요. 난 노동만으로는 살아갈 수 없소. 전에는 공장에서 생각을 했지만, 그 때문에 해고되었소……."

노동자들은 모두 조용히 보세프를 들여다보았다. 그들의 얼굴은 무심하고 멍청했다. 드물게는, 너무 빨리 지쳐 버린 생각이 때때로 그들의 참을성 있는 눈을 밝혔다.

"당신의 진실이란 게 뭔데!" 아까 말했던 사람이 말했다. "당신은 일하지 않소. 살면서 존재의 본질을 경험하지도 않고. 그럼 어디에서 의미를 기억해 내는 거요?"

"그리고 왜 진실이 필요하오?" 긴 침묵으로 굳어 버린 입을 열어 다른 사람이 질문했다. "자기 생각 속에 잠겨 있을 때만 기분이 좋고, 그 밖에는 전부 추악할 텐데."

"여러분은 이미 모든 것을 아시는 것 같군요?"

보세프는 연약한 희망을 가지고 수줍게 물었다.

"당신 생각은 어떻소? 우린 모든 기관에 생명을 주고 있는 거요!"

입술이 갈라지고 그 주위로 기진맥진한 수염이 듬성듬성 돋은 키 작은 남자가 대답했다.

그때 목재 입구가 열렸고, 보셰프는 어젯밤 풀 베던 사람이 협동조합 주전자를 들고 들어오는 것을 보았다. 물은 이미 뜰에 있는 난로에서 끓여 왔다. 기상 시간은 이미 지났고, 이제 하루의 노동을 위해 신체에 영양을 공급하는 시간이었다…….

시골풍의 벽시계가 나무 벽에 걸려 자신의 죽은 무게에 의해 움직이며 참을성 있게 똑딱거렸다. 시간을 보는 사람을 모두 즐겁게 해 주려고 앞면에는 분홍색 꽃이 그려져 있었다. 일꾼들은 긴 식탁에 줄지어 앉았고, 막사에서 여자의 일을 하는 벌초 인부가 빵을 잘라 어젯밤에 남은 차가운 쇠고기를 한 덩이씩 얹어 모두에게 주었다. 일꾼들은 진지하게 씹기 시작하여 의무적으로 음식을 섭취했으나, 즐기지는 않았다. 그들은 영원한 행복에 상당하는 삶의 의미에 대해 알고 있었지만, 얼굴은 우울하고 비쩍 말랐으며, 평화로움 대신 피로감을 나타냈다. 진실을 자기 안에 간직하고도 기뻐하지 못하고 슬프게 살아가는 이 남자들을, 보셰프는 미약한 희망과 상실의 두려움을 느끼며 바라보았다. 이 세상에, 바로 옆에 앉은, 조금 전에 자신에게 말을 걸었던 남자의 몸 안에 진실이 존재한다는 것을 아는 것만으로도 그는 기뻤다. 그 남자 곁에 있기만 해도 삶을 참을성 있게 견디고 일을 할 수 있게 될지도 몰랐다.

"이리 와서 같이 드시오!"

먹고 있는 남자들이 보셰프를 초대했다.

그는 일어나서, 세상의 일반적인 필요성에 아직도 완전한 확신을 갖지 못한 채, 수줍어하며 근심스럽게 먹으러 갔다. 그들이 물었다.

"왜 그렇게 빈약하시오?"

"그냥 그렇소. 나도 지금은 삶의 본질을 느끼기 위해 일하고 싶소."

보셰프는 언제나 삶의 정당성을 의심해 왔고, 늘 정신의 고통을 느끼며, 차분하게 먹을 수 있었던 적이 거의 없었다.

그러나 이제 그는 냉정하게 먹었고, 일꾼 중 가장 활달한 사프로노프 동무는 아침을 먹은 후에 요즘에는 물질처럼 사람도 구하기가 힘들어서 아마 그도 쓸 만할 거라고 했다. 조합 지도원이 도시 전체와 공터를 며칠 동안 훑고 다니면서 영구 노동자로 교육할 만한 땅 없는 극빈자를 찾아다녔지만, 거의 아무도 데려오지 못했다. 모두들 살아가고 일하기 바빴다.

보셰프는 이미 배불리 먹고, 앉아 있는 사람들 사이에서 일어섰다.

"왜 일어나시오?"

사프로노프가 물었다.

"앉아서는 생각이 잘 진척되지 않소. 조금 일어나 있는 게 좋겠소."

"그래요 그럼, 서 계시오. 당신은 아마 지식인 부류인가 보군. 그들은 항상 돌아다니면서 생각이나 하고 싶어 하지."

"자각이 없었던 때에는 내 손으로 노동하며 살았소. 하지만 그 후에는 인생의 의미를 이해할 수가 없어서 힘을 잃었소."

악대가 막사로 다가와 특별히 생기 있는 음악을 연주하기 시작했다. 거기에는 아무런 사상도 없었지만 승리의 예감은 있어서 보셰프의 몸을 기쁨으로 떨게 했다. 갑작스러운 음악의 요란한 소리는 양심의 느낌을 불러일으켰다. 그 소리는 듣는 사람에게 인생의 시간을 소중히 하고, 희망을 찾아 멀리까지 돌아다녀 그것에 다다르고, 존재하는 이 노래의 근원을 찾아내어, 죽을 때 낭비된 존재의 비참함에 울음을 터뜨리지 않도록 하라고 제안했다.

음악은 멈추었고, 삶은 이전의 그 모든 무게로 사람들에게 되돌아와 자리 잡았다.

보셰프가 이미 만난 적 있는 노동조합 지도원이 막사로 들어와 조합원들에게, 구시가지를 행진하여 행진이 끝난 뒤에 풀을 벤 부지에서 시작할 작업의 의미를 알 수 있도록 하자고 권했다.

노동조합원들은 막사에서 나와, 어색해하며 악대 앞에 멈추어 섰다. 사프로노프는 음악의 형태로 그에게 집중된 대중의 경의에 수줍어하며 기침을 하는 척했다. 굴착기 기사인 치클린은 경이와 기대의 눈으로 악대를 바라보았다. 그는 자신이 특별히 중요하다고는 느끼지 않았지만, 다시 한 번 엄숙한 행진곡을 듣고 침묵 속에 기뻐하기를 갈망했다. 다른 사람들은 참을성 있는 손을 소심하게 내려뜨렸다.

조합 지도원은 너무 바쁘고 활달해서 자기 자신조차 의식하지 못했고, 그러는 게 그에게도 편했다. 인민대중을 결속시키고 노동자를 위한 부차적인 즐거움을 조직하는 야단법석 속에서 그는 개인적인 삶의 기쁨에서 만족을 얻으려는 생각을 잊었다. 그는 몸무게가 줄었고 밤에 곤하게 잤다. 조합 지도원이 질풍처럼 몰아치는 일을 좀 줄이고 집에 가족이 사용할 물건이 모자란다는 것을 기억했다면, 혹은 밤에 그의 쭈그러들고 나이 들어가는 몸을 위무하려 했다면, 그는 고통스러운 노동의 2퍼센트 가치가 있는 자신의 존재를 부끄럽게 여겼을 것이다. 그러나 그는 멈추어 서서 깊게 생각할 수가 없었다.

조합 지도원은 노동자들에 대한 끊임없는 헌신으로 인해 서두르면서 단독주택들이 흩어져 있는 도시를 숙련 노동자들에게 보여 주고자 앞으로 나섰는데, 왜냐하면 오늘 그들은 지역의 무산계급 전원이 들어와 살 유일한 건물의 공사를 시작해야 했기 때문이다. 그리고 이 공동의 집은 개인 주택들과 뜰이 있는 도시 전체를 굽어보며 솟아오를 예정이었다. 그러면 개인 소유의 작은 집들이 비워지고 그 위로 식물들이, 뚫을 수 없을 만큼 무성하게 자라날 것이며, 잊힌 시간의 시든 인간들이 그 안에 자신들의 숨결을 영원히 남길 것이었다.

새로 건설 중인 공장 두 군데에서 온 벽돌공 몇 명이 막사로 왔고, 조합 지도원은 건설 노동자들이 도시를 가로질러 행진을 시작하기 직전 마지막 순간의 환희로 긴장하고 있었다. 악대는 관악기의 마우스피스를 입으로 가져갔다. 그러나 노동자들은 행진할 준비를 하지 않고 여기저기 서 있었다. 사프로노프는 악단의 얼굴에 나타난 거짓 근면함을 눈치 채고 모욕적인 음악 때문에 화가 났다.

"이건 뭘 하자고 서 있는 거야? 우린 어디로 가야 하는 거야, 우리가 아직 못 본 게 뭐냔 말이야!"

조합 지도원의 얼굴에서 기꺼운 표정이 사라졌고 그는 자신의 영혼을 자각했다. 그는 화가 나면 언제나 그것을 자각했다.

"사프로노프 동무! 이 구역 관할 노동조합 사무소에서는 우리의 첫 모범 노동조합원들에게 구식 삶의 비참함과 여러 남루한 거주지와 우울한 현황, 그리고 행복을 알지 못하고 혁명 전에 죽은 프롤레타리아들이 묻힌 묘지를 보여 주고 싶었소. 그러면 우리 러시아의 넓은 벌판에 얼마나 황폐한 도시가 펼쳐져 있었는지를 볼 수 있을 것이고, 왜 프롤레타리아를 위한 공용 건물이 있어야만 하는지를 즉각 깨달을 것이며, 그리하여 행진을 끝내고 공사를 시작……."

"그렇게 지나치게 열성적으로 굴지 좀 마시오!" 사프로노프가 돌아서며 발언했다. "우린 뭐요, 온갖 종류의 정부 당국이 들어서 있는 작고 초라한 집은 다 봤잖소? 당신네 악단은 어린이 조직에나 데려가시오. 우리는 우리 자신의 정치적 의식만 가지고도 집을 지을 거요."

"그럼 내가 지나치게 열성이란 말이지?" 조합 지도원은 그 말의 숨은 뜻을 짐작하려 애쓰며 겁을 먹었다. "조합 사무실엔 무슨 일에든 할렐루야를 외쳐 대는 친구가 하나 있는데, 날더러 지나치게 열성이라고?"

그리고, 마음에 상처를 입고, 조합 지도원은 조용히 조합 사무실로 떠났으며, 악단은 그의 뒤를 따라갔다.

풀을 베어 낸 부지는 죽은 잔디와 헐벗어 축축해진 대지의 냄새를 풍겼고, 그로 인해 전반적인 삶의 슬픔과 쓸모없음의 우울함이 더 또렷하게 느껴졌다. 보셰프는 삽을 받아, 마치 지상의 먼지 속에서 진실을 파내고 싶은 듯이 그것을 꽉 움켜잡

왔다. 혼자만의 빈곤한 상태에서라면 보셰프는 자신의 존재가 전혀 의미가 없더라도 만족했겠지만, 그는 적어도 다른, 가까운 사람의 육체의 본질 안에서라도 존재의 의미를 보고 싶었다. 그리고 그 사람 곁에 있기 위해서라면 의미의 결핍과 생각에 지친 연약한 육체라도 기꺼이 제공해 노동을 할 것이었다.

텅 비어 있는 부지 한가운데에 건축기사가 서 있었다. 늙지는 않았지만 자연스러운 세월의 흐름으로 인해 머리가 희끗해진 사람이었다. 그는 세상 전체를 죽은 육체로 여겼고 자신이 건설의 형태로 이미 바꾸어 놓은 부분만을 가지고 세상을 판단했다. 세상은 어느 곳에서나 그의 주의 깊고 상상력 풍부한 지성에 항복했으며, 그의 지성은 자연의 불활성(不活性)을 자각할 때만 제한되었다. 물질은 언제나 정확성과 참을성에 복종하므로, 따라서 그것은 생명이 없고 공허했다. 그러나 인간은 살아 있었고 황량한 물질 가운데 가치 있는 유일한 존재였으므로, 기사는 일꾼들에게 예의 바르게 미소 짓고 있었다. 보셰프는 기사의 볼이 분홍빛인 것을 보았지만, 그것은 영양이 좋기 때문이 아니라 심장이 지나치게 뛰어서 붉은 것이었고, 보셰프는 이 남자의 심장이 흥분하여 힘차게 뛰고 있다는 사실이 마음에 들었다.

기사는 치클린에게 자기가 이미 지반공사 계획을 다 짜 놓았고 토공사(土工事)⁴⁾를 할 장소도 표시해 놓았다고 말하며 땅에 박아 놓은 말뚝을 보여 주었다. 이제는 일을 시작할 수

---

4) 건축물의 기초가 되는 구덩이를 파는 일이다.

있었다. 치클린은 기사의 말에 귀를 기울이며 그 계획을 자신의 생각과 경험에 비추어 다시 한 번 점검했다. 지반공사를 하는 동안은 그가 일꾼들 중에서 최고참이었고 기초공사는 그의 장기였다. 벽돌 일을 할 시간이 되면 치클린은 사프로노프에게 일을 물려줄 것이었다.

"손이 모자라요." 치클린이 기사에게 말했다. "천천히 고문하는 꼴이지 작업이 아니오. 여기 소요된 시간이 이득을 전부 잡아먹겠소."

"소개소에서는 일꾼을 오십 명 보내 주겠다고 했지만 난 백명 신청했소." 기사가 말했다. "하지만 동무하고 내가 작업을 책임져야 해요. 동무들이 선봉 작업단이란 말이오."

"우린 선도 못 합니다. 다른 사람들까지 우리처럼 처지게 할 거요. 사람이 더 오지 않는다면 말이오."

이렇게 말하고 치클린은 무표정하게 생각에 잠긴 얼굴을 땅에 집중하며 대지의 부드러운 표면에 삽을 박았다. 보셰프도 삽에 힘을 전부 실어 흙을 깊이 파기 시작했다. 이제 그는 어린이들이 성장하고, 기쁨이 생각으로 전환되고, 미래의 인간은 그 견고하게 지어진 집에서 안식을 찾고 바깥에서 그를 기다리는 세상을 높은 창문으로부터 내려다보게 될 거라는 가능성을 인정했다. 그는 이미 수천 개의 잔디 싹과 뿌리와 부지런한 생물들의 조그마한 지하 은신처를 영원토록 파괴했으며 지금은 좁고 음울한 진흙 도랑 속에서 일하고 있었다. 그러나 치클린은 그보다 훨씬 앞서 가서, 오래전에 삽을 내려놓고 진흙 아래 단단하게 뭉친 바위를 부수기 위해 쇠 지렛대를 집어 들었다. 고대의 자연적인 질서를 파괴하면서도 치클린은 자신이 하고 있는 일을 이해하지 못했다.

　일꾼이 얼마나 적은지를 의식하고 있었기 때문에 치클린은 육체의 모든 활기를 죽은 공간을 공격하는 데 사용하여 서둘러 오래된 땅을 무너뜨렸다. 그의 심장은 습관적인 속도로 뛰고 있었고, 참을성 있는 등의 힘은 땀으로 소비되고 있었으며, 피부 아래 보호막이 될 만한 지방은 전혀 없었다. 그의 오래된 혈관과 내장은 살가죽 가까이 다가가 있었고, 그는 주위를 아무 생각이나 의식 없이, 그러나 정확하게 느꼈다. 한때는 그도 지금보다 젊었고, 여자들은 여기저기 떠돌아다니며 생각하는 일도 몸을 사리는 일도 없이 모두에게 자신을 내주는 그의 강력한 육체를 탐하여 그를 사랑했다. 그때 많은 사람들은 치클린의 충직한 온기가 주는 보호막과 안식 때문에 그를 필요로 했으나, 그는 단지 자신이 뭔가를 느끼고 싶었기 때문에 너무 많은 사람들에게 은신처가 되어 주려 했고, 그리하여 여자들과 친구들은 질투하여 그의 곁을 떠났으며, 치클린은 외로운 밤에 시장 광장으로 나가 노점을 뒤엎거나 전부 떼메어 다른 곳에 갖다 놓았고, 그 때문에 그는 후에 감옥에서 고생하며 버찌처럼 붉은 여름날 저녁에 노래를 불렀다.

　정오쯤에 보셰프의 열성은 점점 더 적은 흙을 파냈고, 그는 굴착 작업이 피곤하고 짜증이 났으며, 다른 일꾼들에게 뒤처지고 있었다. 오직 비쩍 마른 일꾼 하나만이 그보다 느렸다. 그 느림보는 몸 전체가 시무룩하고 빈약했고 허약함에서 흐르는 땀이 우울하고 단조로운 얼굴로부터 진흙 위로 뚝뚝 떨어졌으며, 그 얼굴 주위에는 온통 성긴 머리카락이 자라나고 있었다. 그는 구덩이 가장자리로 흙을 들어내면서, 기침을 하며 가래를 몸 밖으로 밀어냈으며, 그러고 나면 조용해져서 마치 잠들고 싶은 것처럼 눈을 감곤 했다.

"코즐로프." 사프로노프가 그에게 소리쳤다. "또 몸이 안 좋은가?"

"또 그래."

코즐로프는 어린아이처럼 약한 목소리로 대답했다.

"너무 많이 즐겨서 그래. 다음번에는 등잔 바로 아래 있는 탁자에서 자게 해야겠어. 그럼 부끄러워서 가만히 누워 있을 테니까."

코즐로프는 붉고 물기 어린 눈으로 사프로노프를 곁눈질하고는 무관심한 피로 때문에 침묵을 지켰다.

"왜 저런 말을 합니까?"

보셰프가 물었다.

코즐로프는 뼈가 튀어나온 코에서 흙먼지를 조금 파내고는 마치 자유를 갈망하는 것처럼, 그러나 사실은 아무것도 갈망하지 않는 채로, 고개를 옆으로 돌렸다.

"사람들 말이, 난 여자를 절대로 못 사귄다는 거요." 코즐로프는 화가 나서 어렵게 말을 이었다. "그래서 밤에 이불 속에서 혼자 사랑을 한다는 거지. 그렇기 때문에 몸이 다 고갈돼 버려서 낮에는 쓸모가 없다는 거고. 저들은 자기들이 뭐든지 다 아는 것처럼 말한다니까!"

보셰프는 똑같은 진흙을 다시 파내기 시작했고, 아직도 파야 할 진흙과 땅 전체가 많이 남아 있는 것을 보았다. 오랫동안 축적되어 온 세상은 그 어둠 속에 모든 존재의 진실을 숨기고 있었고, 노동과 망각으로 그 세상을 극복하려면 오랫동안 삶을 유지해야 했다. 인생의 의미는 머릿속에서 생각해 내는 편이 쉬울지도 모른다. 결국, 우연히 그것을 알아맞히거나 슬프게 떠다니는 감정으로 건드릴 수도 있는 것이다.

"사프로노프." 보셰프가 참을성이 약해지는 것을 느끼며 말했다. "난 일하지 않고 생각하는 편이 좋겠소. 어차피 세상의 맨 밑바닥까지 파 내려갈 수는 없으니까."

"아무것도 생각해 내지 못할걸." 사프로노프는 일을 멈추지 않고 말했다. "당신은 물질을 의식하지도 못할 거고, 코즐로프처럼 자기만 생각하게 될 거야, 짐승처럼."

"뭐라고 끙끙거리는 거야, 고아 양반!" 치클린이 저 앞쪽에서 말했다. "다른 사람들 좀 봐. 그리고 살아야지, 일단 태어났으면."

보셰프는 다른 사람들을 흘끗 보았고, 그들도 참고 살아가고 있었으므로 어떻게든 살아가기로 결심했다. 그는 그들과 함께 세상에 왔으며 때가 되면 사람들과 헤어지지 않고 죽을 것이었다.

"코즐로프, 얼굴을 대고 엎드려, 숨 좀 돌리라고!" 치클린이 말했다. "기침을 하고, 한숨 쉬고, 고통스러워하면서도 조용하군. 그렇게 파는 건 무덤이지 집이 아냐."

그러나 코즐로프는 누구의 동정도 귀담아듣지 않았다. 아무도 보지 않을 때면 연약하고 활기 없는 가슴을 셔츠 안에서 쓰다듬고, 연결된 토양을 계속 팠다. 그는 여전히 큰 건물들을 짓고 난 후에 진짜 삶이 올 것이라 믿었고, 거기에서 일을 할 수 없는 형편없는 구성원으로 보이게 되면 그 삶에 받아들여지지 않을까 봐 두려웠다. 아침이면 코즐로프는 한 가지 느낌 때문에 걱정했다. 그의 심장이 뛰기를 힘들어한다는 것이었는데, 그래도 그는 약간이라도 남아 있는 심장을 가지고 미래를 살아갈 수 있기를 바랐다. 그러나 가슴이 약했기 때문에 일하는 도중에 때때로 뼈를 쓰다듬어 주며 속삭이는 소리로 참으라고 설득해야 했다.

정오가 지나갔지만 소개소에서는 굴착 일꾼을 한 명도 보내 주지 않았다. 어젯밤의 벌초 인부가 일어나, 감자를 삶고 그 위에 계란을 깨 넣고 버터를 바르고 어젯밤에 남은 죽을 첨가하고 약간 사치를 부려 위에 아니스 향료를 뿌려서, 일꾼들의 소모된 체력을 회복시키기 위해 이 지저분한 음식을 냄비에 담아 가져왔다.

그들은 조용히, 서로 얼굴을 바라보지 않고 게걸스럽지도 않게, 음식에는 아무런 가치를 두지 않고, 마치 인간의 힘은 오직 의식으로부터만 온다는 듯이 그렇게 먹었다.

건축기사는 꼭 들러야만 하는 여러 단체에 들러 매일 하는 순시를 돌고 나서 건설 현장으로 왔다. 그는 일꾼들이 냄비에 담긴 음식을 다 먹을 때까지 옆에 잠시 서 있다가 말했다.

"월요일에 일꾼이 마흔 명 더 올 거요. 그리고 오늘은 토요일이오. 일을 끝낼 시간입니다."

"끝내다니 무슨 말입니까?" 치클린이 말했다. "아직 1, 2입

방미터 정도는 더 파 내려갈 수 있소. 그 전에 끝낸다는 건 말도 안 돼요."

"지금 끝내야 해요." 작업 지휘자인 기사가 반박했다. "이미 여섯 시간 이상 일했고 법규라는 게 있소."

"그건 피곤한 구성원들을 위해서나 만들어진 법이오." 치클린은 저항했다. "그리고 난 잠자리에 들기 전에 아직 힘이 좀 남아 있단 말이오. 자네들 생각은 어때?"

그가 모두에게 물었다.

"저녁이 되려면 아직도 멀었소." 사프로노프가 말했다. "왜 인생을 낭비한단 말이오? 뭔가 성취하는 편이 낫지요. 결국 우린 동물이 아니고, 열정을 위해서 살아갈 수도 있는 거요."

"저 아래에서 자연이 우리에게 뭔가 보여 줄지도 몰라요."

보셰프가 말했다.

"맞아!"

일꾼들 중 누군지 알 수 없는 한 사람이 발언했다.

기사가 고개를 끄덕였다. 그는 집에서의 빈 시간을 두려워했고 혼자 사는 법을 알지 못했다.

"그렇다면 나도 가서 도면을 좀 그리고 말뚝 꽂을 구멍 수를 다시 계산해 보겠소."

"그래요, 가서 도면도 그리고 계산도 하시오!" 치클린이 동의했다. "땅은 어차피 파 놓았고, 이 주변은 무료하니까. 우리도 일을 끝내고, 인생을 결정하고 휴식을 취하겠소."

작업 지휘자는 천천히 걸어서 떠났다. 그는 어린 시절을 떠올렸다. 그 시절 휴일 전날 밤에 하인들은 마룻바닥을 닦고,

어머니는 방을 정리하고 불쾌한 물은 거리를 따라 흘려보내고, 소년이었던 그는 무엇을 해야 할지 몰라서 지루했고 생각에 잠겨 있었다. 지금도 날은 어두워지고 있었고, 석양의 구름은 천천히 평원 위를 흘러갔으며, 러시아 전역에서는 사회주의의 축일 전야에 마룻바닥을 닦고 있었다. 즐기기에는 시간이 너무 일렀고 그 또한 아무런 의미가 없었다. 앉아서 생각을 하고, 미래의 집의 일부분이라도 도면으로 그리는 편이 나았다.

코즐로프는 배가 불러 행복감을 느꼈고 지성도 더 나아졌다. 그가 자기 생각을 말했다.

"만물의 영장이라고 사람들이 말하지만, 만물의 주인님이 얼마나 먹는 걸 좋아하는지 보란 말이야. 주인이라면 자기 집쯤은 눈 깜박할 새에 지을 거고, 자네들은 맨땅에서 일생을 마칠 거라고."

"자넨 돼지야, 코즐로프." 사프로노프가 선언했다. "자네가 자기 한 몸에서만 즐거움을 찾는다면 프롤레타리아가 집에서 살든 말든 무슨 소용이 있겠나?"

"그래 내가 그렇다면 어쩔 건데? 누가 한 번이라도 날 사랑해 준 적이 있나? 참으라고, 늙은 자본주의가 죽을 때까지만 기다리라고 모두들 말했지. 그래서 이제 자본주의는 죽었고, 난 다시 혼자서 이불 속에서 살고 있어. 나도 슬프단 말이야!"

보셰프는 코즐로프에 대한 우정으로 마음이 움직였다.

"슬픔은 아무 의미도 없소, 코즐로프 동무. 그것은 우리 계급이 온 세상을 느끼고 있고, 행복은 어쨌든 멀고 먼 일이라는 걸 보여 줄 뿐이오……. 행복은 수치심을 가져다줄 뿐이오!"

남은 시간 동안 보셰프와 다른 일꾼들은 다시 일하러 갔다. 해는 아직도 높이 떠 있었고, 새들은 떠들썩하지 않게, 그저 공간 속에서 먹이를 찾으며 밝은 공기 속에서 애처롭게 노래했다. 몸을 굽히고 구덩이를 파는 남자들 위로 제비들이 낮게 화살처럼 지나갔다. 그들의 날개는 피로에 지쳐 조용했으며, 궁핍으로 인한 땀이 솜털과 깃털 아래를 적시고 있었다. 그들은 동이 틀 무렵부터 자신을 괴롭히기를 쉬지 않고 처자식을 먹이기 위해 날아다니고 있었다. 한번은 보셰프가 날아다니다 갑자기 죽어 땅에 떨어진 새를 집어 올렸다. 새는 땀으로 푹 젖어 있었다. 보셰프가 그 몸을 보기 위해 깃털을 뽑자, 그의 손안에는 노동하느라 기진맥진하여 죽은 비참하고 빈약한 생물이 나타났다. 이제 보셰프는 몸을 아끼지 않고 단단하게 엉겨붙은 흙을 부수었다. 이 자리에 건물이 들어설 것이고, 그 안에서 사람들은 불행으로부터 보호받으며 살 것이고, 창가에 서서 밖에서 사는 새들에게 빵 부스러기를 던져 줄 것이었다.

치클린은 새도 하늘도 보지 않고 생각도 하지 않고 지렛대로 둔중하게 진흙을 부수었고, 그의 육체는 진흙 구덩이 속에서 지쳐 가고 있었지만, 그는 밤에 잠을 자면 몸이 다시 기운을 차리리라는 것을 알고 있었으므로 피로 때문에 힘들어하지 않았다.

지친 코즐로프는 땅바닥에 앉아 완전히 드러난 석회암을 도끼로 찍고 있었다. 그는 시간과 공간을 잊어버리고, 자기 몸에 남아 있는 따뜻한 기운을 지금 쪼개는 돌에 쏟으며 일했다. 돌은 따뜻해졌고, 코즐로프는 점차 차가워졌다. 그는 그곳에서 아무도 눈치 채지 못하는 사이에 죽을 수도 있었고, 그러면 잘린 돌은 미래의 자라나는 사람들에게 남겨진 그의 빈약한 유산이 될 것이었다. 그의 바지는 움직일 때마다 말려 올라갔고, 피부 밑의 굽고 날카로운 정강이뼈는 톱니바퀴 모양의 칼날 같았다. 그 무력하고 보호받지 못한 뼈를 보자 보셰프는 그 뼈가 얇은 살가죽을 찢고 나와 밖으로 드러날 것만 같아 우울해지고 걱정이 되었다. 그는 자기 다리의 마찬가지로 뼈가 튀어나온 부분을 만지고 모두에게 말했다.

"일을 끝낼 시간이오! 여러분은 지쳐 죽을 거요. 그럼 누가 인민이 되겠소?"

보셰프는 대답을 한마디도 듣지 못했다. 벌써 저녁이 다가오고 있었다. 멀리서 푸른 밤이 잠과 서늘한 호흡을 약속하며 다가와서, 마치 슬픔처럼, 땅 위 죽은 하늘 높이 걸려 있었다. 코즐로프는 여전히 한순간도 눈을 떼지 않고 땅 위에 놓인 돌을 쪼개었으며, 그의 약해진 심장은 아마도 우울하게 뛰고 있을 것이었다.

전(全) 프롤레타리아 거주지 건설 공사 지휘자는 밤의 어둠 속에서 설계 사무소를 나왔다. 토공사 구덩이 속은 비어 있었고, 조합 일꾼들은 막사 안에서 서로 몸을 바짝 붙이고 줄지어 자고 있었으며, 흐릿해진 등잔의 불빛만이 비상사태나 혹은 누군가 갑자기 물을 마시고 싶어 할 경우를 대비하여 희미한 빛을 유지하며 판자벽의 금 사이로 스며 나가고 있었다. 건축기사 프루솁스키는 막사로 걸어가 판자의 옹이구멍으로 엿보았다. 벽 가장 가까운 자리에 치클린이 누워 있었다. 힘이 넘쳐 부풀어 오른 그의 손은 배 위에 얹혀 있었고, 몸 전체는 잠의 영양 풍부한 작업 속에서 나직이 우르릉거리고 있었다. 맨발의 코즐로프는 입을 벌리고 잤고, 목에서는 마치 그가 숨쉬는 공기가 어둡고 무거운 핏속을 지나는 것처럼 꼬르륵거리는 소리가 났으며, 때때로 반쯤 뜬 창백한 눈에서 눈물이 굴러 떨어졌다. 꿈이나, 혹은 어떤 알지 못할 갈망 때문에.

프루솁스키는 생각에 잠겨 판자에서 머리를 들었다. 멀리서 밤의 공장 건설 현장이 전깃불에 빛나고 있었지만, 프루솁스키는 그곳에는 죽은 건축 자재와 피곤하고 생각 없는 일꾼들밖에 없다는 것을 알았다. 사람들이 아직도 울타리를 둘러친 형식으로 살고 있는 구시가지 대신 프롤레타리아의 집 한 채를 짓자는 것은 그의 발상이었다. 일 년 내에 지역의 모든 프롤레타리아들이 도시의 보잘것없는 사유지를 떠나 기념비적인 새 건물로 와서 살게 될 것이었다. 십 년이나 이십 년이 지나면 또 다른 기사가 세상의 중심에 탑을 지을 것이고, 영원하고 행복한 전 세계의 노동자들이 그곳으로 들어와 정착할 것이었다. 프루솁스키는 세상의 중심에 세워져야 할, 예술성과 적합성의 특징을 간직한 정역학(靜力學)의 걸작을 벌써 예측할 수 있었지만, 지금 평원 한가운데에 짓고 있는 공용 주택에서 살게 될 거주자들의 영혼의 구조는 추측할 수가 없었으며, 전 인류의 대지의 중심에 서게 될 미래의 탑에 살 거주자들은 상상할 수도 없었다. 그때가 되면 젊음은 어떤 종류의 육체를 갖게 될 것이며 어떤 활발한 힘이 심장을 뛰게 하고 머리로 하여금 생각하게 할 것인가?

프루솁스키는 그가 짓고 있는 건물의 벽이 헛되이 올라가지 않도록 이 모든 것을 지금 당장 알고 싶었다. 건물에는 사람이 살아야만 했고, 그 사람들은 예전에 영혼이라고 했던 그 넘치는 따뜻한 생기로 가득해야 했다. 그는 사람들이 궂은 날씨를 피해 머물 뿐인 공허한 건물을 세우게 될까 봐 두려웠다.

프루솁스키는 밤의 냉기에 한기를 느껴 사람들이 파기 시작한 구덩이 안으로 들어갔다. 그 안은 조용했다. 잠시 동안 그는 밑바닥 깊은 곳에 앉아 있었다. 그의 아래에는 바위가, 옆에는 잘린 땅의 경사면이 있었고, 진흙의 잘린 면 위에 그 진흙층에서 나오지 않은 토양이 쌓여 있는 것을 볼 수 있었다. 모든 기저부(基底部)에서는 상부 구조가 생기는 것일까? 삶에 필요한 물질을 생산할 때는 언제나 인간의 영혼이 부산물로 생겨나는 것일까? 그리고 만약 생산이 엄정한 경제에 맞추어 완성되어야 한다면, 예상외의 부산물도 그런 엄정한 경제에서 나오는 것일까?

이미 나이 스물다섯에 기사 프루솁스키는 의식의 제약과 삶을 더 깊이 이해하는 이해력의 한계를 느끼기 시작했다. 그것은 마치 사물을 느끼는 지성 앞에 어두운 벽이 들어선 것과도 같았다. 그리고 그 이후로 쭉 그는 이 벽을 더듬으며 괴로워했고, 동시에 자신이 근본적으로, 세상과 인류를 이루는 본질의 가장 중심적이고 진정한 구조를 이미 이해하고 있으며, 모든 필요한 지식은 그 자각의 벽 안쪽에 놓여 있고, 그 너머에는 신경 쓸 필요도 없는 음울하고 하찮은 공간만이 있다고 자신을 안심시키려 애썼다. 그러나 모든 것이 아직도 흥미로웠다. 누군가 그 벽 너머로 나가 본 사람이 있을까? 프루솁스키는 다시 막사 벽에 다가가서, 다시 몸을 구부리고, 무언가 인생에 대한 이제까지 알지 못했던 사실을 발견하게 되기를 바라며 가장 가까운 자리에서 잠자고 있는 사람을 엿보았다. 그러나 야간등의 등유가 거의 다 닳아서 별로 보이는 것이 없었고, 들리는 것이라고는 천천히 소멸하는 숨소리뿐이었다. 프루셉스키는 막사를 떠나 수염을 깎으러 밤교대 근무를 하는 이발소에 갔다. 슬퍼질 때면 그는 다른 사람의 손길을 느끼는 것을 좋아했다.

자정이 지나 프루셉스키는 과수원의 작은 별채에 있는 자기 아파트로 돌아왔다. 그는 어둠을 향해 창문을 열고 잠시 앉아 있었다. 가냘프고 국지적인 산들바람이 가끔 나뭇잎을 흔들었지만, 곧 침묵이 되돌아오곤 했다. 과수원 뒤에서 누군가 걸어가며 노래를 불렀다. 분명 저녁 일을 마치고 돌아오는 회계사거나, 그저 잠자기가 지루해진 누군가일 것이다.

멀리, 매달려 구원받지도 못한 채, 희미한 별이 반짝였고, 더 이상은 가까이 오지 않았다. 프루셉스키는 안개 낀 대기를 통해 그것을 보았고, 시간이 흘렀고, 의심했다.

"어쩌면 나는 죽는 걸까?"

프루셉스키는 아직 멀리 있는 죽음이 다가오는 날까지 자신을 꼭 붙잡아 달라고 요구할 수 있을 만큼 그를 필요로 하는 사람이 있을지 알지 못했다. 그에게는 희망 대신 오직 참을성만이 남아 있었고, 이어지는 밤 너머, 꽃이 지고 피었다가 다시 지는 정원 너머, 만나고 헤어지는 사람들 너머에는, 언젠가 그가 간이침대 위에 누워, 얼굴을 벽으로 돌리고, 우는 법을 한 번도 배우지 못한 채 죽어야만 하는 순간이 존재했다. 오로지 그의 누이만이 아직도 세상에 살아 있을 테지만, 누이는 아이를 낳고, 그 아이에 대한 동정심이, 죽어 스러져 버린 오빠에 대한 슬픔보다 강해질 터였다.

'난 죽는 편이 낫겠어.' 프루솁스키는 생각했다. '난 이용당했지만, 그 누구도 내게서 즐거움을 얻지 못해. 내일은 누이에게 마지막 편지를 써야지. 아침에 우표를 사야겠다.'

그리고, 죽기로 마음먹고, 그는 침대에 누워 삶에 대한 무관심에서 오는 행복을 느끼며 잠이 들었다. 그러나 행복을 완전하게 느낄 시간이 충분하지 않았으며, 그 때문에 그는 새벽 3시에 깨어나서 방의 불을 켜고 밝은 빛과 침묵 속에서 근처의 사과나무에 둘러싸인 채 동이 틀 때까지 앉아 있었다. 그런 후 새들의 소리와 지나가는 사람들의 발소리를 듣기 위해 창문을 열었다.

사람들이 대부분 깨어난 후, 땅 파는 인부들이 잠자는 막사에 외부인이 들어왔다. 일꾼들 중에서는 코즐로프만이 이전에 충돌한 적이 있어서 그가 누구인지 알아보았다. 지역 노동조합 자문 위원회 회장인 파시킨 동무였다. 그의 얼굴은 이미 나이 들어 보였고 몸은 굽어 있었다. 그것은 살아온 햇수 때문이라기보다는 공적인 책임감의 부담 때문이었다. 이 모든 것으로 인해 그는 아버지 같은 태도로 말했고, 거의 모든 것을 이미 알고 있거나 아니면 예견했다.

"뭐, 어쨌든, 행복이란 건 역사적으로 어떻게든 오게 돼 있어."

그는 어려운 순간에는 이렇게 말하는 버릇이 있었다. 그러고는 아무 생각도 할 필요가 없게 된 머리를 유순하게 숙이곤 했다.

파시킨은 작업을 감독할 때면 언제나 그러듯이 고개를 땅 가까이 숙이고, 막 작업을 시작한 구덩이 주변에 잠시 서 있었다.

"너무 느려." 그가 일꾼들에게 말했다. "왜 생산성을 향상시키기를 꺼리는 거요? 사회주의는 당신들 없이도 잘 해 나갈 수 있지만, 사회주의 없이 당신들은 헛되이 살다가 죽어 버릴 거요."

"모두들 말하듯이, 저희는 노력하고 있습니다, 파시킨 동무." 코즐로프가 말했다.

"뭘 노력하고 있다는 거요? 고작 흙 한 덩이 파 놨으면서!"

파시킨의 비난에 부끄러워져서, 일꾼들은 대답 대신 침묵을 지켰다. 그들은 그곳에 서서 파시킨의 말이 옳다는 것을 알았다. 땅을 더 빨리 파서 집을 세워야 했고, 그러지 않으면 모두 늙어 죽고 일은 끝나지 않을 것이다. 삶은 지금은 숨결의 흐름처럼 지나가는 것일지 모르지만 집을 지음으로써 훗날을 위한 삶을 조직할 수 있었다. 미래의 움직일 수 없는 행복을 위해서, 그리고 어린이들을 위해서.

파시킨은 멀리 평원과 산골짜기를 흘끗 쳐다보았다. 저 너머 어딘가에서 바람이 시작되고, 차가운 구름이 피어나고, 모든 종류의 모기와 질병이 생겨나고, 부농(富農)들이 생각을 하고 촌의 낙오자들이 자고 있었으나, 프롤레타리아는 이 황량한 공허 속에서 자생적으로 살아가고 모든 사람을 위해 모든 것을 생각해야 했고 자기 손으로 긴 인생의 질료를 일구어야 했다. 파시킨은 모든 노동조합원들이 딱하게 생각되었으며, 노동하는 사람들에게 친절한 마음씨를 느꼈다.

"동무들, 노동조합의 선 안에서 동무들에게 어떻게든 혜택이 돌아가게 해 주겠소."

"그 혜택을 어디서 가져오시려고요?" 사프로노프가 물었다. "먼저 우리가 혜택을 생산해서 위원장 동무께 돌리고 나면 그 때 위원장 동무가 그걸 우리에게 돌려주실 수가 있는 거지요."

파시킨은 그 우울하게 예견하는 눈으로 사프로노프를 쳐다보고는 근무하기 위해 시내로 떠났다. 코즐로프는 그의 뒤를 따라가, 사람들과 좀 멀리 떨어지게 되자 말했다.

"파시킨 동무, 여기 보셰프가 합류했는데, 그는 소개소의 노동 증명서가 없어요. 모두들 말하듯이, 그를 도로 데려가셔야 합니다."

"난 여기서 어떤 갈등도 보지 못했소. 그리고 요즘엔 프롤레타리아가 모자라오."

파시킨은 결론을 내리고 코즐로프를 위로하지 않은 채 가버렸다. 코즐로프는 그 순간 프롤레타리아다운 신념을 잃고, 시내로 다시 들어가 평판을 깎아내리는 보고서를 쓰는 일을 시작하고 조직적 성취를 목표로 하는 여러 가지 갈등이 계속되게 하고 싶어졌다.

정오가 되기까지 시간은 평화롭게 흘러갔다. 현장에는 조직위원도 기술자도 오지 않았지만, 그래도 땅은 오직 파는 사람의 힘과 참을성에만 응답하며 삽 아래서 계속 깊어져 갔다. 보셰프는 때때로 몸을 굽혀 조약돌이나 흙덩이를 주워 간직하기 위해 작업복 주머니에 넣었다. 그는 진흙 속, 축적된 어둠 속에 있는 거의 영원한 조약돌의 존재가 기쁘면서도 마음이 불편해졌다. 그것은 조약돌이 거기 있는 데는 이유가 있다는 뜻이었고, 그러므로 사람이 살아가는 데는 더 큰 이유가 있다는 뜻이었다.

정오가 지나자 코즐로프는 더 이상 숨을 참고 있을 수가 없었다. 그는 진지하게 깊은숨을 들이쉬려 했지만, 공기는 이전에 그랬듯이 그의 배까지 꿰뚫어 내려가지 못하고 위쪽에서만 머물렀다. 코즐로프는 벌거벗은 땅바닥에 앉아서 뼈만 남은 손으로 얼굴을 만졌다.

"몸이 나빠졌나?" 사프로노프가 물었다. "강해지기 위해선 체력단련 과정에 등록해야 할 텐데. 자네가 존중하는 건 분쟁이야. 자네 생각은 낙오되었어."

치클린은 멈추지도 않고, 한순간도 생각하거나 느끼기 위해 일손을 놓지 않고 사정없이 천연의 석판을 깨부수었다. 그는 다르게 살아야 할 이유를 전혀 알지 못했다. 다르게 산다면 도둑이 되거나 혁명에 지장을 줄 수도 있는 것이다.

"코즐로프가 또 아파!" 치클린이 사프로노프에게 말했다. "그는 사회주의를 견뎌 내고 살아남지 못할 거야. 뭔가 기능이 모자라."

그러고서 치클린은, 그의 생기가 땅으로 흘러들기를 멈춘 그 순간부터 다른 출구가 없었기 때문에, 즉각 생각하기 시작했다. 그는 파 놓은 구덩이 벽에 축축한 등을 기대고 서서 먼 곳을 바라보며 추억을 떠올렸다. 달리 생각할 만한 것은 아무것도 없었다. 구덩이에서 가까운 산골짜기에는 듬성듬성 잔디가 자라고 쓸모없는 모래가 죽은 듯이 흩어져 있었다. 꾸준한 태양이 모든 하찮은 낮은 생명들 위로 무모하게 자기 몸을 낭비하고 있었고, 오래전에 따뜻한 소나기를 뿌려 산골짜기를 파낸 것도 역시 태양이었지만, 아직까지 산골짜기는 프롤레타리아에게 아무런 소용도 되지 않았다. 치클린은 생각을 확인하면서 산골짜기로 내려가 보통 걸음걸이로, 계산을 정확히 하기 위해 숨을 고르게 쉬면서, 산골짜기를 재 보았다. 산골짜기는 기초로 쓸 만했고, 경사면을 계획하고 물이 스며들지 않을 만한 깊이까지 파 내려가기만 하면 되었다.

"코즐로프는 한동안 앓으라고 해." 치클린은 돌아와서 말했다. "우린 여기서는 더 이상 파지 않을 거야. 건물은 산골짜기 위에 실어서 거기서부터 세우면 돼. 코즐로프는 건물이 완공될 때까지 살아남을 거야."

치클린의 말을 듣고, 많은 일꾼들이 땅 파기를 멈추고 휴식을 취하기 위해 앉았다. 그러나 코즐로프는 이미 피로한 상태를 벗어났고, 프루솁스키에게 가서 땅 파는 작업이 멈추었으며 징계 처분을 할 필요가 있다고 보고하고 싶었다. 이렇게 조직에 봉사하기 위해 준비하면서 코즐로프는 즐거워했고 빠르게 회복했다. 그러나 있던 자리를 떠나려던 순간 사프로노프가 그를 막았다.

"뭐야, 코즐로프? 지식계급에게 접근하는 노선을 택한 건가? 저기 있네, 우리 인민대중에게 직접 왕림하시는군."

프루솁스키가 알지 못하는 사람들에 앞장서서 공사 현장 쪽으로 오고 있었다. 그는 누이에게 편지를 보냈고 이제는 의식을 어지럽히지 않기 위해 또 당면한 과제와 다른 사람의 이득을 위해 건물을 짓는 일만 생각하면서 끈기 있게 활동하고 싫었으며, 의식 속에 죽음과, 남은 사람들의 고아가 된 상태에 알맞은 특별히 섬세한 무관심의 벽을 만들었다. 그는 이전에 어떤 이유로든 싫어했던 사람들을 특별히 더 친절하게 대했다. 이제 그는 사람들 안에서 자기 인생의 거의 주된 수수께끼라 할 만한 것을 감지했고, 이해하지 못한 채 불안해하며 낯설고 친근한 멍청한 얼굴들을 들여다보았다.

모르는 사람들은 정부에서 정한 합당한 작업 속도를 확립하기 위해 파시킨이 보낸 새 일꾼들로 판명되었다. 그러나 숙련된 노동자는 아니었다. 치클린은 자세히 관찰하지 않고도 그들이 반대 방향으로 재교육을 받은 공무원들이거나, 스텝 지구에서 온 여러 종류의 은둔자들, 밭에서 힘들여 일하는 말 뒤를 조용히 걸어가는 데 익숙한 사람들임을 즉시 알아보았다. 그들의 몸에는 노동에 대한 프롤레타리아적 재능의 증거가 전혀 없었고, 그들은 누워 있거나 뭔가 다른 방법으로 쉬는 데 더 재능이 있었다.

프루솁스키는 치클린에게 지구상에 존재하는 사람이면 누구라도 함께 일하고 살아갈 필요가 있으므로 그들을 공사 현장의 적당한 곳에 배치하고 훈련시키라고 말했다.

"우리는 상관없어요." 사프로노프가 말했다. "그들의 퇴보된 버릇을 활동성으로 만들어 버릴 테니까."

"바로 그거요."

프루솁스키는 그를 믿으며 말하고, 치클린을 따라 산골짜기로 내려갔다.

치클린은 그 산골짜기가 반 이상 완공된 구덩이나 다름없으며 그곳을 이용하면 약한 사람도 미래를 위해 아껴 둘 수가 있다고 말했다. 프루셉스키는, 어차피 자신은 건물이 완공되기 전에 죽을 것이므로 동의했다.

"하지만 난 과학적인 의심이 일어나는 것을 느낍니다."

사프로노프가 그 계급적으로 의식 있는 예의 바른 얼굴에 주름을 잡으며 반대했다. 모두들 그에게 귀를 기울였다. 사프로노프는 신비로운 지혜라도 지닌 양 미소를 띠며 모두를 바라보았다.

"치클린 동무는 세상에 대한 관념을 도대체 어디서 얻은 거요?" 사프로노프는 천천히 내뱉었다. "아니면 어렸을 때 무슨 특별한 축복의 입맞춤이라도 받아서 교육받은 사람보다 더 산골짜기를 잘 선택할 수 있다는 거요? 치클린 동무, 도대체 어쩐 이유로 동무가 생각을 하고, 나하고 프루셉스키 동무는 계급 중에서도 하찮은 사람들인 것처럼, 개량할 방법을 아무것도 발견하지 못하고 돌아다니고 있는 거요?"

치클린은 잔꾀를 쓰기에는 너무 기분이 안 좋았기 때문에 적절한 대답을 했다.

"살아갈 곳이 없으면, 머리로 생각을 하는 거요."

프루셉스키는 무의미한 순교자를 보듯이 치클린을 흘끗 바라보고는, 산골짜기의 시험적인 굴착 작업을 진행하라고 부탁한 후 사무실로 돌아갔다. 그곳에서 그는 사물을 느끼고 사람들을 기억에서 지우기 위해 그가 계획한 프롤레타리아 주택의 부분 도면을 그리며 열심히 일했다. 약 두 시간쯤 후에 보세프가 시험 굴착 작업에서 나온 표본 토양을 가져왔다. '이 사람은 자연적인 삶의 의미를 알 거야.' 보셰프는 말없이 프루셉스키에 대해 생각했고, 자신의 계속적인 비참함에 괴로워하며 물었다.

"혹시 이 세상이 세워진 이유를 아십니까?"

프루셉스키는 주의력을 보셰프에게 정지시켰다. 그들도 역시 지식계급이 되는 걸까, 자본주의가 과연 우리를 쌍둥이로 낳았단 말인가? 하느님 맙소사, 이 남자는 얼굴이 이미 얼마나 음울한가!

"모르겠소."

"배우셨을 텐데요, 학교에서 가르치려고 했다면."

"우리는 각자 어떤 죽은 부분만 배웠을 뿐이오. 난 진흙과 중량의 무게와 정역학은 알지만, 기계에 대해서는 거의 모르고, 동물의 심장이 왜 뛰는지 알지 못하오. 전체적인 사물이나 내면에 있는 것에 대해서는 설명해 주지 않았소."

"안됐군요." 보셰프가 단언했다. "그럼 어떻게 그렇게 오래 살았지요? 진흙은 벽돌 만드는 덴 좋지만, 당신에겐 충분치 못해요!"

프루셉스키는 골짜기의 표본 토양을 집어 들고 그것에 집중했다. 그는 그 짙은 대지의 덩어리와 단둘이 남겨지기를 원했다. 보셰프는 자기만의 슬픔을 혼자 속삭이며 문 뒤로 물러나 사라졌다.

기사는 토양을 검사했고, 성취하려는 욕망이나 희망에서 벗어나 독립적으로 기능하는 이성(理性)의 관성으로, 압착과 변형이 그 땅에 어떤 영향을 줄지를 오랫동안 계산했다. 예전에, 인생을 느끼고 행복을 눈으로 보던 때였다면 프루솁스키는 토양의 신뢰성을 훨씬 덜 꼼꼼하게 계산했을 것이었다. 이제 그는 우정과 인간에 대한 애착 대신 사물과 건설에 끊임없이 전념하여 그것으로 지성과 텅 빈 마음을 채우고 싶었다. 미래의 건물의 정역학에 집중하는 행위는 프루솁스키에게 거의 즐거움과도 같은, 명료한 생각의 무관심을 보장해 주었다. 또한 건설의 세부 사항들은, 그와 공통된 관점을 지닌 다른 사람들과의 동료애적인 흥분보다도 더 강하고 확고한 흥미를 그의 내면에 불러일으켰다. 움직임도 삶도 사멸도 필요로 하지 않는 영구한 물질은 프루솁스키에게 뭔가 잊혀졌지만 필요 불가결한 것, 예를 들면 잃어버린 연인의 존재와도 같은 것을 대신해 주었다.

계산을 끝냈을 때, 프루솁스키는 미래의 전 프롤레타리아 거주지의 불변성을 보장하고, 그때까지 밖에서 살았던 사람들을 보호해 주게 될 물질의 견고함에 안도감을 느꼈다. 그러곤 죽음 앞에서 무관심하게 존재하는 것이 아니라 그의 어머니가 언젠가 그 입술로 속삭여 주었던 삶을 살고 있기라도 한 듯 마음이 가볍고 조용해졌다. 그러나 그는 이미 기억 속에서조차 그런 삶은 잃어버린 지 오래였다.

평화롭고 경이로운 감정을 다치지 않은 채 프루솁스키는 토지 공사 사무실을 나섰다. 밖에서는 텅 빈 여름날이 저녁을 향해 떠나가고 있었다. 가깝고 먼 곳의 모든 것이 점차 끝나갔다. 새들은 모습을 감추고, 사람들은 잠자기 위해 누웠으며, 멀리 벌판의 오두막집들에서는 연기가 평화롭게 흘러나왔고,

그곳에서는 알지 못하는 피로한 사람이 주전자 곁에서 저녁을 기다리며, 삶을 끝까지 견디기로 마음먹고 앉아 있었다. 구덩이는 비어 있었고, 땅 파는 인부들은 모두 산골짜기로 일하러 갔으며, 이제 모든 움직임은 그곳에서 벌어졌다. 프루솁스키는 먼 곳의 대도시로 가고 싶은 갑작스러운 욕망을 느꼈다. 그곳이라면 사람들은 오랫동안 잠을 자고 생각을 하고 언쟁을 하고, 음식점은 저녁에 문을 열어 포도주와 과자류의 향기를 풍기고, 그런 음식점에서는 모르는 여자를 만나 밤새 이야기를 하면서, 불안감 속에서 영원토록 살고 싶어지게 만드는 우정의 신비로운 행복감을 경험할 수 있을 것이었다. 아침이 오면, 이미 꺼져 버린 가스등 아래에서 작별을 고하고 다시 만날 약속을 하지 않은 채 텅 빈 새벽에 헤어질 것이었다.

프루솁스키는 사무실 가까운 곳의 긴 의자에 앉았다. 언젠가 그는 아버지의 집 밖에 그렇게 앉아서(여름 저녁은 그때 이후로 달라지지 않았다.) 지나가는 사람들을 관찰하기를 즐겼다. 어떤 사람들은 그의 마음에 들었고, 그는 모든 사람들이 서로 알지 못한다는 사실을 안타깝게 생각했다. 한 가지 감정은 아직도 그의 안에 살아남아 이날까지 그를 괴롭혔다. 언젠가, 그런 저녁에, 그가 어린 시절을 보낸 집 앞으로 어떤 처녀가 지나갔다. 그는 그 처녀의 얼굴도 그 일이 일어난 연도도 기억하지 못하지만, 그때 이후로 쭉 여자들의 얼굴을 들여다보게 되었고, 사라져 버렸지만 그래도 그에게는 단 하나뿐인 그녀의 얼굴은 다시 발견하지 못했다. 그녀는 멈추지 않고 그렇게 가까이 지나갔다.

혁명 기간 동안에는 개들이 러시아 전역에서 밤낮으로 짖어 댔지만 이제는 조용했다. 노동의 시간이 왔고, 노동자들은 정적 속에서 잠을 잤다. 그들이 깊이 잠들어 아침의 노동에 대비한 충분한 영양을 얻게 하기 위해 시민군은 밖에서 노동자 숙소의 고요를 지켰다. 오로지 밤교대 근무를 하는 건설 노동자들과, 보셰프가 그 도시로 오는 길에 만났던 다리 없는 불구자만이 잠들지 않았다. 오늘 그는 인생의 자기 몫을 받기 위해 낮은 수레를 굴려 파시킨 동무를 찾아갔다. 그는 매주 그것을 얻으러 갔다.

파시킨은 집이 불탈 수 없도록 벽돌로 단단하게 지은 가옥에서 살았고, 거주지의 열린 창문은 문화 공원을 내려다보고 있었는데, 그곳에서 꽃들은 밤에도 빛을 받아 빛났다. 불구자는 저녁밥을 짓느라 보일러실처럼 웅웅 소리를 내는 부엌을 지나 파시킨의 사무실 앞에서 멈추었다. 집주인은 움직이지 않고 책상에 앉아 불구자에게는 보이지 않는 어떤 것에 대해 깊이 생각하고 있었다. 책상에는 건강을 증진시키고 활력을 발달시키기 위한 여러 가지 액체와 항아리가 놓여 있었다. 파시킨은 대단한 계급적 의식을 획득했으며 선봉단의 일원이었다. 이미 충분한 성과를 축적했으므로 그는 과학적으로 자기 몸을 돌보았다. 그것은 존재의 개인적인 기쁨을 위해서만이 아니라, 그와 가까운 노동 대중을 위해서이기도 했다. 파시킨이 생각하는 작업에서 일어나, 사지를 모두 움직이는 일련의 운동을 재빨리 마치고, 생기를 되찾아 다시 앉을 때까지 불구자는 기다렸다. 불구자는 창문을 통해서 용건을 말하고 싶었지만, 파시킨은 작은 약병을 집어 들어 세 번 천천히 한숨을 쉬고 약을 전부 마셨다.

"얼마나 더 기다려야 하는 거야?" 인생의 가치도 건강의 가치도 자각하지 못하는 불구자가 물었다. "나한테 또 당하고 싶어?"

파시킨은 자기도 모르는 새에 불안해졌지만, 마음속으로 노력하여 기분을 가라앉혔다. 그는 자기 몸의 신경을 낭비하는 것을 절대로 원치 않았다.

"무슨 일이오, 자체프 동무, 뭐가 필요합니까? 왜 그렇게 흥분하시오?"

자체프는 사실에 의거하여 직설적으로 대답했다.

"이 부르주아, 내가 왜 당신들을 참아 주고 있는지 잊어버렸나? 맹장에 한 방 먹고 싶어? 기억하라고, 어떤 법률도 내 앞에선 약해!"

여기서 불구자는 손 닿는 곳에 있는 장미 덤불을 뽑아 그것을 어떤 용도로도 사용하지 않고 던져 버렸다.

"자체프 동무, 난 동무를 전혀 이해하지 못하겠소. 동무는 일급 범주에 들어 연금도 가장 많이 받고 있는데, 그래 이게 다 무슨 일이란 말이오? 난 항상 모든 면에서 동무를 위해 뛰어다녔소."

"거짓말을 하는군, 이 계급의 찌꺼기 같으니라고. 당신을 찾아다닌 건 나였잖아, 당신이 날 위해 뛰어다닌 게 아니고!"

파시킨의 배우자가 사무실로 들어왔다. 그녀는 입술이 붉고, 고기를 씹고 있었다.

"레보치카, 또 흥분하는 거예요? 금방 꾸러미를 갖다주겠어요. 이젠 정말 참을 수가 없어요. 이 사람들 때문에 제일 무딘 신경까지 다 닳아 버리겠어요!"

그녀는 불가능할 정도로 살찐 몸 전체를 덜덜 떨면서 도로 밖으로 나갔다.

"저 마누라 좀 보라지, 쓰레기같이, 뚱뚱하게 살만 쪄 가지곤!" 자체프가 정원에서 말했다. "독신자 노선에서는 모두들 연장을 들고 일하는데 말이야, 동무가 경영하는 건 이런……5)!"

파시킨은 이런 말에 흥분하기에는 뒤떨어진 구성원들을 지도한 경험이 너무 많았다.

"자체프 동무, 동무도 동반자를 구할 수 있소. 동무의 연금이라면 최소한의 필요한 경비는 모두 충당할 거요."

"오호, 약삭빠른 기생충이시군!" 자체프가 어둠 속에서 정의했다. "내 연금 가지고는 피죽도 못 사 먹어. 그리고 난 기름기하고 유제품도 먹고 싶단 말이야. 댁의 여편네더러 크림도 한 병 담아 달라고 해, 진하고 좋은 걸로!"

파시킨의 아내가 꾸러미를 들고 남편 방으로 들어왔다.

"올랴, 이 사람이 크림도 달라는데."

"또 뭐예요! 저 사람 바지를 꿰맬 프랑스 실도 사 줘야겠군요? 정말 생각하는 것하곤!"

"마누라님이 내가 길거리에서 치마를 찢어 주기를 바라시

---

5) 성적 의미를 담은 욕설이 원문에서 말줄임표로 생략되어 있다.

는구먼." 자체프가 화단에서 말했다. "아니면 침실 창문을 깨부숴 주거나. 마누라님이 콧잔등에 회반죽을 칠하는 화장대 바로 옆 창문 말이야. 나한테서 작은 선물을 받고 싶어 하시는군!"

파시킨의 아내는 자체프가 지역 당위원회에 남편을 탄핵하는 편지를 보내 조사가 한 달이나 계속되었던 것을 기억했다. 그들은 그의 이름까지 가지고 트집을 잡았다. 왜 레프도 있고 일리치도 있는 거지?[6] 둘 중 하나여야 하잖아! 그래서 그녀는 즉시 불구자에게 협동조합 크림을 한 병 가져다주었고, 자체프는 창문을 통해 꾸러미와 병을 받고 정원에서 떠났다.

"집에 가서 이 물건들의 품질을 확인해 보겠어." 대문 앞에서 타고 온 수송 기관을 멈추고 그가 말했다. "또 썩은 고기나 찌꺼기가 있으면, 배에 벽돌이 날아들 줄 알아. 인간성에 관한 한 내가 당신들보다 나아. 난 적절한 음식이 필요하다고."

배우자와 단둘이 남겨진 파시킨은 자정이 되도록 불구자에 대한 불안감을 떨칠 수가 없었다. 파시킨의 아내는 권태 때문에 생각하는 방법을 배웠고, 가족의 침묵 속에서 그녀가 생각해 낸 것은 이러했다.

"있잖아요, 레보치카? 자체프를 어떻게든 조합에 가입시키고 무슨 자리든 줘서 옮기는 게 어때요? 예를 들면, 장애인들을 지도하는 거예요! 결국, 사람은 누구나 적어도 약간은 권력

---

6) 레프 트로츠키와 블라디미르 일리치 레닌을 냉소적으로 암시한 것. 트로츠키는 레닌에 이은 공산당의 2인자로 스탈린의 가장 큰 라이벌이었다. 레닌의 죽음 이후 트로츠키는 축출되고 정권은 스탈린에게 넘어갔다.

이 있다는 느낌이 필요한 거고, 그러면 조용해지고 점잖아질 거예요……. 당신은 정말, 레보치카, 너무 사람을 잘 믿고 어리석어요!"

아내의 말을 듣자, 파시킨은 사랑과 평온함으로 가득해졌다. 그에게 기본적인 생활이 되돌아온 것이다.

"올구샤, 내 귀여운 사람, 당신은 인민을 파악하는 감각에 있어서는 최고야! 나 당신의 의견에 동참하겠어!"

그는 아내의 몸에 머리를 기대고 행복감과 따뜻함을 즐기며 그렇게 가만히 있었다. 정원에서는 밤이 계속되었고, 자체프의 수레는 멀리서 삐걱거리고 있었다. 이 삐걱거리는 소리를 들으면 읍내의 모든 소시민들은 버터가 없다는 것을 금방 알았는데, 왜냐하면 자체프는 언제나 유복한 주민들에게 받은 꾸러미에서 나온 버터로 수레에 기름칠을 했기 때문이다. 그는 부르주아의 육체가 필요 이상의 힘을 얻는 것을 막기 위해 일부러 생산품을 낭비했지만, 자기 자신은 이 부유한 물질을 소비하기를 거부했다. 지난 이틀 동안 자체프는 어쩐지 니키타 치클린을 만나고 싶은 강한 충동을 느꼈고, 그래서 수레의 움직임을 대지의 구덩이 쪽으로 몰고 갔다.

"니키타!"

자체프는 잠자는 막사에 대고 소리 질렀다. 그 소리 뒤에는 밤과 침묵과 어둠 속에서 연약한 인생의 일반적인 슬픔이 여전히 더 깊어만 갔다. 막사에서는 아무런 대답도 들려오지 않았고, 자체프는 단지 가냘픈 숨소리만 들었을 뿐이었다.

'잠자지 않았다면 노동자들은 벌써 옛날에 죽었을 거야.' 자체프는 생각하고 소리 없이 바퀴를 굴려 떠나갔다. 그러나 두 남자가 산골짜기에서 자체프를 보고 등불을 들고 나왔다.

"당신은 누구요? 왜 그렇게 키가 작지?"

사프로노프의 목소리가 물었다.

"나요." 자체프가 대답했다. "자본이 나를 반으로 잘라 놨거든. 혹시 당신 둘 중 하나가 니키타 아니오?"

"짐승은 아니고 사람이 맞군!" 또 사프로노프가 대답했다. "자네 생각은 어떤지 말해 주게, 치클린."

치클린은 등불로 자체프의 얼굴과 짧은 몸 전체를 비추고 마음이 불편해져서 등불을 어둠 쪽으로 돌렸다.

"무슨 일인가, 자체프?" 치클린이 조용히 말했다. "죽을 좀 먹으러 왔나? 이리 오게, 많이 남아 있으니까. 내일이면 쉬어서 어차피 버려야 하거든."

치클린은 이렇게 도와주겠다는 제안에 자체프가 화를 내지나 않을까, 그 죽이 더 이상 누구의 것도 아니며 어쨌든 버릴 것이라는 생각을 가지고 먹지 않을까 두려웠다. 자체프는 예전에도 노동계급에서 자양분을 얻고자 치클린이 강에서 쓰러진 나무와 나뭇가지를 치우는 일을 할 때 종종 찾아오곤 했다. 그러나 한여름이 되자 그는 진로를 바꾸어 최고 계급으로부터 양식을 얻기 시작했으며, 그렇게 함으로써 미래의 행복을 위한 무산계급 운동에 어떻게든 쓸모가 된다고 생각했다.

"자네가 보고 싶었어." 자체프가 의견을 제시했다. "쓰레기 같은 놈의 존재 때문에 고통 받고 있네. 그래서 여기 그 쓸모 없는 건축 일이 언제쯤 끝날 건지 물어보고 싶었어. 그러면 이

도시를 불태워 버릴 수 있을 테니까!"

"이건 또 횐소리를 하는군!" 사프로노프가 불구자에 관하여 말했다. "우린 공용 건물을 짓기 위해 젖 먹던 힘까지 다 짜내고 있는데, 이 작자는 우리 상태가 아무 쓸모도 없고, 깨어 있는 지각의 순간이라곤 어디에도 없다는 표어를 들고 나온단 말이지!"

사프로노프는 사회주의가 과학적인 일이라는 점을 알고 있었고, 말 또한 논리적이고 과학적으로, 강도를 더하기 위해 두 가지 의미를 담아 말했는데, 모든 물질이 그렇듯이 하나는 기본적인 의미였고 하나는 여분의 의미였다. 세 남자는 벌써 막사에 이르러 안으로 들어갔다. 보셰프는 구석에서 죽이 담긴 주전자를 집어 들어, 보온을 위해 누비 조끼로 감싸 둔 주전자를 새로 온 사람들에게 먹으라고 주었다. 치클린과 사프로노프는 몹시 추웠고 습기와 진흙으로 뒤덮여 있었는데, 그들은 구덩이로 가서 지하수 샘물이 나오는 곳까지 파 내려가 단단한 진흙으로 그것을 메워 버렸기 때문이다.

자체프는 꾸러미를 풀지 않고, 허기도 채우고 동시에 죽을 먹고 있는 다른 두 남자와 동등하다는 사실도 확인하기 위해 공동의 죽을 먹었다. 식사 후에 치클린과 사프로노프는 바람도 쐴 겸 잠들기 전에 주위를 둘러보기 위해서 밖으로 나갔다. 그들은 그렇게 밖에 한동안 서 있었다. 어둡고 별이 빛나는 밤은 산골짜기의 힘든 대지나 잠든 일꾼들의 조화롭지 못한 숨소리와는 어울리지 않았다. 단지 땅바닥을 따라 메마르고 무의미한 토양만을 보거나 빽빽이 자라나 가난 속에 존재하는 꼴만 본다면 삶에 희망이란 없었다. 일반적이고 보편적인 무가치함도, 무지한 인간의 우울함만큼이나 사프로노프를 혼란스럽게 했고 그의 사상적 지위를 좀먹었다. 움직이지 않는 태양이 비치는 푸른 여름날일 거라고 상상했던 행복한 미래마저도 그는 의심하기 시작했다. 그를 둘러싼 모든 것은 밤이나 낮이나 너무 흐릿하고 쓸모가 없었다.

"치클린, 왜 그렇게 말없이 살지? 뭔가를 하거나 이야기라도 해서 내게 조금이라도 즐거움을 주지 그래!"

"날더러 뭘 어떻게 하라고? 자네를 껴안기라도 하라는 거야, 뭐야? 우리는 구덩이를 팔 거고, 그건 좋아……. 하지만 소개소에서 보낸 그 친구들 말인데, 자네가 얘기 좀 해 보지 그러나? 그들은 일할 때 계속 몸을 사려, 마치 자기들 안에 뭐라도 간직한 것처럼!"

"할 수 있지, 물론 할 수 있어! 그 양치기와 얼치기 삼류 작가들을 한꺼번에 노동계급으로 바꿔 놓겠어. 내 그 작자들의 모든 죽음의 요소들이 얼굴에 나타날 때까지 구덩이를 파게 할 거야……. 하지만 들판은 왜 저렇게 슬프게 펼쳐져 있는 걸까, 니키타? 온 세상에는 비참함이 가득하고, 우리들만 내면에 5개년 계획7)을 가지고 있는 걸까?"

치클린의 머리는 작고 돌처럼 단단하며, 머리카락이 빽빽하게 덮여 있었는데, 왜냐하면 그는 평생 망치를 휘두르거나 삽

---

7) 스탈린이 정권을 잡으면서 집단화와 산업화를 목표로 제안한 경제개발 계획이다.

으로 땅을 팠고 생각할 시간은 한 번도 없었기 때문이고, 그래서 사프로노프의 의심을 깨끗이 풀어 줄 수가 없었다.

그들은 뒤덮인 정적 속에서 한숨을 쉬고 잠자러 갔다. 자체프는 이미 수레 안에서 몸을 숙이고 할 수 있는 한 곤히 자고 있었으며, 보셰프는 바닥에 누워 얼굴에 호기심에서 비롯된 참을성 있는 표정을 띠고 올려다보았다.

"당신들은 세상 모든 것을 다 안다고 하더군요." 보셰프가 말했다. "하지만 당신들이 하는 것이라고는 땅을 파고 자는 것밖에 없소! 난 당신들을 떠나서 협동농장을 떠돌며 구걸이라도 하는 편이 낫겠소. 진실 없이 살기란 내겐 어차피 부끄러운 일이니까."

사프로노프는 얼굴에 분명한 우월감의 표정을 띠고 지도자의 가벼운 걸음걸이로 잠자는 사람들의 다리 사이를 지나왔다.

"어이, 동무, 부탁이니 대답해 주시죠. 이 생산품은 어떤 모양으로 만들면 좋겠습니까? 둥글게 할까요 아니면 액상(液狀)으로 할까요?"

"내버려 둬." 치클린이 발언했다. "우린 모두 텅 빈 세상에서 살고 있어. 자네는 어때, 마음이 평화로운가?"

삶의 아름다움과 교양 있는 지성을 사랑하는 사프로노프는 보셰프의 운명에 경의를 표하며 서 있었지만, 동시에 깊이 동요하고 있었다. 진실은 단지 계급의 적이 아니었던가? 적은 이제 꿈이나 상상의 형태로도 모습을 드러낼 수 있는 것이다!

"치클린 동무, 선언은 좀 미루어 두시오." 사프로노프는 매우 위엄 있게 그에게 단언했다. "원칙에 관한 의문이 제기되었으니, 감정과 인민 이상심리의 이론에 의거하여 이 모든 것을 원상태로 되돌리지 않으면 안 될⋯⋯."

"됐어, 사프로노프. 사람들 말대로, 내 월급 깎아먹는 짓 좀 그만 해." 잠에서 깬 코즐로프가 말했다. "내가 잘 때 연설하는 걸 그만두지 않으면 자넬 비난하는 고소장을 쓸 거야! 방해하지 마, 잠자는 것도 일종의 급료로 친다고. 거기 가면 다 배우게 될 거야."

사프로노프는 입으로 일종의 교훈적인 소리를 내고 좀 더 목소리를 높여 말했다.

"부디 정상적으로 잠을 자게, 코즐로프 시민. 도대체 여기 어떤 종류의 신경질적인 지식계급이 참여했기에 무슨 소리만 내면 즉시 관료주의라고 하나? 그리고 코즐로프, 자네가 정신적으로 충만해 있다면, 또 선봉에 누워 있다면, 팔꿈치를 괴고 일어나 말해 주게. 어째서 부르주아들은 보셰프 동무에게 전 세계의 농기구를 다 주지 않았고, 보셰프 동무는 어쩔 줄 모르고 이렇게 우스꽝스럽게 살고 있는 건가?"

그러나 코즐로프는 이미 잠들어 오직 자기 육신의 깊이만을 느끼고 있었다. 그리고 보셰프는 얼굴을 바닥에 대고 돌아누워 그가 무자비하게 태어나 살게 된 이 알 수 없는 인생에 대해 자기 자신에게 속삭이며 불평했다.

드디어 아직도 깨어 있던 사람들도 누워서 휴식을 취했다. 밤은 죽어 새벽이 되었다. 그리고 작은 동물들만이 밝아 오는 따스한 지평선을 향해 슬픔 혹은 기쁨의 소리를 외쳤다.

치클린은 잠자는 사람들 틈에 앉아서 말없이 인생을 살아
갔다. 그는 가끔 정적 속에 앉아서 보이는 대로 무엇이든 관찰
하기를 좋아했다. 생각하는 것은 그에게는 어려운 일이었고,
그 때문에 무척 슬펐다. 부득이하게도 그는 느끼고 소리 없이
흥분하는 것 외에는 할 수 없게 되었다. 또한 더 오래 앉아 있
을수록, 움직임이 없어서 그의 안에 더 많은 슬픔이 방울방울
괴어 왔기 때문에, 그는 일어나서 손을 막사 벽에 대고 기댔는
데, 단지 뭔가 눌러 움직이게 하고 싶기 때문이었다. 그는 잠
들고 싶은 생각이 전혀 없었다. 반대로, 타일 공장에서 일하던
오래된 시절에 종종 그랬듯이 지금이라도 기꺼이 들에 나가
여러 처녀들과 사람들과 함께 나뭇가지 아래서 춤을 추고 싶
었다. 언젠가 그 공장 사장의 딸은 그에게 잠깐 입맞춤을 해

주었더랬다. 6월의 어느 날 그는 찰흙 반죽실로 가려고 계단을 내려가고 있었고, 그녀는 맞은편에서 오고 있었는데, 갑자기 드레스 아래 가려진 다리 위로 몸을 세우고, 그의 어깨 주위에 팔을 두르고는 통통하고 말없는 입술을 수염이 송송 난 그의 뺨에 눌렀다. 치클린은 그녀의 얼굴이나 성격은 더 이상 기억하지 못하지만, 그때는 마치 그녀가 무슨 수치스러운 존재라도 되는 것처럼 마음에 들지 않았다. 그래서 그때 그는 걸음을 멈추지 않고 그녀의 곁을 지나쳤다. 그러나 그녀는 고귀한 존재이므로, 후에 아마 울었을 것이다.

치클린은 부르주아 정복 이후 그의 유일한 외투인 티푸스 환자처럼 노란 솜 누비 조끼를 입고, 겨울날에 대비하듯 밤에 대비하여 목도리를 두르고, 길을 따라 좀 걸어 다니다 뭔가 해낸 후 아침 이슬 속에서 잠들 준비를 했다.

처음에는 그가 알아보지 못한 어떤 남자가 숙소 건물로 들어와 어두운 입구에 멈추어 섰다.

"아직 잠들지 않았군요, 치클린 동무!" 프루셉스키가 말했다. "나도 잠이 안 와서 걸어 다니고 있어요. 결코 찾을 수 없을 누군가를 잃어버렸다는 생각이 계속 들어서……."

기사의 지성을 존경하는 치클린은 그에게 공감 어린 대답을 하는 방법을 몰랐으므로 어색하게 침묵을 지켰다.

프루셉스키는 긴 의자에 앉아 머리를 숙였다. 세상에서 사라지기로 결심한 이래, 그는 더 이상 사람들과 함께 있을 때 수줍음을 느끼지 않았고 스스로 그들을 찾아갔다.

"용서하시오, 치클린 동무. 하지만 방에 혼자 있으면 항상 불안해져요. 여기 아침까지 앉아 있어도 될까요?"

"왜 안 되겠어요? 우리들 사이에서는 조용히 쉴 수 있을 겁니다. 제 자리에 누우세요. 전 어디 다른 데 잘 곳을 찾아보죠."

"아니, 난 그냥 앉아 있고 싶어요. 집에서는 슬프고 무서워서 어찌할 바를 몰랐어요. 하지만 나에 대해서 잘못된 생각을 하지는 말아 주시오."

치클린은 아무것도 생각하지 않고 있었다.

"여기서 아무 데도 가지 마세요. 우리가 아무도 기사 동무에게 손대지 못하게 할 겁니다. 여기서는 더 이상 겁먹지 마세요."

프루솁스키는 변함없는 기분으로 앉아 있었다. 등잔불이 그의 진지한 얼굴, 어떤 행복한 감정도 알지 못하는 자의 얼굴을 비추었지만, 그는 아무런 자각 없이 행동하여 그곳에 온 것을 벌써 후회하고 있었다. 어느 경우에든, 이제 그는 자신의 죽음과 모든 것의 소멸까지 오래 기다리며 고통 받을 필요가 없었다.

대화하는 소리 때문에 사프로노프는 한쪽 눈을 조금 뜨고, 앉아 있는 지식인 대표에게 취해야 할 가장 이로운 노선이 어떤 것일지 궁리했다. 결정을 내리고, 그는 말했다.

"프루솁스키 동무, 제가 아는 바에 의하면, 동무는 모든 필요한 조건에 맞추어 공용 프롤레타리아 거주 공간을 생각해 내느라 피땀을 쏟으셨더군요. 그리고 이제는, 제가 관찰하기로는, 뭔가 사나운 것이 뒤에서 쫓아오기라도 하는 듯이 밤중에 프롤레타리아 인민을 찾아오셨고요! 하지만 우리는 전문가에 대해서는 확실한 노선이 있으니까. 제 건너편에 누우세요, 그

럼 제 얼굴이 항상 보일 테니까 겁내지 않고 주무실 수 있을
겁니다……."

자체프도 수레에서 깨어났다.

"저 사람 뭔가 먹고 싶은 거 아니오?" 그가 프루셉스키에
대해 물었다. "나한테 부르주아 음식이 좀 있는데."

"어떤 종류의 부르주아 음식이고 영양분은 얼마나 많이 들
어 있소, 동무?" 사프로노프가 놀라서 물었다. "부르주아 인물
이 어디서 나타났소?"

"입 닥쳐, 이 무식한 기생충!" 자체프가 대답했다. "네가 할
일은 이 삶에 완전한 채로 남아 있는 거고, 내 할 일은 죽어서
공간을 깨끗이 하는 거야!"

"겁내지 마세요." 치클린이 프루셉스키에게 말했다. "누워서
눈을 감아요. 제가 가까이 있을 테니, 겁이 나면 부르세요."

프루셉스키는 소리를 내지 않기 위해 몸을 숙이고 치클린
의 자리로 가서 그의 옷 속에 누웠다. 치클린은 누비 외투를
벗어 프루셉스키의 다리를 덮어 주었다.

"난 조합비를 넉 달 동안 내지 않았어요." 프루셉스키가 조
용히 말했다. 그리고 순간적으로 등 아래 한기를 느끼고 자기
몸을 감쌌다. "아직 시간이 더 있을 거라고 줄곧 생각했소."

"그럼 이젠 기계적으로 쫓겨나시겠군요, 틀림없이!"

사프로노프가 자기 자리에서 선언했다.

"조용히 자!"

치클린은 말하고, 슬픈 밤에 잠시 홀로 살아가기 위해 밖으
로 나갔다.

아침에 코즐로프는 오랫동안 프루셉스키의 잠든 몸을 바라보며 서 있었다. 이 지식인이며 지도자인 인물이 바닥에 누운 인민들 사이에서 하찮은 시민처럼 자고 있으며 이제 권위를 잃게 될 것이라는 사실 때문에 그는 괴로웠다. 코즐로프는 이 혼란스러운 주변 상황에 대해 깊이 생각해야 했다. 그는 감독의 부적합한 노선이 가져올 결과로 인해 정부의 모든 국면에 해를 입도록 내버려 둘 수도 없었고 그것을 원치도 않았다. 그는 너무나 걱정이 되어 준비를 하기 위해 서둘러 몸을 씻었다. 삶의 이러한 순간, 위협적인 위기의 순간에, 코즐로프는 내면에 불길과도 같은 사회적인 기쁨을 느꼈고, 이 기쁨을 어떤 위대한 행동으로 옮겨 열정적으로 죽어서, 전 계급이 자신에 대해서 듣고 자신의 죽음을 애도하기를 갈망했다. 그는 여름이라는 것을 잊고 황홀감에 몸을 떨기까지 했다. 그는 의식적으로 프루셉스키에게 가서 잠을 깨웠다.

"감독 동무, 동무의 아파트로 가시지요." 그가 냉정하게 말했다. "우리 노동자들은 아직 완전한 이해의 경지에 도달하지 못했고, 계속 의무를 이행하시면 동무에게 아름답지 못한 상황이 닥칠 겁니다."

"동무가 상관할 일이 아니오."

프루셉스키가 말했다.

"아니오, 실례를 용서하신다면." 코즐로프가 반대했다. "다들 말하듯이, 모든 시민은 주어진 지령을 수행해야 하는데, 동무는 자기 자신을 낮추어 퇴보하는 무식꾼들과 동등하게 만들고 있어요. 그건 절대 안 되지요. 전 당국으로 가서, 동무가 우리 노선을 망치고, 작업의 흐름과 지도력에 저항하고 있다고 말하겠소. 그게 내 생각이오!"

자체프는 잇몸을 갈면서 침묵을 지키며, 그날이 지나가기 전에, 당장은 아니고 좀 더 기다렸다가, 마치 앞에서 날뛰는 인간쓰레기를 공격하듯 코즐로프의 배에 한 방 먹여야겠다고 결심했다. 그리고 보셰프는 이 말과 외침을 듣고도 여전히 인생에 대한 아무런 이해도 얻지 못한 채 소리 없이 누워 있었다. '난 모기로 태어났으면 좋았을걸 그랬어. 모기는 명이 짧으니까.' 그는 자신에게 제안했다.

프루셉스키는 코즐로프에게 아무 말도 하지 않고 자기 자리에서 일어나 보셰프의 익숙한 얼굴을 한번 보고는 계속하여 잠자는 사람들에게 시선을 집중했다. 그는 자신을 괴롭히

는 말 혹은 부탁을 발화해 버리고 싶었지만, 슬픈 느낌이 피로
와도 같이 그의 얼굴을 지나갔고, 그는 그저 걸어 나가기 시작
했다. 새벽이 오는 방향에서 들어온 치클린이 프루셉스키에게
말했다. 다시 밤에 겁이 나면 또 밤을 지내러 오라고, 그리고
뭔가 필요한 게 있으면 말하라고.

그러나 프루셉스키는 대답하지 않았고, 그들은 말없이 함
께 갈 길을 갔다. 긴 하루가, 덥고 우울하게 시작되고 있었다.
태양은 마치 맹목(盲目)처럼 대지에 낮게 깔린 가난 위로 무
관심하게 걸려 있었다. 그러나 삶을 위한 다른 장소는 주어지
지 않았다.

"한번은, 오래전에, 아마 아직도 어릴 때였을 거요." 프루셉
스키가 말했다. "치클린 동무, 지나가는 여자를 봤소. 그때의
나처럼 젊었어요. 아마 6월이나 7월이었을 텐데, 그때부터 난
갈망으로 가득 찼고, 모든 것을 기억하고 이해하기 시작했소.
하지만 그 이후에는 소녀를 다시 보지 못했지요. 다시 만나고
싶소. 더 이상은 달리 바라는 게 없어요."

"그 소녀를 보신 게 어떤 장소였습니까?"

"지금 이 동네였소."

"그럼 타일 만드는 사람의 딸이었겠군요!"

치클린이 추측했다.

"어째서요? 이해가 안 갑니다!"

"나도 6월에 그녀를 만났지만 그때는 그녀를 바라보기를 거
부했지요. 하지만 나중에, 하루 정도 지나고 나서, 그녀를 향
한 뭔가 따뜻한 것이 마음속에서 끓어올랐어요, 기사 동무처

럼요. 기사 동무와 저는 똑같은 사람을 본 겁니다."

프루솁스키는 겸손하게 미소 지었다.

"하지만 왜?"

"왜냐하면 내가 그녀를 동무에게 데려올 테니까요. 지금도 이 세상에 살아 있다면 말입니다."

치클린은 프루솁스키의 슬픔을 정확하게 상상할 수 있었는 데, 왜냐하면 그도 한때, 종종 잊어버리기는 하지만, 같은 비통함을 경험했기 때문이다. 그의 얼굴 왼쪽에 소리 없이 키스했던 날씬하고, 그와는 아무 관계도 없는, 가벼운 사람에 대하여. 그러므로 똑같은, 희귀하고 매력적인 존재가 가까운 데서 그리고 먼 곳에서 그들 두 사람에게 작용했던 것이다.

"틀림없이 지금쯤 중년이 되었을 겁니다." 치클린이 조금 후에 말했다. "골치 아픈 일들에 시달려 지쳐 있겠지요. 그리고 피부는 갈색이 되었거나 요리사처럼 거칠어졌을 겁니다."

"아마도." 프루솁스키가 동의했다. "시간이 많이 지났으니까. 그녀가 아직 살아 있다면, 다 타 버리고 재만 남았을 거요."

그들은 산골짜기 구덩이의 가장자리에서 멈추었다. 공용 주택을 짓기 위해 그렇게 거대한 구덩이를 파려 했다면 훨씬 일찍 시작했어야 했다. 그랬다면 프루솁스키가 필요로 하는 존재는 그곳에서 안전하게 머물렀을 것이다.

"하지만 가장 가능성 있는 건, 지금 그녀가 의식 있는 시민이 돼 있으리라는 겁니다." 치클린이 발언했다. "그래서 우리의 혜택을 위해 일하고 있을 겁니다. 어렸을 때 헤아릴 수 없는 감정을 지녔던 사람들은 나중에 지성이 발달하거든요."

프루솁스키는 가장 가까운 자연의 빈 공간을 바라보았고, 그의 잃어버린 연인과 다른 많은 필요한 사람들이 안락한 생활이라고는 아직 마련되지 않은 이 필멸의 지구에서 살아가다 사라져야만 한다는 사실 때문에 슬퍼져서, 치클린에게 비통한 의견을 털어놓았다.

"하지만 난 그녀의 얼굴을 몰라요! 그러니 치클린 동무, 그녀가 오면 어떻게 될 것 같소?"

"그녀를 느끼고 알아보시겠지요. 세상에 잊혀진 사람들이 하나둘이 아니니까요! 기사 동무의 슬픔 덕에 그녀를 기억하실 겁니다."

프루솁스키는 그것이 사실임을 이해했고, 어쨌든 치클린을 불쾌하게 할까 봐 시계를 꺼내어 그날의 예정된 노동이 다가오고 있는 데 대한 염려를 나타냈다.

지식인처럼 걸으면서 생각에 잠긴 표정을 짓고 있던 사프로노프가 치클린이 있는 쪽으로 다가갔다.

"동무, 이제까지의 경향을 버렸다고 들었는데, 지금부터는 좀 유순해질 것을 부탁하고 싶소. 곧 생산의 시간이 될 테니까! 그리고 치클린 동무, 자네가 코즐로프를 좀 관찰해 줘야겠네. 그는 사보타주 노선으로 가려 하고 있어."

한편 코즐로프는 우울한 기분으로 아침밥을 먹고 있었다. 그는 자신의 혁명적 봉사가 불충분했으며 자신의 매일의 사회적 유용성이 너무 적다고 간주했다. 오늘 그는 자정이 지나 깨어나서 주요 조직의 건설이 그의 참여 없이 진행되고 있으며 그는 오직 산골짜기에서만 활동적이며, 거대한 지도력 차원에서는 그렇지 못하다는 생각 때문에 아침까지 주의 깊게 괴로워했다. 아침이 다가오자 코즐로프는 노동자 부류에서 장애 연금을 타는 부류로 신분을 바꾸고 가장 위대한 사회적 유용성을 위해 헌신하기로 결정했다. 그것이 프롤레타리아적 양심이 그에게 고통스럽게 단언한 바였다.

사프로노프는 코즐로프로부터 이런 생각을 듣고, 코즐로프를 기생충으로 분류하고 발언했다.

"코즐로프, 자넨 자기 자신만을 위한 원칙을 확립하고 노동 대중을 떠나 혼자 먼 곳으로 기어가고 있어. 그건 자네가 외부인 기생충이라는 뜻이야. 그건 항상 진로를 바깥으로 잡거든."

"다들 말하듯이, 입 닥치는 게 좋을 것 같은데!" 코즐로프가 대답했다. "아니면 조만간 불려 가서 해명을 해야 할 테니까! ……자네가 바로 집단화 작업 도중에 어떤 가난한 사람을 설득해서 그의 수탉을 죽여 잡아먹게 한 걸 기억하나? 기억해? 우린 자네가 집단화를 저지하려 했다는 걸 알고 있어! 자네가 얼마나 깨끗한지 알고 있단 말이야!"

사프로노프는, 내면의 생각이 삶에 대한 열정으로 둘러싸여 있었으므로, 코즐로프의 논쟁 자체를 대답 없이 버려두고 자신의 자유롭게 생각하는 큰 걸음으로 걸어 나가버렸다. 그는 자신에 대한 탄핵문을 제출하는 것을 존중하지 않았다.

치클린은 코즐로프에게 가서 어찌 된 사정인지 물었다.

"난 오늘 사회보장국에 연금 배정받으러 갈 거야." 코즐로프가 의견을 내놓았다. "난 모든 것을 지켜보고 싶어, 모든 사회적 해악과 소시민적 반란에 대항해서."

"노동계급은 차르가 아냐." 치클린이 말했다. "그들은 반란을 두려워하지 않아."

"두려워하지 않겠지." 코즐로프가 동의했다. "하지만 그래도, 다들 말하듯이, 지켜보는 게 더 좋을 거야."

자체프는 수레를 탄 채 근처에 있었고, 조금 뒤로 굴러가서는 몸을 앞으로 쭉 내밀고 그의 말없는 머리로 코즐로프의 배를 전속력으로 들이받았다. 코즐로프는 잠시 동안 가장 위대한 사회적 유용성에 대한 욕망을 잃고 소스라쳐 뒤로 넘어졌다. 치클린은 몸을 굽혀, 수레에 탄 채로 자체프를 공중에 들어 올려 공간 속으로 던져 버렸다. 자체프는 비행의 선상에서 움직임의 균형을 잡은 후 간신히 발언할 수 있었다.

"왜 그래, 니키타? 난 그놈이 확실히 일급 연금을 받게 해 주고 싶었단 말이야!"

수레는 추락하여 자체프의 몸과 대지 사이에서 부서졌다.

"가, 코즐로프!" 치클린이 쓰러진 남자에게 말했다. "내 생각에 우린 모두 차례로 그곳에 가게 될 것 같군. 자네가 휴식을 취할 시간이야."

코즐로프는 의식이 돌아오고 나서, 자신이 사회보장국 중앙 행정부에 있는 로마노프 동무와 말쑥하게 차려입은 사람들이 여럿 모인 꿈을 계속 꾸었는데 그 때문에 일주일 내내 기분이 울적했다고 선언했다.

코즐로프가 외투를 입자마자 치클린도 다른 사람들과 함께 옷에서 흙과 다른 부스러기들을 털어 냈다. 사프로노프는 자체프를 안으로 끌고 들어와서 그의 기진맥진한 몸을 막사

구석에 떨어뜨리고 말했다.

"이 프롤레타리아의 존재는 한동안 여기 있으라고 하지. 그에게서 뭔가 원칙이 생겨날지도 모르니까."

코즐로프는 모든 사람과 악수를 하고, 연금을 받아 은퇴하기 위해 나갔다.

"잘 가게." 사프로노프가 말했다. "이제 자넨 노동계 구성원들에게 일종의 선구적인 천사가 되겠군. 공공 기관으로 진출하고 있으니……"

코즐로프는 스스로 생각할 수 있었으므로, 소유물을 담은 작은 짐 가방을 손에 들고 더 고매하고 일반적으로 유용한 삶 속으로 조용히 물러났다.

바로 그 순간에 아직 보이지도 않고 멈추게 할 수도 없는 사람 하나가 산골짜기 너머의 들판을 가로질러 달리고 있었다. 그의 육체는 옷 속에서 수척해져 있었고, 바지는 속이 빈 듯이 다리 주변에서 펄럭였다. 그 남자는 모두에게 낯선 사람이 하듯이 사람들에게 다가와 혼자서 흙더미 위에 앉았다. 그는 한 눈을 감고, 다른 한 눈으로는, 최악의 경우를 예상하며, 그러나 불평은 하지 않고, 사람들을 바라보았다. 그의 눈은 농부의 들판처럼 노란색이었고 보이는 모든 것을 경제적인 슬픔으로 평가했다.

곧 그 남자는 한숨을 내쉬고 배를 깔고 누워 졸기 시작했다. 아무도 그가 이곳에 있는 것을 반대하지 않았는데, 건설에 참여하지 않고 살아가는 다른 사람들이 아직도 많이 있기 때문이었다. 그리고 이미 산골짜기에 일하러 갈 시간이었다.

밤이면 여러 가지 꿈이 노동하는 사람에게 찾아온다. 어떤 꿈은 충족된 소망을 표현하고, 어떤 것은 진흙 무덤 속에 있는 자신의 관에 대한 예감을 불러온다. 그러나 낮 시간에는 모든 사람이 똑같이 허리를 구부리고 살아간다. 참을성 있는 육체로 대지를 파서 파괴할 수 없는 건축물의 영구적인 뿌리가 신선하고 깊은 구덩이에 놓일 수 있도록.

새 굴착 인부들은 정착하여 점차로 노동에 익숙해졌다. 각자 미래의 탈출에 대비한 계획을 짜 놓았다. 어떤 사람은 경력을 쌓아 학교에 들어가기를 바랐고, 또 어떤 사람은 직업을 바꿀 때가 오기를 기다렸으며, 또 다른 사람은 당에 가입하여 감독 기관으로 사라지기를 원했다. 그리고 각자 끊임없이 탈출 계획을 기억하면서, 부지런히 대지를 파 나갔다.

파시킨은 이틀에 한 번씩 건설 현장을 찾아와서 여전히 작업 속도가 느리다고 불평했다. 그는 경제정책[8]의 시기에 마차를 팔아버렸기 때문에 대체로 말을 타고 왔고, 그렇게 그 동물의 등에 올라앉아 위대한 굴착 작업을 관망했다. 그러나 자체프가 항상 주위에 존재하여 파시킨이 말 등을 비우고 도보로 구덩이 깊이 내려갈 때마다 어떻게든 말에게 지나치게 물을 많이 먹였으므로, 파시킨은 이제 말을 타고 오는 것을 피하고 대신 차를 이용하게 되었다.

보셰프는 이전과 똑같이 삶의 진실에 대해서는 아무것도 느끼지 못했지만 무거운 땅과 싸우는 힘겨운 작업으로 자신을 만족시켰고 쉬는 날에만 자연의 온갖 불행한 부스러기들을 수집했는데, 그것들은 세상이 무계획적으로 창조되었다는 사실과 살아서 호흡하는 모든 존재의 우울함을 입증하는 기록이었다.

이제 점점 길어지고 어두워지는 저녁이면 막사에서의 삶은 음침해졌다. 들판 쪽에서 달려온 눈이 노란 농부는 일꾼들 사이에서 함께 살았다. 그는 말없이 살았지만, 여자들이 하는 일반적인 집안일부터 닳은 옷가지를 조심스럽게 수선하는 일까지 함으로써 자신의 존재를 보상했다. 사프로노프는 이미 이 농부를 봉사원 자격으로 조합에 데려가야 할 때가 된 게 아닌가 혼자 궁리했지만, 그가 시골집 마당에 가축을 얼마나 가

---

8) 신경제정책. 1921년에서 1927년까지 레닌의 주도로 시행된 경제정책. 소규모의 자유시장경제를 허용하여 단기간에 경제가 급속히 향상되었다.

지고 있는지, 혹은 농장 일꾼을 고용해서 부리고 있는지 어떤지 몰랐으므로 그 의중은 뒤로 미루었다.

저녁이 되면 보셰프는 눈을 뜬 채 누워서 모든 것이 보편적으로 알려지고 빈약한 행복감 속에 정착하게 될 미래를 갈망했다. 자체프는 적대적인 유산계급이 다시 일어나 삶의 빛을 차단하려 하므로 보셰프의 욕망은 미친 생각이며, 혁명의 부드러운 국면인 아이들을 소중히 하고 보호하며 그들에게 올바른 지령을 남겨 주어야 한다는 사실을 확신시키려 애썼다.

"어떤가, 동무들." 어느 날 저녁 사프로노프가 제안했다. "성과물과 지령을 들을 라디오를 설치하는 게 어떻겠나? 여기 있는 건 매우 퇴보한 인민들이라서 문화혁명과 온갖 음악적인 소리에 혜택을 많이 입을 거야. 그러면 혼자 무지하고 어두운 감정을 축적하는 일도 없겠지."

"라디오 대신 고아 계집애라도 하나 손을 잡고 데려오지 그래."

자체프가 반대했다.

"자체프 동무, 그렇다면 그 소녀의 장점이나 교훈적 가치는 무엇이겠나? 공공 건설을 위해서 그 소녀가 뭘 희생하겠나?"

"자네의 그 건설을 위해서 계집애는 지금 설탕도 안 먹고 있어. 그런 식으로 봉사하는 거야, 자네의 그 만장일치의 정신이란 말이지!"

"아하, 그런 경우라면, 자체프 동무, 자네의 운송 기관으로 그 불쌍한 소녀를 데려와 보게. 그러면 그 음악적인 광경에 힘입어 우리가 더 조화롭게 살 수 있을지도 모르지."

그러고는 사프로노프는 문맹을 근절하고 사람들을 계몽하는 지도자인 양 모든 사람들 앞에 일어서서 확신에 찬 걸음걸이로 왔다 갔다 하며 활발하게 생각하는 듯한 표정을 지었다.

　"동무들, 우리는 여기에, 어린아이의 형태를 띤 미래의 프롤레타리아 지도자가 절대적으로 필요하다. 이 문제에 있어서 자체프 동무는 비록 다리는 없지만 머리는 완전하다는 점을 정당화했다."

　자체프는 사프로노프에게 대답을 하고 싶었지만 대신 우연히 근처에 있는, 부르주아였다는 죄로 가까이 서 있는 마을 농부의 바지를 잡아당겨, 잘 발달된 주먹으로 옆구리를 두 번 쿡쿡 쥐어박는 쪽을 선택했다. 농부는 노란 눈을 고통으로 찡그렸지만 자신을 보호하기 위한 어떤 동작도 하지 않고 땅에 조용히 서 있었다.

　"저리 가, 쇳조각 농기구 같으니. 겁먹지도 않고 그렇게 서 있군." 자체프는 성이 나서 길게 늘어진 팔로 농부를 다시 쳤다. "그렇다면 이 살무사 같은 놈은 어디 다른 데서는 더 괴롭게 살다가 이제 우리랑 있으니 천국 같다는 얘기야. 누가 권력이 있는지 이젠 알겠지, 암소 남편 놈아!"

　농부는 숨을 고르기 위해 주저앉았다. 그는 마을에 사유지를 가지고 있다는 이유로 자체프에게 얻어맞는 데 이미 익숙해져 있었으며, 그래서 소리 없이 고통을 극복하려 애썼다.

　"보세프 동무도 자체프 동무에게 별로 얻어맞아야 할 사람이오." 사프로노프가 말했다. "그는 프롤레타리아 중에서도 무엇을 위해 살아야 하는지 모르는 단 한 사람이오."

"그래 무엇을 위해 살아야 합니까, 사프로노프 동무?" 막사 끝에서 보셰프가 그의 말에 귀를 기울였다. "나는 생산적인 노동을 위해 진실을 원하오."

사프로노프는 도덕적으로 훈계하는 손짓을 했고, 그의 얼굴에는 퇴보한 사람에 대한 동정으로 인한 주름진 생각이 나타났다.

"프롤레타리아는 노동에 대한 열정을 위해 삽니다, 보셰프 동무! 당신은 이런 성향을 익힐 때가 됐소. 조합원 모두의 육체는 이 표어를 위해 불타야 하오!"

치클린은 자리에 없었다. 그는 타일 공장 주변의 마을을 걷고 있었다. 모든 것이 예전과 같아 보였지만, 지금 그곳에는 죽어 가는 세상의 남루함이 서려 있었다. 길가의 나무들은 나이 들어 말랐고 오랫동안 나뭇잎도 없이 서 있었지만, 조그만 집의 이중창문 뒤에 숨어서 나무들보다 더 견고하게 살아 여전히 존재하는 사람들도 있었다. 치클린의 젊은 날에 이곳에서는 빵 가게의 냄새가 풍겼고, 석탄 배달꾼들이 거리를 가로질러 갔으며, 마을의 손수레에서는 시끄러운 우유 선전 소리가 들렸다. 그때는 어린 시절의 태양이 거리의 먼지를 뜨겁게 데웠고, 치클린 자신의 삶은 그가 이제 막 맨발로 건드리기 시작한 푸르고 알지 못하는 지구상에서의 영원이었다. 그러나 이제 노쇠한 공기와 작별의 기억이 불 꺼진 빵집과 오래된 사과 과수원 위에 걸려 있었다.

치클린의 끊임없이 활동하는 삶의 감각은 그를 슬픔으로 이끌었으며, 특히 어린 시절 앉아서 놀곤 했던 울타리를 보았을 때 더 그러했다. 이제 그 울타리는 이끼가 끼고, 휘어지고, 시간의 힘으로 나무의 손아귀에서 벗어난 오래된 못이 튀어 나와 있었다. 그 오래된 울타리는 움직이지 않고 서서 그를 기억하고, 그가 지나가면서 행복을 잊어버린 손으로 모두가 버리고 떠난 판자를 쓰다듬을 그 시간까지 남아 있었지만, 그동안 치클린은 감정을 소홀하게 낭비하고 여러 곳을 돌아다니며 갖가지 노동을 하며 성숙했다는 것은 슬프고도 신비로운 일이었다.

타일 공장은 풀이 우거진 골목길에 서 있었다. 그 골목길은 묘지의 텅 빈 벽으로 이어졌기 때문에 아무도 끝에서 끝까지 걸어가 본 적이 없었다. 공장 건물은 점차 땅속으로 가라앉고 있었기 때문에 더 낮아졌고, 마당은 버려졌다. 그러나 알지 못하는 늙은이 한 명이 아직도 거기 있었다. 그는 원자재 창고 아래 앉아서, 분명 오래된 시간을 되찾기 위해, 나무 껍질로 삼은 짚신 라포치[9]를 고치고 있었다.

"그래 이제 여기엔 뭐가 있습니까?"

치클린이 그에게 물었다.

"여기 있는 건 말이오, 점잖은 양반, 조장[10] 창고라오. 소비에트 정부는 강하지만, 여기 기계들은 약해요, 전혀 만족스럽지 못해. 하지만 난 이젠 상관도 안 하지. 숨쉴 날도 얼마 안

---

9) 나무껍질의 섬유를 뽑아 짚신처럼 삼아서 만든 러시아 농민의 전통적인 신발이다.
10) konstervatsia. '저장, 보존'이라는 의미의 'konservatsia'를 잘못 발음한 것. 그러나 'sterva'는 '짐승, 짐승 같은 인간'이라는 욕이기도 하다.

남았으니까."

"세상 모든 것 중에 할아버지에게 남은 것이라고는 짚신 한 켤레뿐이군요! 여기 이 자리에서 기다리세요, 내가 음식과 옷을 좀 가져올 테니."

"그런데 댁은 누구시오?" 존경심에 찬 얼굴을 그러모아 주의 깊은 표정을 만들며 노인이 물었다. "무슨 사기꾼이오, 아니면 그냥 부르주아 권력자요?"

"전 프롤레타리아 출신입니다."

치클린이 내키지 않게 대답했다.

"아하, 그럼 댁이 현재의 차르구먼. 그렇다면 여기서 기다리지."

치클린은 강렬한 수치심과 슬픔을 느끼며, 오래된 공장 건물 안으로 들어섰다. 곧 그는 공장 주인의 딸이 언젠가 그에게 입 맞추었던 나무 계단을 발견했다. 계단은 너무나 낡아 빠져서 치클린의 무게를 견디지 못하고 아래쪽의 암흑 속으로 무너져 내렸으며, 그는 그저 그 피로에 지친 먼지만을 만지며 마지막 작별을 고할 수 있었다. 치클린은 어둠 속에 한동안 서 있다가, 그 속에서 움직이지 않는, 거의 살아 있지 않은 빛과 어딘가로 통하는 문을 분별해 냈다. 문 뒤에는 잊혀졌거나 처음부터 설계도에 나와 있지도 않았던 것 같은 창 없는 방이 있었고, 마룻바닥 위에서 석유 등잔이 빛나고 있었다.

치클린은 이 알 수 없는 은신처에 안전을 위해 몸을 숨긴 것이 어떤 종류의 생물인지 알지 못했으므로, 방 한가운데서 멈추어 섰다.

등잔 가까운 곳에 한 여인이 땅에 누워 있었다. 몸 아래 깐

지푸라기는 벌써 삭아 버렸고 여인은 옷이라 할 만한 것을 거의 입고 있지 않았다. 눈은 마치 고통 받고 있거나 잠들어 있는 것처럼 깊이 감겨 있었고, 머리맡에 앉은 소녀도 마찬가지로 졸고 있었지만, 계속 레몬 껍질로 어머니의 입술을 축이며 결코 임무를 게을리 하지 않았다. 소녀는 깨어나서 어머니가 조용해진 것을 알았는데, 왜냐하면 여인의 아래턱이 약하게 처져 어둡고 치아 없는 입이 벌어져 있었기 때문이다. 소녀는 어머니 때문에 놀라서, 겁먹지 않기 위해 정수리 위의 끈으로 여인의 턱을 끌어올려 입술이 다시 다물어지게 했다. 그리고 소녀는 어머니를 느끼며 다시 잠들고 싶어서 얼굴을 어머니의 얼굴에 댔다. 그러나 어머니는 언뜻 깨어나 말했다.

"왜 잠을 자려고 하니? 레몬으로 입술을 적셔 다오. 내가 얼마나 아픈지 너도 알잖니."

소녀는 다시 레몬 껍질로 어머니의 입술을 쓰다듬기 시작했다. 여인은 레몬 찌꺼기에서 영양분을 얻으며 잠시 가만히 누워 있었다.

"넌 잠들지도 않을 거고, 날 떠나지도 않을 거지?"

그녀가 딸에게 물었다.

"예, 이젠 졸리지도 않아요. 그냥 눈만 감고 항상 엄마를 생각할 거예요. 엄마는 우리 엄마니까요."

어머니는 눈을 떴다. 그 눈은 의심으로 가득했고, 인생의 어떤 재난에도 준비가 되어 있었으며, 이제는 무관심으로 창백해졌다. 그녀는 자신을 변호하기 위해 말했다.

"난 이제 네가 불쌍하지도 않고, 아무도 필요 없구나. 난 돌처럼 되어 버렸어. 불을 끄고 돌아눕혀 다오. 이젠 죽고 싶구나."

소녀는 일부러 침묵을 지키며, 계속 레몬 껍질로 엄마의 입술을 축였다.

"불을 꺼." 나이 든 여인이 말했다. "그러지 않으면 난 계속 널 보면서 살아 있을 거야. 하지만 아무 데도 가지 마라. 내가 죽은 다음에 가."

소녀는 입으로 불어 등불을 껐다. 치클린은 소리를 낼까 겁내며 땅바닥에 앉았다.

"엄마, 아직 살아 계세요, 아니면 돌아가셨어요?"

소녀가 어둠 속에서 물었다.

"그저 약간 살아 있단다. 날 떠나거든, 아무에게도 내가 죽어 여기 누워 있다고 말하지 마라. 네가 나한테서 태어났다는 걸 아무에게도 말하지 마. 안 그러면 사람들이 네게서 등을 돌릴 거다. 어디든 멀리 멀리 가서 거기서 너 자신을 잊어버려. 그러면 살 수 있을 거다……."

"왜 돌아가시는 거예요, 엄마? 엄마가 부르주아라서 그래요, 아니면 죽음 때문인가요?"

"삶이 너무 슬퍼졌어. 난 지쳤단다."

"엄마는 아주아주 오래전에 태어나셨고, 전 그렇지 않기 때문이죠. 엄마가 돌아가시고 나면, 전 아무에게도 말하지 않을 거고, 아무도 엄마가 살아 있었는지 없었는지도 모를 거예요. 오직 저만 계속 살면서 머릿속에 엄마를 기억할 거예요. 있잖아요." 소녀는 말하다 잠깐 멈추었다. "저 지금 잠깐만 잘게요, 잠깐의 반만 잘게요. 엄마는 누워서 생각하세요, 돌아가시지 않게."

"이 끈부터 풀어 주렴. 숨 막히겠다."

그러나 소녀는 그 말을 듣지 못하고 이미 잠들었고, 이제는 모든 것이 조용했다. 치클린은 그들의 숨소리조차 들을 수 없었다. 분명히, 어떤 생물도 그 장소에서는 살지 않았다. 쥐도 없고, 벌레도 없고, 아무것도 없었다. 어떤 소리도 없었다. 단지 멀리서 알 수 없는 소리가 한 번 들렸다. 아마 오래된 벽돌이 옆의 잊혀진 방에서 굴러 떨어졌거나, 땅이 더 이상 영원을 견딜 수 없어 무너져 파멸의 먼지로 변해 가고 있는 것일 터였다.

"누구든 와 줘요!"

치클린은 공기 중에 귀를 기울이다가 조심스럽게, 실수로 소녀를 짓밟지 않으려 애쓰며, 어둠 속을 기어가기 시작했다. 가는 길에, 떨어져 있는 어떤 물체가 가로막았기 때문에 시간이 오래 걸렸다. 치클린의 손이 소녀의 머리에 닿았고, 어머니의 얼굴을 만졌고, 그는 그 집에서 언젠가 그에게 키스한 것이 그녀였는지 아닌지를 알아보기 위해 그녀의 입 위로 몸을 굽혔다. 그는 그녀에게 키스하여 입술의 메마른 맛과 그 열에 들떠 갈라진 틈 사이에 약간 남아 있는 다정함으로 그녀를 알아보았다.

"왜 이런 짓을 하죠?" 여인이 분명하게 말했다. "이제 난 영원히 혼자로군."

그런 후 그녀는 돌아누워서, 얼굴을 바닥에 대고 죽었다.

"불을 켜야겠어."

치클린은 큰 소리로 말하고, 어둠 속을 조금 더듬은 끝에

방에 불을 밝혔다.

소녀는 머리를 어머니의 배에 대고 잠들어 있었다. 지하의 쌀쌀한 공기에 소녀는 몸을 둥글게 말고 갑갑하게 움츠린 사지로 몸을 따뜻하게 했다. 치클린은 아이가 쉴 수 있도록, 깰 때까지 기다리기 시작했다. 그는 아이가 식어 가는 어머니의 육체에 온기를 소모하지 않도록, 죽은 여인의 마지막 연약한 자취인 소녀를 팔에 안고 아침까지 보호했다.

가을이 시작될 무렵 보셰프는 시간의 길이를 느끼기 시작했으며 지친 저녁의 어둠에 둘러싸인 실내에 앉아 있었다.

다른 사람들도 그곳에 앉거나 누워 있었다. 공용 등불이 그들의 얼굴을 비추었고, 아무도 말을 하지 않았다. 파시킨 동무는 사회주의 의식에 민감하게도 인부들의 막사에 라디오 확성기를 설치하여, 휴식 시간 동안 확성기로부터 각자 계급 생활의 의미를 배울 수 있도록 했다.

"동무들, 사회주의 전선에 쐐기풀을 동원해야 합니다! 해외에서 쐐기풀은 필요한 품목입니다……."

"동무들, 말의 갈기와 꼬리는 잘라 주어야 합니다!" 확성기는 일 분에 한 번씩 다시 명령했다. "말 8000마리마다 우리에게 서른 대의 트랙터를 공급해 줄 겁니다!"

사프로노프는 승리감을 느끼며, 동시에 확성기에게 자신의 활동성과 말의 털 깎는 작업에 대한 열성과 일반적인 행복에 관해 대답해 줄 수 없는 것을 안타깝게 여기며 귀를 기울였다. 그러나 자체프는, 또한 보셰프도, 라디오의 긴 연설을 들으면서 이유 없이 부끄러워지기 시작했다. 그들은 연설자나 훈계하는 사람들에게 아무런 반감도 없었지만, 자신들의 개인적인 불명예를 점점 더 예리하게 느꼈다. 가끔 자체프는 영혼의 억압적인 절망을 더 이상 참을 수가 없어 확성기에서 쏟아져 나오는 사회적 각성의 소음 속에서 소리를 질렀다.

"저 소리 꺼! 나도 대답하게 해 줘……!"

그러면 사프로노프는 즉각 그 우아한 걸음걸이로 앞으로 나섰다.

"자체프 동무, 동무는 이미 자기표현을 포기하고 온 마음을 바쳐 지도력을 생산하는 데 복종할 때가 됐다고 제안하겠소."

"사프로노프, 그 사람 내버려 두시오." 보셰프가 말했다. "우리 인생은 안 그래도 충분히 슬퍼요."

그러나 사회주의자 사프로노프는 즐거움의 의무를 잊어버릴까 두려워서, 언제나 모든 사람에게 단호하게, 최고 권력자의 권위 있는 목소리로 대답했다.

"당원증을 바지 주머니에 넣고 다니는 사람은 누구든 몸 안에 끊임없이 노동의 열정을 간직하는 데 주력해야 한다. 보셰프 동무, 가장 행복한 기분을 달성하기 위한 사회주의 경쟁에서 동무에게 도전하겠소!"

라디오 확성기는 마치 눈보라처럼 쉬지 않고 작동하다가,

다시 한 번 모든 노동자는 협동농지에서 눈을 퇴적하는 작업을 도와야 한다고 선언했고, 이 부분에서 조용해졌다. 모든 자연을 가로질러 필요 불가결한 단어들을 무심하게 전달했던 과학의 힘이 꺼져 버린 것이 분명했다.

사프로노프는 수동적인 침묵을 눈치 채고, 라디오를 대신하여 활동에 나섰다.

"질문을 던집시다. 러시아 인민은 어디서 왔는가? 그리고 대답합시다. 부르주아 쓰레기들로부터 왔다! 어딘가 다른 곳에서 태어날 수도 있었지만, 더 이상은 자리가 없었소. 그리고 이 때문에 우리는 모든 사람을 사회주의의 소금물 속에 내던져서, 자본주의의 가죽을 벗기고, 그 심장은 계급투쟁의 타는 불꽃 주위에 이는 삶의 열기에 주의를 기울이고, 그 결과는 열성을 이루어 내도록 해야만 하는 것입니다!"

마음의 열정을 담아 낼 출구가 없어서, 사프로노프는 그것을 말로 바꾸어 오랫동안 이야기했다. 어떤 사람들은 손으로 머리를 받치고 머릿속의 텅 빈 권태를 그 소리로 채우기 위해 귀를 기울였고, 어떤 사람들은 한마디도 듣지 않고 개인적인 침묵 속에 살며 단조로운 슬픔에 자신을 내맡겼다. 프루셉스키는 막사의 문지방에 앉아 세상의 늦은 저녁을 바라보았다. 그는 어두운 나무들을 보았고 때때로 멀리서 음악 소리가 공기를 뒤흔드는 것을 들었다. 프루셉스키는 어떤 것에도 반대하는 감정을 갖지 않았다. 행복이 얻을 수 없는 것일 때, 나무들만이 그것에 대해 속삭일 때, 그리고 노동조합 공원에서 악단이 그것에 관해 노래할 때, 그에게 삶은 좋은 것으로 여겨졌다.

곧 일꾼들 모두 전반적으로 피로에 지쳐 조용해져서, 인생을 살아가듯 잠에 빠졌다. 그들은 낮에 입었던 윗도리와 바지를 입은 채로 잠들었는데, 단추를 푸느라 힘을 낭비하지 않고 생산을 위해 아껴 두기 위해서였다.

사프로노프만이 잠들지 않았다. 그는 엎드린 남자들을 바라보고 혼자서 쓸쓸하게 내뱉었다.

"아, 인민들이여, 인민들이여. 너희에게서 사회주의의 뼈대를 조직하기란 정말 힘들구나. 도대체 너희는 뭘 원하는 거지? 벌레들인가? 선봉대 전체를 들볶고 있잖아!"

그리고, 인민의 비참한 후진성을 날카롭게 느끼면서, 사프로노프는 지쳐 잠든 사람들 중 하나를 밀어내고 소리 없는 잠속으로 빠져 들었다.

아침에 그는 누운 자리에서 일어나지 않은 채 미래의 구성원으로서 치클린과 함께 찾아온 소녀를 맞이하고는 다시 졸기 시작했다.

소녀는 조심스럽게 긴 의자에 앉았고, 벽에 붙은 표어 포스터 중에서 소비에트 연방의 지도를 발견하고는 치클린에게 자오선에 대해 물었다.

"아저씨, 이건 뭐예요? 부르주아를 막는 울타리인가요?"

"그래, 그건 울타리란다, 아가야, 부르주아들이 우리한테 넘어오지 못하게 하는 거지."

치클린은 소녀에게 혁명적 정신이 스며들기를 바라며 설명했다.

"우리 엄마는 울타리를 넘은 적이 한 번도 없지만 어쨌든 죽은걸요!"

"그래 어쩌겠니?" 치클린이 말했다. "부르주아 여자들은 이제 모두 죽어 가고 있단다."

"그냥 죽게 두세요. 난 어쨌든 엄마를 기억하니까 꿈속에서 만날 거예요. 하나 아쉬운 건 이젠 잠잘 때 머리를 기댈 엄마 배가 없다는 거예요."

"괜찮아, 내 배에 기대서 자렴."

치클린이 약속했다.

"그럼 이제 뭐가 더 좋은 건지 말해 주세요. 크라신[11] 호인가요 아니면 크렘린[12]인가요?"

"그건 아가야, 나도 모른단다. 결국 난 그냥, 별것도 아니거든."

치클린은 말하면서 몸 전체에서 느낄 수 없는 단 한 부분인 머리에 대해 생각했다. 느낄 수 있었다면 그는 아이에게 온 세상에 대해 설명해서 아이가 안전하게 사는 방법을 알 수 있게 했을 것이다.

소녀는 새로운 삶의 장소를 온통 돌아다녔고, 즉각 그녀가 좋아하는 사람과 좋아하지 않는 사람, 친하게 지낼 사람과 그렇지 못할 사람을 결정하려 애쓰면서 모든 사물과 모든 사람

---

11) 1916년 건조된 구조선, 전투함, 또 탐험선 겸 북빙양(北氷洋)의 쇄빙선(碎氷船)이다.

12) 모스크바의 궁. 원래 황제의 거주지였으나 1918년 이후 소비에트 정부의 거점이 되었다.

을 세어 보았다. 일을 끝냈을 때, 소녀는 벌써 목재 헛간에 익숙해 있었고 배가 고팠다.

"먹을 걸 주세요! 이봐, 율리야, 죽여 버릴 거야!"

치클린은 소녀에게 죽을 가져다주고 아이의 배를 깨끗한 수건으로 감쌌다.

"왜 차가운 죽을 주는 거예요, 이봐, 율리야!"

"내가 너한테 무슨 율리야니?"

"우리 엄마 이름이 율리야였을 때, 엄마가 아직도 눈으로 보고 항상 숨쉬고 있었을 때, 엄마는 마르트니치하고 결혼했어요. 그 사람은 프롤레타리아였거든요. 그리고 마르트니치는 집에 들어오기만 하면 엄마한테 '이봐, 율리야, 죽여 버릴 거야!' 했어요. 그럼 엄마는 조용히 하고는 어쨌든 그 사람이랑 계속 살았어요."

프루셉스키는 귀를 기울이며 소녀를 관찰했다. 그는 아이의 출현 때문에 흥분하여 이미 상당히 오랫동안 깨어 있었고, 동시에, 차가운 서리와도 같은 신선한 생명으로 가득한 이 존재가 그의 것보다 더 길고 복잡한 고통을 겪을 운명이라는 사실 때문에 슬퍼졌다.

"기사 동무의 아가씨를 찾았어요." 치클린이 프루셉스키에게 말했다. "같이 가서 한번 보세요, 아직 그대로 있으니까."

프루셉스키는 아무래도 좋았으므로, 누워 있거나 앞으로 움직이거나 똑같았기 때문에 일어나서 따라갔다.

타일 공장의 마당에서 노인은 짚신을 다 고쳤지만, 그런 신발을 신고 세상을 돌아다니기를 겁내고 있었다. 늙은 남자가 물었다.

"이보시오 동무들, 짚신을 신고 있으면 체포당할까요, 아니면 괜찮을까요? 요즘엔 하찮은 사람들도 가죽 장화를 신고 으스대며 다닌다오. 여자들은 항상 알몸뚱이 위에 치마를 입고 다녔는데, 요즘에는 다들 치마 밑에 꽃무늬 바지를 입고 다니지. 굉장하지 않소?"

"정말 아무 쓸모 없는 사람이군!" 치클린이 말했다. "조용히 하고 갈 길이나 가시오."

"아무 말도 안 하리다! 하지만 난 이게 걱정이 돼요. 사람들이 말할 거요. '아, 짚신을 신은 당신, 그건 댁이 가난하다는 뜻인데. 그런데 당신이 가난하다면, 왜 혼자 살면서 다른 가난한 사람들과 집단을 이루지 않지?' ……난 그게 겁이 나요. 그것만 아니었으면 이미 오래전에 떠났을 거요."

"다시 생각해 보시오, 영감님."

치클린이 충고했다.

"더 이상 아무것도 생각할 게 없소."

"오래 사셨으니 기억만 가지고 노동할 수도 있지 않소."

"하지만 난 벌써 다 잊어버렸소. 이젠 인생을 처음부터 다시 시작하는 것밖엔 아무것도 안 남은 것 같다오."

그들이 여인의 은신처에 내려왔을 때, 치클린은 몸을 굽혀 그녀에게 다시 입을 맞추었다.

"하지만 그 여잔 죽었잖소!"

프루셉스키가 놀랐다.

"그래서 어쨌다고요! 오랫동안 고생을 겪으면 누구나 죽을 수 있어요. 기사 동무는 결국 삶이 아니라 추억을 위해서 그녀가 필요한 거잖아요."

프루솁스키는 무릎을 꿇고, 여인의 슬픔에 찬 죽은 입술을 건드렸고, 그렇게 만지면서 기쁨도 다정함도 느끼지 못했다.

"이 여자는 내가 어렸을 때 봤던 여자가 아니오." 그가 말했다. 그리고 죽은 여자 위로 일어나면서 덧붙였다. "하지만 어쩌면 그 여자일지도 몰라요. 가까이 느낀 이후로 난 사랑하던 사람들을 한 번도 알아보지 못했지만, 멀리서는 항상 그들을 그리워했소."

치클린은 조용했다. 낯설고 죽은 사람에게서조차, 그는 그들에게 입을 맞추거나 어떻게든 더 깊이 가까워질 때면 뭔가 따뜻하고 친근한 것의 자취를 느꼈다.

프루솁스키는 죽은 여인을 떠날 수가 없었다. 그녀는 한때 가볍고 정열적이었으며, 그렇게 그의 곁을 걸어 지나갔다. 그녀가 눈을 내리깔고 지나가는 것을 보면서, 그녀의 슬프게 흔들리는 몸을 보면서, 그는 그 순간 죽음을 원했다. 그리고 그 후에 그는 슬픔에 잠긴 세상에서 바람 소리에 귀를 기울이며 그녀를 갈망했다. 그가 어렸을 때 이 여인을, 젊은 시절의 행복을 붙잡기를 두려워하여 그녀를 평생 무방비 상태로 내버려 두었고, 그녀는 고생에 지쳐, 배고픔과 슬픔으로 인해 죽기 위해서 이곳에 숨었을 수도 있는 것이다. 그녀는 이제 똑바로 누워 있었다. 치클린이 입을 맞추기 위해 돌아눕혔기 때문이다. 턱 밑에서 정수리를 지나는 끈이 그녀의 입을 다물려 놓았고, 길고 벌거벗은 다리는 질병과 집 없는 생활 때문에 자라난 짙은 솜털, 거의 털가죽에 가까운 털로 덮여 있었다. 뭔가 태고의 힘이 다시 살아나, 죽은 여인이 아직 살아 있던 동안 그녀를 털로 뒤덮인 동물로 만들고 있었던 것이다.

"됐어요." 치클린이 말했다. "여러 가지 죽은 사물이 그녀를 지켜 주게 내버려 두세요. 죽은 것도 결국 살아 있는 생물만큼 많으니 그들끼리 있으면 외롭지 않을 거예요."

그리고 치클린은 벽의 벽돌을 쓰다듬고, 알지 못할 오래된 물건들을 몇 가지 집어서 죽은 여인 곁에 놓았고, 두 남자는 밖으로 나왔다. 여인은 그곳에 누워 그녀가 죽었던 그 영원불변의 나이에 그대로 남았다.

마당을 가로질러 갔다가, 치클린은 되돌아가서 부서진 벽돌 조각과 오래된 돌과 다른 무거운 물건들로 죽은 여인에게 통하는 문을 막았다. 프루셉스키는 그를 돕지 않았고 나중에 물었다.

"왜 힘을 낭비합니까?"

"왜라니 무슨 뜻입니까?" 치클린은 놀랐다. "죽은 사람도 사람이오."

"하지만 그녀는 이제 아무것도 필요하지 않아요."

"그녀는 필요하지 않을지 몰라도 난 그녀가 필요합니다. 그 사람에 대해서 뭔가 아껴 두고 싶어요. 죽은 사람의 슬픔이나 그들의 유골을 볼 때면 언제나 이런 느낌이 들어요. 나는 왜 살까!"

짚신을 고치던 노인은 마당에서 사라지고 없었다. 단지 누더기가 된 각반만이 그가 있던 자리에, 영원히 사라진 남자의 유품처럼 남아 있었다.

태양은 이미 높이 떠 있었고, 노동의 시간은 오래전에 도래했다. 그래서 치클린과 프루솁스키는 내년 여름의 씨앗들을 덮어 따뜻하게 해 주는 나뭇잎이 흩어져 있는 대지의 포장되지 않은 길을 따라 구덩이 쪽으로 서둘러 갔다.

그날 저녁 굴착 인부들은 확성기를 활동시키지 않고, 저녁을 먹은 후, 라디오를 통한 노동조합의 교화교육 사업을 좌절시키고는 소녀를 보기 위해 둘러앉았다. 자체프는 이미 아침에 이 소녀와 다른 아이들이 조금씩조금씩 자라나면 지역의 모든 성인 거주자들을 끝장내 버려야겠다고 마음먹었다. 오직 그만이, 소비에트 연방에는 사회주의의 전면적인 적들과 이기주의자들, 미래 세계를 잡아먹을 살무사들이 적잖이 거주한다는 사실을 알고 있었으며, 언젠가 곧 자신이 그들 집단을 모두 근절해 버리고 프롤레타리아 어린이들과 천애 고아들만 살려 둘 것이라는 생각으로 비밀스럽게 자신을 위로했다.

"넌 도대체 누구냐, 아이야?" 사프로노프가 물었다. "아빠랑 엄마는 무슨 일을 했니?"

"전 아무도 아니에요."

소녀가 대답했다.

"어째서 아무도 아니란 말이냐? 뭔가 여성적인 원리가 호의를 베풀어 널 소비에트 권력하에 태어나게 해 주었잖니?"

"전 태어나고 싶지 않았어요. 어머니가 부르주아일까 봐 두려웠거든요."

"그럼 넌 어떻게 조직된 거냐?"

소녀는 혼란스럽고 겁에 질려 고개를 떨구고 윗도리를 잡아 뜯기 시작했다. 소녀는 자신이 프롤레타리아 가운데 현존하고 있다는 것을 알았으며 그녀의 어머니가 오래전부터 긴 시간 동안 말했듯이 자신을 방어했다.

"전 제일 높은 사람이 누군지 알아요."

"누군데?"

사프로노프는 귀를 기울였다.

"제일 높은 사람은 레닌이고, 그다음은 부둔느이[13]예요. 그들이 오기 전에는 부르주아밖에 없었고, 전 태어나고 싶지 않아서 태어나지 않았어요. 하지만 레닌이 생기고 나서 곧 저도 태어난 거예요!"

"똑똑한 꼬마로군!" 사프로노프는 이렇게 말할 수밖에 없었다. "네 어머니는 정치적으로 대단히 의식 있는 여성이었구나! 그리고 어머니도 기억하지 못하는 아이들조차 레닌 동무를 느낄 수 있다면 우리 소비에트 정부는 얼마나 심오한 것이냐!"

눈이 노란 무명(無名)의 농부는 그를 괴롭히는 오래된 슬픔 때문에 막사의 구석에 서서 훌쩍거렸지만, 그것이 무엇 때문인지는 결코 말하지 않았고, 그저 할 수 있는 한 모든 사람

---

13) 세묜 미하일로비치 부둔느이(Semion Mikhailovich Budionny, 1883~1973). 구소비에트의 장성. 붉은 기병의 창시자이며 1935년 국가 영웅 칭호를 받았다.

을 즐겁게 해 주려고만 애썼다. 그의 슬퍼하는 마음속에서는 호밀밭 사이에 있는 마을이 떠올랐고, 조용한 바람이 그 위로 불어서 평화로운 나날의 곡식을 갈아 낼 나무 풍차 방아를 돌렸다. 그것이 바로 얼마 전까지만 해도, 배는 음식으로 가득하고 영혼은 가족의 행복으로 가득한 채 그가 살아가던 방식이었다. 그리고 그가 먼 곳으로, 미래로 마을 밖을 내다보던 그 몇 년 동안 본 것이라고는 오직 평원의 가장자리에서 하늘과 대지가 합쳐지는 광경뿐이었고, 머리 위에는 태양과 별이 충분한 빛을 가지고 있을 뿐이었다.

그런 생각이 계속되는 것을 막기 위해, 농부는 항상 그랬듯이 누워서 미룰 수 없이 흘러넘치는 눈물로 서둘러 흐느꼈다.

"그만 한탄하시지, 속물!" 사프로노프가 그를 막았다. "이젠 여기서 살아가는 어린이가 있어. 이 주변에서는 괴로움을 근절해야 한다는 걸 모르나?"

"전 이미 다 말라 버린걸요, 사프로노프 동무." 농부가 구석에서 선언했다. "저의 후진성 때문에 저도 모르게 감정이 복받치는 겁니다."

소녀는 자기 자리를 떠나 나무 벽에 머리를 기댔다. 소녀는 어머니가 그리웠고, 새롭고 외로운 밤이 무서웠으며, 딸이 나이 들어 죽을 때까지 어머니가 그렇게 오랫동안 누워서 기다려야 한다는 것이 얼마나 슬플지도 생각했다.

"그 배는 어디 있어요?" 자기를 바라보는 남자들 쪽으로 돌아서서 소녀가 물었다. "난 어디에 기대서 자요?"

치클린이 얼른 누워서 준비했다.

"그리고 먹는 건 어떡해요? 저 사람들은 저기에 율리야들처럼 모두 앉아 있는데 전 먹을 것이 없잖아요!"

자체프가 수레에 탄 채로 소녀에게 굴러 와서 과일 사탕을 권했다. 그날 아침 식료품점 지배인에게서 강제 징발해 둔 것이었다.

"먹어라, 가엾은 것! 네가 커서 어떻게 될지 누가 알겠니. 우리에 대해서는 이미 잘 알고 있단다."

소녀는 사탕을 먹고 치클린의 배에 얼굴을 대고 누웠다. 아이는 피곤하여 창백했고, 졸기 시작하면서, 마치 치클린이 익숙한 엄마라도 되는 것처럼 그에게 팔을 둘렀다.

사프로노프와 보셰프 그리고 다른 모든 굴착 인부들은 그들의 무덤 위에 군림하고 그들의 뼈로 가득한 평화로운 지구에서 살아갈 이 작은 존재가 자는 모습을 오래 지켜보았다.

"동무들!" 사프로노프가 총체적인 감정을 명료하게 표현하기 시작했다. "사회주의의 실질적인 거주자가 우리 앞에 무의식 상태로 누워 있소. 라디오와 다른 교양 수단을 통해 당의 노선은 듣고 있지만, 우리가 건드릴 수 있는 것은 없소. 그러나 여기 창조의 본질이자 당의 목표 지점이 누워 쉬고 있소. 전 세계의 보편적인 분자가 될 운명을 타고난 작은 인간이 말이오! 그런 이유로, 우리는 토공사를 가능한 한 빨리 완공하고, 건물도 더 빨리 완공되게 해서 돌벽이 바람과 감기로부터 이 유년의 인물을 보호하도록 해야 합니다!"

보셰프는 소녀의 손을 만졌고 어렸을 때 교회 벽의 천사를 바라보았듯이 그렇게 그녀를 훑어보았다. 아무런 피붙이도 없이 사람들 사이에 버려진 이 작고 연약한 육체는 어느 날엔가 삶의 의미라는 그 가슴 따뜻해지는 흐름을 느낄 것이고, 그녀의 정신은 창조의 첫날과도 같은 시간을 보게 될 것이었다.

그때 그 자리에서 일꾼들은 토대를 놓는 날을 앞당기고 나머지 건설 작업을 더 빠르게 진행하기 위해 다음 날부터는 한시간 빨리 땅을 파기 시작하자고 결정했다.

"불구자로서, 난 여러분을 돕지는 못해도 여러분의 의견에는 그저 환호할 뿐이오." 자체프가 말했다. "여러분은 어쨌든 멸망하게 되어 있소. 마음속에 아무것도 없으니까. 그러니 뭔가 작고 살아 있는 것을 사랑하고 작업을 통해 자신을 절멸시키는 것이 낫겠소. 어쨌든 지금은 존재하시오!"

자체프는 추워질 때가 온 것을 보고, 농부더러 외투를 벗어 밤 동안 그것으로 아이를 감싸도록 했다. 농부로 말하자면, 그는 평생 자본주의를 축적해 왔으므로 자기 몸을 따뜻하게 덥힐 시간은 충분했을 것이다.

프루솁스키는 휴일에 관찰을 하며 지내거나 아니면 누이에게 편지를 썼다. 우표를 풀로 붙이고 편지를 우체통에 넣는 순간은 언제나 조용한 행복감을 가져다주었다. 마치 누군가 그를 필요로 하고, 그에게 계속 살아남아 공공의 이익을 위해 착실히 활동하라고 격려하기라도 하는 것처럼.

누이는 그에게 편지를 쓰지 않았다. 그녀는 아이들이 많았고 근심 걱정에 시달려 거의 무감각하게 살았다. 오로지 일년에 한 번 부활절에 오빠에게 엽서를 보냈는데, 여기에 그녀는 이렇게 보고했다.

예수가 살아나셨어요,[14] 사랑하는 오빠! 우리는 여느 때처럼 지내고 있고, 나는 요리를 하고, 아이들은 자라고, 남편은 다음 계급으로 승진해서 이제 48루블을 벌어요. 언제 한번 찾아오세요.

안나

프루셉스키는 오랫동안 그 엽서를 주머니에 넣고 다녔고 다시 읽으면서 가끔씩 울었다.

그는 고독 속에 멀리까지 산책을 했다. 한번은 읍내와 길가에서 멀리 떨어진 언덕에 멈추어 섰다. 마치 시간이 더 이상 가지 않는 것처럼 날은 흐릿하고 불확실했다. 그런 날에 식물과 동물은 졸고, 사람들은 자기 부모를 기억한다. 프루셉스키는 자기 주변의 안개에 둘러싸인 오래된 자연을 조용히 바라보았고, 그 끝에서 공기 중에 있는 것보다 더 많은 빛으로 빛나고 있는 하얗고 평화로운 건축물들을 보았다. 그는 그 완공된 건축물의 이름이나 용도는 알지 못했지만, 멀리 보이는 그 건축물들이 용도만을 위해서가 아니라 기쁨을 위해서도 지어진 것이라는 사실은 명백했다. 프루셉스키는 슬픔에 익숙해진 사람답게 놀라서, 먼 기념비의 정밀한 다정함과 차갑고 치밀한 힘을 바라보았다. 그는 돌 위에 놓인 돌의 그런 신념과 자유를 한 번도 본 적이 없었고 그의 회색 조국에 어떠한 자력발광(自力發光)의 법칙이 있다는 것도 알지 못했다. 마치 섬

---

14) 러시아 정교에서 부활절에 통상적으로 하는 인사말이다.

처럼, 이 하얀 문양은 건설 중인 나머지 세상 가운데 서서 온화하게 빛났다. 그러나 그 건축물들은 전부 다 흰색은 아니었다. 어떤 부분에서는 푸른색 노란색 녹색이었는데, 그것은 어린아이의 그림과도 같은 계획적인 아름다움을 더해 주고 있었다. '하지만 도대체 언제 지었을까?' 프루셉스키는 분하게 여기며 물었다. 그는 소멸해 버린 지구상의 별에 대하여 슬픔을 느끼는 것이 더 편안했다. 낯설고 먼 행복은 그의 내면에서 수치심과 걱정을 불러일으켰다. 그는 자각하지 못한 채로, 영원히 건설 중이며 결코 완공되지 않는 세상이, 그 자신의 망가진 삶을 닮기를 바라고 있었다.

프루셉스키는 그 새로운 도시를 잊어버리지 않기를, 그리고 잘못 보지도 않기를 바라면서 주의 깊게 다시금 바라보았지만, 건축물들은 그곳에 이전처럼, 본래 대기의 암흑이 아니라 시원한 투명함에 둘러싸여 있는 것처럼, 분명하고 뚜렷하게 서 있었다.

돌아오는 길에 프루셉스키는 도시의 거리에 여자들이 많다는 것을 알았다. 여자들은 젊음에도 불구하고 천천히 걸었다. 아마도 산책하면서 별이 빛나는 저녁을 기다리는 것이리라.

동틀 무렵에 치클린은 윗옷 없이 바지만 입은 모르는 남자를 사무실에 데리고 돌아왔다.

"프루셉스키 동무를 찾아왔답니다. 자기 마을의 관(棺)을 도로 달라는데요."

"무슨 관 말입니까?"

거대하고, 바람과 슬픔으로 부어오른 벌거벗은 남자는 즉시 말을 시작하지 않았다. 생각을 모으려고 긴장하며 먼저 고개를 숙여 보였다. 그는 아마도 자기 자신과 자신의 문젯거리들을 기억하는 일을 늘 잊고 있는 듯했다. 분명 그는 피로하거나, 인생의 과정에서 조금씩조금씩 죽어가고 있는 것이리라.

"관!" 그는 열기에 들뜬, 양(羊) 같은 목소리로 보고했다. "우리는 동굴 속에 훗날 쓸 나무 관들을 쌓아 두었는데 이제 당신들이 산골짜기 전체를 파내고 있소. 관을 돌려주시오!"

치클린은 일꾼들이 정말로 그 전날 백 개의 빈 관을 북쪽 구역 가까운 곳에서 찾아냈다고 말했다. 그는 소녀에게 주기 위해 그중 두 개를 가져왔다. 하나로는 나중에 소녀가 그의 배 없이 잠자기 시작하게 될 때 쓸 침대를 만들었고, 다른 하나는 장난감과, 어린아이다운 다른 소유물을 넣게 하려고 주었다. 소녀도 따로 자기만의 붉은 구석[15]을 갖게 해 주기 위해서.

"나머지는 농부에게 돌려주시오."

프루솁스키가 말했다.

"전부 돌려주시오." 남자가 말했다. "우리는 농기구가 충분치 않아서 사람들은 자기 재산을 기다리고 있어요. 그 관들은 우리가 자발적으로 성금을 모아 준비한 겁니다. 우리 재산을 빼앗아 가지 마시오!"

"안 돼요." 치클린이 선언했다. "우리 아이를 위해 관 두 개는 두고 가시오. 그건 어차피 당신들에게는 너무 작아요."

---

15) 보통 러시아인의 집에는 거실 한쪽에 성상을 모셔 두는 '성스러운 구석'이 있다. 본래는 러시아 정교 성상 등을 놓는 종교적인 자리였으나 혁명 이후 문화선동 장소를 지칭하는 표현으로 의미가 전용되었다.

모르는 남자는 잠시 서서 생각하다가 반대했다.

"그럴 수는 없소! 우리 아이들은 어디에 넣으란 말이오! 그 관들은 다 몸집에 맞게 만든 겁니다. 표시가 돼 있어서 누가 어디로 갈지 알 수 있단 말입니다. 요즘 우리는 모두 자기 관이 있는 덕분에 살고 있어요. 그게 지금 우리가 가진 재산 전부요! 동굴에 숨기기 전에 그 안에 눕는 연습도 했다고요."

오랫동안 구덩이 작업하는 곳에서 살았던 눈이 노란 농부가 서둘러 사무실 안으로 들어왔다.

"옐리세이." 그가 반라(半裸)의 남자에게 말했다. "내가 밧줄로 그것들을 한 줄로 묶어 놨네. 이리 와, 아직 날이 건조할 때 끌고 가세!"

"두 개를 제대로 지키지 않았군." 옐리세이가 의견을 진술했다. "이제 자네는 어디 누우려나?"

"나는 말일세, 옐리세이 사비치, 내 뜰의 푸른 단풍나무, 그 힘센 나무 아래 눕겠네. 벌써 뿌리 사이에 내가 들어갈 구멍도 파 놨네. 내가 죽으면, 피는 수액이 되어 나무줄기를 타고 위로 쭉 올라가겠지! 아니면 내 피가 너무 엷어져서 나무에게는 맛이 없을 거라고 하겠나?"

반라의 남자는 아무 표정 없이 서서 대답을 하지 않았다. 그는 길가의 돌이나 이른 새벽노을의 찬바람에 대해서는 전혀 마음 쓰지 않고 농부와 함께 관을 가지러 갔다. 치클린은 옐리세이의 등을 바라보며 그들을 따라갔는데, 그 등에는 온갖 종류의 흙먼지가 겹겹이 덮여 있었고 벌써부터 방어용 털이 무성하게 자라기 시작했다. 옐리세이는 마치 잊혀진 것을 기억하거나 혹은 그에게 음침한 평화를 가져다줄 한적한 운명을 찾는 듯이 졸음에 겨운 텅 빈 눈으로 공간을 바라보며 가끔씩 멈추어 섰다. 그러나 조국은 그에게 낯설었고, 그는 잠잠해진 눈을 내리깔곤 했다.

관들은 구덩이 가장자리의 건조한 낮은 언덕에 길게 줄지어 서 있었다. 이전에 막사로 뛰어온 농부는 관이 발견되고 옐리세이가 나타나서 기뻐했다. 그는 이미 각각의 관의 머리와 발치에 구멍을 뚫어 그것들을 한 줄로 묶어 놓았다. 옐리세이는 첫 번째 관의 밧줄을 어깨에 메고, 힘주어 앞으로 나아가 강가의 뱃사공처럼 그 목재 물건들을 삶의 건조한 바다 위로 끌고 갔다. 치클린과 다른 일꾼들 모두 옐리세이에게 방해가 되지 않게 서서 빈 관이 땅을 자르고 간 고랑을 바라보았다.

"아저씨, 저 사람들 부르주아였어요?"

소녀가 치클린에게 매달리며 호기심에 차서 물었다.

"아니란다, 아가야. 그들은 초가집에서 살고, 빵을 먹기 위해 곡식을 심고, 그것을 우리와 반반씩 나눈단다."

소녀는 고개를 들어 모든 사람들의 나이 든 얼굴을 쳐다보았다.

"그럼 왜 관이 필요해요? 부르주아들만 죽어야 하잖아요, 가난한 사람들은 아니고요!"

아직 대답을 할 만큼 충분한 정보를 알지 못했기 때문에 굴착 인부들은 조용했다.

"그리고 하나는 벌거벗었잖아요!" 소녀가 말했다. "인민들을 불쌍하게 여기지 않을 때면 그 사람들은 항상 옷을 가져가잖아요, 옷을 아끼려고요. 우리 엄마도 벌거벗은 채로 누워 있어요."

"네가 옳다, 소녀야. 백 퍼센트 옳아." 사프로노프가 결정했다. "방금 나간 저 두 사람은 부농[16]이었어."

"가서 죽여요!"

"그건 허가되지 않았어, 아가야. 두 개인은 계급을 이루지 못해……."

"그건 하나하고, 또 하나라는 거죠."

소녀가 헤아렸다.

"합쳐도 저들로는 충분치 않아." 사프로노프가 안타까워하며 말했다. "그리고 총회에 따르면, 이곳의 프롤레타리아와 마을의 고용된 노동자들이 적들을 모두 근절하기 위해서는 계급 이하를 제거해서는 안 되는 거야!"

"그럼 뭐가 남아요?"

"임무와, 차후 정책의 확고한 노선이 남지. 이해하겠니?"

"네." 소녀가 대답했다. "나쁜 사람들은 전부 죽여야 하고, 좋은 사람들은 무척 모자란다는 뜻이군요."

"넌 완벽하게 계급적인 세대로구나." 사프로노프가 기뻐했다. "아직 미성년자인데도 모든 관계를 분명하게 의식하고 있어. 누구든 상관하지 않고 모든 사람을 전쟁에 징발했던 건 군주제였단다. 하지만 우리에겐 오직 한 계급만이 소중하지.

---

16) kulak. '주먹'이란 뜻으로 자신의 것을 굳게 고수하는 부유한 농민을 지칭한다. 소비에트의 자료에 광범위하게 사용되었으며 착취와 탐욕이라는 뜻을 내포하고 있다.

그리고 곧 우리 자신의 계급에서도 계급의식이 없는 분자들은 숙청할 거야."

"쓰레기들이군요." 소녀는 재빨리 이해했다. "그러면 아주 아주 중요한 사람들만 남겠네요! 우리 엄마도 살아 있을 때는 자기가 쓰레기라고 했지만, 지금은 죽어서 좋은 사람이 됐어요, 그렇죠?"

"그래."

치클린이 말했다.

갑자기 어머니가 어둠 속에 누워 있다는 것을 기억해 낸 소녀는 누구에게도 주의를 기울이지 않고 조용히 걸어 나가서, 모래 장난을 하려고 앉았다. 그러나 놀이를 하지 않고, 단지 무관심한 손길로 생각에 잠겨 이것저것 건드릴 뿐이었다.

굴착 인부들은 소녀에게 가서 몸을 숙이고 물었다.

"왜 그러니?"

"아, 아무것도 아니에요." 소녀는 그들을 무시하며 말했다. "아저씨들이 날 사랑하지 않아서 같이 있는 게 지루해져서 그래요. 아저씨들이 밤에 전부 잠들면 때려 줄 거예요."

노동자들은 서로 자랑스럽게 바라보았고, 모두들 아이를 품에 안고 그 영리함과 작은 생명의 기쁨을 발생시키는 따뜻한 부분을 느끼고 싶어 했다.

보셰프만이 아무 기쁨 없이 허약하게 기계적으로 먼 곳을 바라보며 서 있었다. 그는 여전히 일반적인 존재의 상태에 뭔가 특별한 것이 있는지 알지 못했다. 아무도 그에게 세상의 보편적인 법칙 전체를 암송해 줄 수 없었고, 지구 표면에서 일어나는 사건들은 그를 유혹하지 못했다. 조금 물러서서, 보셰프는 조용히 들키지 않고 들로 나가 누구의 눈에도 띄지 않은 채 이제 더 이상 미친 상황에 참여하고 있지 않다는 사실을 기뻐하며 잠시 누워 있었다.

나중에 그는 두 명의 농부가 지평선 너머의 비탈지고 우엉이 웃자란 울타리가 있는 그들의 지역으로 관을 끌고 간 자국을 발견했다. 아마도 그곳에는 마당의 따뜻한 구석의 정적이나 아니면 한가운데에 농기구 무더기가 쌓여 있는 비참한 집단농장의 궁핍이 길거리의 바람 속에 서 있을 것이었다. 보셰프는 토공사 현장에서의 빈약한 교양 학습 덕분에 미래의 건물을 건설하는 데 그가 아무런 미련도 갖지 않게 되었다는 사실을 깨닫지 못한 채, 마치 살아 있는 것들 사이에서 기계적으로 떨어져 나온 사람처럼 그 방향으로 걸었다. 충분히 밝은 햇빛에도 불구하고 그의 마음은 쓸쓸했고, 특히 들판이 잔디의 현기증 나는 호흡과 냄새로 회색이 되어 있었기 때문에 더욱 슬퍼졌다. 그는 주위를 둘러보았다. 사방의 공간 위에 생물의 호흡이 안개가 되어 드리워져 있어, 졸음에 겹고 숨 막힌 장막을 만들어 내고 있었다. 참을성은 마치 모든 살아 있는 것들이 흘러가는 시간과 움직임의 도중에 있는 것처럼 지친 듯이 세상에서 지속되었다. 그 시작은 모두들 잊어버렸고, 끝은 아무도 알지 못했으며, 방향 외에는 아무것도 남아 있지 않았다. 그리고 보셰프는 한 열린 길로 걸어갔다.

코즐로프는 바로 파시킨이 모는 그 차의 승객으로 구덩이에 도착했다. 코즐로프는 밝은 회색 정장에 조끼를 입고 있었다. 얼굴은 어떤 영구적인 즐거움으로 통통해져 있었고, 프롤레타리아 대중을 진심으로 사랑하기 시작했다. 그는 노동하는 사람에게 대답할 때 언제나 자기만족적인 "아주 좋아, 아주 훌륭해."라는 말로 시작한 뒤에야 말을 계속했다. 마음속으로는 '너희는 지금 어디 있느냐, 불쌍하기 짝이 없는 파시스트 계집들아!'라는 말과 다른 많은 선전 노래들을 좋아했다.

그날 아침 코즐로프는 어느 중산계층 여성에 대한 사랑이라는 감정을 뿌리째 근절시켰다. 헛되게도 그녀는 자신이 그를 얼마나 숭배하는지에 대한 편지를 보냈다. 코즐로프로 말하자면, 공적인 임무에 힘쓰느라 침묵을 지켰고, 그녀의 애무를 미리 몰수하기를 거부했는데, 왜냐하면 더 고귀하고 활동적인 유형의 여성을 찾고 있었기 때문이다. 신문에서 우체국의 과다한 업무량과 정확하지 못한 일처리에 대해 읽은 후 그는 그 여성의 자신에 대한 편지를 중지시키는 노선을 택하여 사회주의 건설의 우편 분야를 강화하기로 결정했다. 그리고 그는 그녀에게 상황을 요약하고 사랑의 책임을 포기하는 최종적인 엽서를 썼다.

이전에 푸짐한 식탁이 있던 그곳에,
이제는 관이 놓여 있네!

코즐로프

코즐로프는 방금 이 시구를 읽었고 잊어버리지 않기 위해 서둘렀다. 매일 아침 일어나자마자 그는 대개 침대에서 책을 읽었고, 그런 공식화된 표현, 표어, 시, 교훈, 광범위한 지혜의 말들, 다양한 보고서와 결의문의 제목, 노래 가사와 기타 등등을 외우면서 여러 군데의 정부 기관과 공공 기관으로 시찰을 하러 나갔는데, 그런 곳에서 그는 활동적인 사회의 유력자로 알려져 존경받고 있었다. 그리고 그곳에서 코즐로프는 이미 겁에 질린 종업원들을 자신이 터득한 지혜와 식견, 배경 지식으로 겁주곤 했다. 일급 연금에 보충하여 그는 이런 방법으로 천연 식품을 확보했다.

어느 날 협동조합에 들어서서, 그는 자리에서 움직이지 않고 손짓으로 지배인을 불러 말했다.

"아주 좋아, 아주 훌륭해. 하지만 당신의 협동조합은, 모두들 말하듯이, 로치데일[17] 타입이지 소비에트 타입이 아니오! 그 말은, 당신은 사회주의의 큰길을 건설하는 고매한 기둥이 아니라는 뜻이지!"

"전 당신을 인식하지 못하는데요, 시민."

지배인이 겸손하게 대답했다.

"그렇군. 그러니까 다시 말하자면, '그는 소극적으로, 천상이 아니라 시급히 필요한 빵, 검은 빵에서 행복을 찾았네!'로군. 아주 좋아, 훌륭해."

이렇게 말한 코즐로프는 머리끝까지 화가 나서 그곳을 나왔고 열흘 후에 바로 그 협동조합 상점 위원회의 위원장이 되었다. 그는 인민대중의 불같은 열성뿐만 아니라 열성분자의 자질까지도 고려하는 사람인 바로 그 지배인의 요청으로 그 직책을 얻게 되었다는 사실을 알지 못했다.

코즐로프는 차에서 내려 고매한 정신을 드러내며 건설 현장으로 걸어가 작업의 총체적인 속도를 전반적으로 관망하기 위해 가장자리에 멈추었다. 가장 가까운 곳에 있는 굴착 인부들에게는 이렇게 말했다.

"실생활에서 기회주의자가 되지 말게!"

점심시간에 파시킨 동무는 노동자들에게 마을의 가난한 계층은 집단농장을 비참할 정도로 갈망하고 있으며, 마을에

---

17) 영국 잉글랜드 그레이터맨체스터 대도시권에 있는 자치구. 1844년 '로치데일 공평 개척자 협회(Rochdale Society of Equitable Pioneers)'가 창설된, 협동조합 운동의 발상지다.

남아 있는 자본주의의 그루터기에 대항하여 계급투쟁을 시작하기 위해서는 노동계급에서 특별한 분자들을 그곳으로 보낼 필요가 있다고 알려 주었다.

"부유한 기생충들을 끝장내 줄 때가 왔습니다!" 사프로노프가 말했다. "이제 더 이상 계급투쟁의 횃불의 열기를 느끼지 못하지만, 그 불꽃은 어딘가에 있어야만 합니다. 그렇지 않다면 열성분자는 어디에서 몸을 녹이겠습니까?"

그리고 그 후에 일꾼들은 사프로노프와 코즐로프를 지명하여 가장 가까운 마을로 가서 가난한 사람들이 사회주의 체제하에서 고아로 남아 있거나 은신처에서 비밀스러운 사기꾼 노릇을 하지 못하도록 확인하게 했다.

자체프는 수레에 소녀를 태우고 파시킨에게 굴러가서 말했다.

"맨발의 이 작은 몸에 깃들인 사회주의를 눈여겨보라고. 이 쓰레기야, 네가 기름기를 다 빨아먹은 이 아이의 뼈 앞에 고개를 숙이란 말이야!"

"사실이에요!"

소녀가 선언했다.

사프로노프도 자신의 관점을 진술했다.

"나스탸를 잘 기억해 두십시오, 파시킨 동무. 우리에겐 미래의 즐거움의 대상이 될 테니까!"

파시킨은 공책을 꺼내 점을 찍었다. 파시킨의 공책에는 그런 점이 많이 있었는데, 그 점들은 각각 인민대중에게 발표해야 할 주의 사항을 대신했다.

그날 저녁 나스탸는 사프로노프에게 따로 침대를 마련해

주고 잠시 그와 함께 앉아 있었다. 사프로노프 자신도 그녀가 그곳의 유일하게 온정 있는 여성이므로 자신을 조금은 그리워해 달라고 부탁했다. 그리고 나스탸는 어떻게 사프로노프가 가난한 사람들이 오두막집에서 시들어 가는 그곳으로 갈 것이며 낯선 사람들 틈에서 얼마나 기생충들에게 시달릴지를 생각하려 애쓰며 저녁 내내 조용히 그의 곁을 지켰다.

후에 나스탸는 사프로노프의 침대에 누워 그 안을 따뜻하게 해 주고 치클린의 배 위로 잠자러 갔다. 그녀는 이미 오래전부터, 친아버지 아닌 아버지가 침대에 눕기 전에 어머니의 침대를 미리 따뜻하게 해 두는 습관이 들어 있었다.

미래의 사람들에게 집을 제공하게 될 건물의 기초가 완성되었다. 다음 단계는 토공사 부지에 주춧돌을 놓는 것이었다. 그러나 파시킨은 계속 좋은 발상들을 생각해 냈고, 시정 책임자에게, 설계 도면에 나타난 건물은 너무 좁은데 왜냐하면 사회주의자 여성은 혈기가 넘치고 기운이 왕성할 것이므로 대지의 표면은 온통 걸음마 하는 아기들로 뒤덮이게 될 것이기 때문이라고 보고했다. 이 아기들은 그럼, 조직적이지 못한 날씨에 바깥에서 살게 내버려 두어야 할 것인가?

"안 되지."라고, 탁자에 있던 영양 풍부한 샌드위치를 실수로 팔꿈치로 밀어 떨어뜨리면서 책임자가 말했다. "구덩이를 네 배 더 크게 만드시오."

파시킨은 몸을 굽혀 샌드위치를 바닥에서 탁자 위로 되돌려 놓았다.

"일부러 주울 필요까지는 없었는데. 우린 내년에 이 구역에서 5억 정도의 농산물 생산을 계획하고 있거든."

파시킨은 아직도 긴축정책 시기[18]의 속도에 맞추어 사는 사람이라고 낙인찍힐까 걱정하며 샌드위치를 서류 바구니에 넣었다.

프루셉스키는 작업에 관한 명령 전달을 신속히 하기 위해 건물 가까운 곳에서 파시킨을 기다렸다. 그러나 파시킨은 복도를 걸으면서, 주요 당 노선에 확실히 맞출 뿐만 아니라 그보다 앞서 가서 나중에 열린 공간에서 즐겁게 만날 수 있도록 구덩이를 네 배가 아니라 여섯 배로 확장하기로 결정했다. 그러면 당 노선은 그를 인정하고 기록에 영원한 점을 첨부할 것이다.

"여섯 배 확장." 파시킨이 프루셉스키에게 지시했다. "작업 속도가 느리다고 했잖소!"

프루셉스키는 기뻐서 웃었다. 기사가 기뻐하는 것을 눈치 채고 파시킨은 자기 구역 공학기술 분야의 분위기를 느껴 만족했다.

프루셉스키는 구덩이 확장 계획을 도면에 그리기 위해 치클린을 찾아갔다. 현장에 도착하기 전에 그는 모여선 굴착 인부들과 농부들의 짐마차가 말없이 서 있는 사람들 가운데 있는 것을 보았다. 치클린이 막사에서 빈 관을 가져와 그것을 짐마차에 놓았다. 그러고는 다른 관도 가져왔는데, 나스탸가 그

---

18) 신경제정책을 말한다. 스탈린은 1차 5개년 계획을 시작하면서 "소비에트 연방의 가난은 공식적으로 근절되었다."라고 선언했다.

뒤를 따라가면서 관에서 자기가 그린 그림들을 찢어 내고 있었다. 아이를 달래기 위해 치클린은 소녀를 들어 팔 밑에 끼고 자기 몸에 대고 누르면서, 관은 다른 팔에 들고 갔다.

"하지만 저 사람들은 어차피 죽었잖아요. 왜 관이 필요하다는 거예요?" 나스탸가 분개했다. "내 물건들을 둘 곳이 없단 말예요!"

"그래야 하는 거란다." 치클린이 대답했다. "죽은 사람들은 모두 특별한 사람들이야."

"그렇게 중요해요?" 나스탸는 놀랐다. "그럼 왜 다들 살아 있죠? 죽어서 중요한 사람이 되는 게 더 좋잖아요!"

"세상에 부르주아가 하나도 없게 하려고 살아 있는 거란다."

마지막 관을 짐마차에 놓으면서 치클린이 말했다. 짐마차 안에는 두 남자가 있었다. 보셰프와, 이전에 옐리세이와 함께 가 버렸던, 부농을 지지하는 남자였다.

"그 관은 누구를 위한 거요?"

프루셉스키가 물었다.

"사프로노프와 코즐로프예요. 오두막에서 죽었대요. 그래서 내 관을 가져가는 거예요. 어떻게 하실 거예요?"

나스탸가 자세히 설명했다. 그리고 그녀는 잃어버린 것에 마음 아파하며 짐마차에 기대 있었다.

알지 못할 곳에서 짐마차 안까지 오게 된 보셰프는, 전에 있던 공간으로 되돌아가기 위해 말을 출발시켰다. 치클린은 자체프에게 소녀의 수호를 맡기고 짐마차 뒤를 따라 느릿느릿 걸어서 먼 곳으로 이끌려 가버렸다.

치클린은 달빛에 젖은 밤의 가장 깊은 심연까지 멀리 걸어 갔다. 때때로 길옆의 산골짜기 가까운 쪽에서 알지 못할 집들 의 작고 고립된 빛이 빛났고, 같은 곳에서 개들이 슬프게 짖었 다. 아마도 외롭거나 혹은 마을에 공무원들이 들어오는 것을 보고 겁이 났기 때문이리라. 관을 실은 짐마차는 줄곧 치클린 을 앞질러 갔고, 그는 결코 시야에서 짐마차를 놓치지 않았다.

보셰프는 관에 등을 기대고 짐마차에서 위를, 별들의 회합 과 은하수의 집합적인 죽은 얼룩을 올려다보았다. 그는 영원 한 시간의 불연속성과 인생의 권태에 대한 보상을 중지시키는 혁명이 언제쯤 나타날지 궁금했다. 그는 희망 없이 졸기 시작 했고 짐마차가 멈추자 깨어났다.

치클린은 몇 분 후에 짐마차에 이르러 주위를 둘러보기 시 작했다. 가까운 곳에는 오래된 마을이 있었다. 가난으로 인한 전체적인 남루함이 마을을 지배하고 있었다. 마을의 오래되고 참을성 있는 울타리와, 길가에 말없이 고개를 숙인 나무들은 모두 똑같이 슬퍼 보였다. 마을의 오두막은 모두 불이 켜져 있 었지만, 밖에는 아무도 없었다. 치클린은 첫 번째 오두막으로 가서 문에 써 붙인 흰 종이에 있는 글을 읽기 위해 성냥을 켰 다. 그 종이에는 이것이 '일반 노선' 집단농장의 사회화된 7호 농가이며 이 집에는 마을에서 행해지는 정부 지령과 모든 운 동을 달성하기 위한 사회적인 작업을 수행하는 활동가가 거주 한다고 진술되어 있었다.

"문 열어요!"

치클린이 문을 두들겼다.

활동가가 밖으로 나와 그를 안으로 들였다. 그리고 관에 대한 영수증을 준비하고 보셰프를 마을 평의회에 보내 사망한 두 동무들의 시신을 지키는 명예 경비로 밤새 서 있도록 했다.

"내가 직접 가겠소."

치클린이 주장했다.

"가시오." 활동가가 대답했다. "하지만 당신 개인 정보를 주시오. 그러면 동원된 기간요원으로 등록해 드리리다."

활동가는 서류 위로 몸을 숙이고 눈으로 조심스럽게 모든 제목과 지령을 훑어 내렸다. 그는 불타는 소유욕에 젖어 가정의 행복을 개의치 않고 필요 불가결한 미래를 건설하며 그 안에 자기 자신을 위한 영원을 준비 중이었고, 이 때문에 지금 황폐해지고, 걱정 때문에 부어올랐으며, 성긴 머리카락이 덥수룩하게 자라나 있었다. 등불은 그의 의심에 찬 시선 앞에서 타올랐고, 그 시선은 지성적으로 그리고 사실적으로 기생충 부농들을 관찰했다.

밤새도록 활동가는 불 꺼지지 않은 등잔 곁에 앉아 혹시 파발꾼이 구역 지부에서 마을에 지령을 전달하기 위해 어두운 길을 달려오고 있는지 귀를 기울였다. 그는 모든 새로운 지령을, 미래의 즐거움에 대한 호기심을 안고, 중앙부 어른들의 열정적인 비밀을 엿보듯이 꼼꼼히 읽었다. 새로운 지령이 도착하지 않는 밤은 거의 없었고, 활동가는 정복할 수 없는 활동에 대한 열정을 축적하며 아침까지 그것을 면밀히 연구했다. 아주 가끔씩만 그는 삶의 고뇌로 인하여 잠시 죽은 듯이 멈추었고, 그럴 때면 가엾은 눈초리로 자기 앞에 있는 사람을 아무나 바라보곤 했다. 이때야말로 그가 자신이 실수투성이 바보라는 사실을 상기하는 때였다. 구역 지부의 서류에는 때때로 그를 그렇게 지칭했다. '대중 속으로 들어가 규제된 전체주의 인생 속에서 나 자신을 잊는 편이 낫지 않을까?' 그런 순간이면 활동가는 속으로 생각했지만, 금방 제정신을 회복했는데, 왜냐하면 전반적인 고아 상태의 일원이 되기를 원치 않았고, 모든 양치기들이 기쁨의 한가운데 있을 때 사회주의를 그저 기다리며 오랫동안 고통 받는 것이 두려웠으며, 지금 당장이라도 선봉대의 일꾼이 되어 미래의 모든 혜택을 즉각 소유할 수 있기 때문이었다. 활동가는 서류의 서명을 특히 오랫동안 연구했다. 이 글자들을 쓴 것은 지부 사람들의 열정적인 손이고, 손이란 몸 전체의 일부이며, 몸은 헌신적이고 확신에 찬 대중의 눈앞에서 충만한 영광 속에 살아가는 기관이었기 때문이다. 그가 서명의 확고함과 우표에 묘사된 지구의 모습을 감탄하며 바라보는 동안 그의 눈에는 실제로 눈물이 고였다. 왜냐하면 지구 전체가, 그 모든 부드러움이 곧 강철같이 확고한 손안에 쥐어질 것이었기 때문이다. 그때가 오면 그는 과연 아무런 영향도 받지 않고 지구의 보편적인 몸체 위에 남을 수 있을 것인가? 그리고 확실한 미래의 행복을 인색하게 그러모아 비축해 두면서, 활동가는 여러 가지 과업을 달성하느라 움푹 꺼진 가슴을 쓰다듬었다.

"왜 움직이지 않고 거기 서 있는 거요?" 활동가가 치클린에게 물었다. "가서 부유함의 불명예로부터 정치적인 시체들을 호위하시오. 우리의 영웅적인 형제들이 어떻게 죽어 갔는지 알잖소!"

집단농장에 깔린 밤의 어둠을 뚫고 치클린은 마을 평의회의 버려진 회관으로 갔다. 그곳에 그의 두 동무들이 영면해 있었다. 본래 회의를 비추는 기능을 하던 가장 큰 등불이 죽은 사람들 위에서 빛나고 있었다. 그들은 최고회의 간부회의 책상 위에 나란히 뉘어 있었고, 산 사람들이 그 육체의 치명적인 손상을 보고 똑같은 죽음에 대한 공포에 휩싸이지 않도록 국기로 턱까지 덮여 있었다.

치클린은 죽은 사람들의 발치에 자리를 잡고 그들의 침묵하는 얼굴을 조용히 바라보았다. 사프로노프는 다시는 자발적인 지성에서 말하는 일이 없을 것이고, 코즐로프는 총체적인 조직의 건설 때문에 마음 아파하는 일이 없을 것이며, 더 이상 배당된 연금을 수령하지도 못할 것이다.

흐르는 시간은 집단농장의 한밤의 어둠 속에서 천천히 움직였다. 그 무엇도 사회화된 재산이나 집단의식의 침묵을 흩뜨리지 않았다. 치클린은 담배에 불을 붙이고, 죽은 사람의 얼굴 쪽으로 가까이 가서 손으로 만졌다.

"어때, 코즐로프, 외로운가?"

코즐로프는 살해당했으므로 계속 침묵 속에 누워 있었다. 사프로노프 또한 만족한 사람처럼 평화로웠다. 약해지고 반쯤 벌어진 입 위로 드리워진 붉은 갈색 콧수염은 거의 입술 밖까지 자라나 있었는데, 그것은 그가 살아서 입맞춤을 받은 일이 없기 때문이었다. 코즐로프와 사프로노프의 눈 주위에 이전에 눈물이었던 건조한 소금기가 보여서 치클린은 그것을 닦아 내고 생각했다. 왜 사프로노프와 코즐로프는 인생의 마지막 순간에 울었던 것일까?

"그래, 사프로노프, 자넨 영원히 누워 있을 생각인가, 아니면 결국은 일어날 것 같은가?"

사프로노프는 대답할 수 없었다. 그의 심장은 부서진 가슴 속에 놓여 있었고 아무것도 느끼지 못하기 때문이었다.

치클린은 밖에서 내리기 시작한 빗소리, 나뭇잎과 싸리 울타리와 마을의 평화로운 지붕 위에서 노래하는 길고 애처로운 소리에 귀를 기울였다. 그 신선한 습기는 마치 빈 공간에 내리듯 무심하게 쏟아져 내렸고, 빗소리에 귀기울이는 오직 한 남자의 슬픔만이 이 자연의 고갈을 보상할 수 있었다. 때때로 어딘가 울타리로 가로막힌 황무지에서 암탉이 울었지만, 치클린은 더 이상 듣지 않고 코즐로프와 사프로노프 사이 공동의 국기 아래 누워 잠을 청했다. 죽은 사람들도 사람이었기 때문이다. 마을 평의회 등불은 그들 위에서 아침까지 아낌없이 타올랐고, 날이 밝자 옐리세이가 회관에 왔지만, 불빛이나 어둠이나 그에게는 마찬가지였으므로 그도 등불을 끄지 않았다. 그는 잠시 동안 쓸모없이 서 있다가 들어올 때처럼 나가 버렸다.

옐리세이는 땅에 박힌 깃대에 가슴을 기대고 서서 안개에 싸여 축축한 빈 공간을 바라보았다. 까마귀들이, 아직 이곳의 땅과 헤어질 때가 되지는 않았지만, 멀리 따뜻한 지방으로 날아갈 채비를 하면서 그곳에 모여들었다. 훨씬 이전에, 까마귀들이 떠나기 전에, 옐리세이는 제비들이 사라지는 것을 보았고 그때는 그 가볍고 거의 의식할 수 없는 새의 몸으로 변하기를 원했으나 이제는 생각할 수가 없었기 때문에 더 이상 까마귀로 변할 생각을 하지 않았다. 그는 단지 중산층 농부의 신분 증서를 가지고 있다는 이유로 살아가며 눈으로 볼 따름이었고, 그의 심장은 법률에 따라 뛰고 있었다.

마을 평의회에서 어떤 소리가 들려왔고, 옐리세이는 창문으로 가서 유리에 몸을 기댔다. 그는 인민대중이나 혹은 자연에서 들려오는 모든 소리에 끊임없이 귀를 기울였는데, 아무도 그에게 말을 하지 않았고 이해시켜 주지도 않았으므로, 멀리서 들려오는 소리까지도 느껴야만 했기 때문이다.

옐리세이는 치클린이 누워 있는 두 시체 사이에 앉아 있는 것을 보았다. 치클린은 담배를 피우면서 죽은 사람들에게 무심하게 위로의 말을 건네고 있었다.

"자넨 끝났어, 사프로노프! 하긴, 어쩌겠어? 어차피 난 남아 있으니까 자네처럼 되겠지. 나도 더 똑똑해지기 시작할 거고, 내 주관을 가지고 나서서 말을 할 거고, 자네 성향도 전부 알게 되겠지. 자네는 아예 존재하지 않아도 괜찮아……."

옐리세이는 이해할 수 없었고, 그저 맑은 유리 너머로 소리를 들을 뿐이었다.

"그리고 자네, 코즐로프, 자네도 살아가는 것에 대해서는 걱정하지 말게. 내 자신은 잊어버리더라도 자네는 항상 지켜 줄 테니까. 망가져 버린 자네의 모든 인생이나 그 모든 과업을 내 안에 숨기고 아무 데도 버리지 않겠네. 그럼 자네가 살아 있는 셈 칠 수 있겠지. 나도 밤낮으로 활동할 거고, 모든 조직화를 의식적으로 지켜볼 거고, 연금을 받고 은퇴하겠네. 편히 쉬게, 코즐로프 동무!"

옐리세이는 자신의 숨결로 유리가 흐려져서 치클린을 거의 볼 수 없었지만, 달리 볼 곳이 없었으므로 계속 지켜보았다. 치클린은 잠시 침묵을 지키다가 이제 사프로노프와 코즐로프가 행복해졌을 거라고 느끼고 그들에게 말했다.

"전 계급이 다 죽어도 좋아, 난 여기 혼자 남아서 지구상에서 모든 과업을 수행할 테니까! 어차피 나 자신을 위해서 사는 방법은 몰라! ……우릴 바라보는 저 녀석은 뭐야? 들어오시오, 낯선 양반!"

옐리세이는 즉시 마을 평의회에 들어갔고, 그 전날에는 완전하게 걸쳐져 있던 바지가 지금은 배 밑으로 미끄러져 내려갔다는 것을 알아차리지 못한 채 멈춰 섰다. 옐리세이는 입맛이 없어 음식을 먹지 않았기 때문에 날이 갈수록 수척해졌다.

"이들을 죽인 게 당신인가?"

치클린이 물었다.

옐리세이는 바지를 추켜올리고 다시 내려가지 않게 잡은 채 창백하고 공허한 눈으로 치클린을 바라보며 아무 대답도 하지 않았다.

"그럼 누구요? 우리 인민대중을 죽인 사람을 데려오시오."

농부는 달려 나가 까마귀들이 마지막 회합을 하고 있는 축축하고 빈 공간을 가로질러 갔다. 까마귀들은 그에게 길을 터주었고, 옐리세이는 눈이 노란 농부를 보았다. 그는 관 하나를 울타리에 기대어 놓고 병에 담긴 어떤 진한 액체에 손가락을 담가 관에 자기 이름을 대문자로 써넣고 있었다.

"무슨 일인가, 옐리세이? 무슨 새 지령을 받았나?"

"음……. 아냐."

"그럼 괜찮아." 글을 쓰던 농부는 조용히 말했다. "평의회의 시체는 아직 안 닦았나? 그 관료적인 불구자가 수레를 타고 올까 봐 겁이 나. 난 살아 있고 두 사람은 죽었으니 그는 나에게 화풀이를 할 거야."

농부는 자신의 관심과 동정심을 나타내기 위해 죽은 사람들을 씻기러 갔다. 옐리세이는 어디에 있는 것이 가장 좋을지 알지 못한 채 따라갔다.

치클린은 농부가 살해된 남자들의 옷을 벗겨 시체를 벌거벗은 상태로 한 구씩 연못에 담그기 위해 운반해 나갈 때 반대하지 않았고, 농부는 양털 가죽으로 그들을 잘 닦고 나서 다시 옷을 입히고 시체 두 구를 책상 위에 올려놓았다.

"됐어, 좋아." 그러고 나서 치클린이 말했다. "그런데 누가 이들을 죽였소?"

"그건 우리도 모릅니다, 치클린 동무. 우리도 그저 본의 아니게 살고 있는 것이니까요."

"본의 아니게!"

치클린은 말하고, 농부가 의식 있게 살 수 있도록 그의 얼굴을 쳤다. 농부는 넘어졌지만, 너무 멀리 물러섰다가는 치클린이 자신을 부농이라고 생각할까 봐 겁이 나서, 더 심하게 불구가 되어 그 고통으로 인해 가난한 사람으로서 살아갈 권리를 얻게 되기를 바라며 더 가까이 가서 섰다. 자기 앞에 서 있는 이 존재를 보고 치클린은 기계적으로 주먹을 그의 배로 밀어 넣었으며, 농부는 노란 눈을 감고 비틀거리며 뒤로 물러섰다.

옆에 조용히 서 있던 옐리세이는 조금 뒤에 치클린에게 농부가 움직이지 않는다고 말했다.

"왜, 그가 안됐소?"

치클린이 물었다.

"아니오."

옐리세이가 대답했다.

"내 동무들 사이에 눕히시오."

옐리세이는 농부를 책상 쪽으로 끌고 가서, 온 힘을 다해 들어 올려 이전의 시체들 위에 가로질러 내려놓은 후 사프로노프와 코즐로프 사이에 마구 쑤셔 넣어 제대로 눕혔다. 옐리세이가 한 발 물러섰을 때 농부는 노란 눈을 떴지만, 더 이상 눈을 감을 수가 없어서 계속 바라보고 있었다.

"여자가 있었소?"

치클린이 옐리세이에게 물었다.

"혼자였소."

"그럼 왜 살았지?"

"살지 않는 것을 두려워했소."

보셰프가 문으로 들어와 치클린에게 가자고 했다. 활동가가 찾고 있었다.

"여기 1루블이오." 치클린은 서둘러 옐리세이에게 돈을 주었다. "구덩이로 가서 나스탸라는 소녀가 아직도 살아 있는지 보고 사탕을 좀 사 주시오. 그 애 때문에 가슴이 아파지기 시작했소."

활동가는 세 명의 조수와 함께 앉아 있었다. 그들은 계속되는 영웅적 활동과 전적으로 빈곤한 사람들 때문에 여위었지만 얼굴은 똑같이 확고한 감정, 즉 열정적인 헌신을 드러내고 있었다. 활동가는 치클린과 보셰프에게, 파시킨 동무의 지령에 따라 그들의 감춰진 힘을 전부 집단농장의 발전을 위한 봉사에 바쳐야 한다고 알려 주었다.

"그럼 프롤레타리아는 진실을 얻게 됩니까?"

보셰프가 물었다.

"프롤레타리아는 움직이게 됩니다." 활동가가 선언했다. "그리고 중간에 끼어드는 것은 뭐든, 진실이든 부농이 강탈한 저고리든 프롤레타리아의 소유요. 그건 모두 조직의 가마솥으로 들어가서 아무것도 알아보지 못하게 될 거요."

마을 평의회의 죽은 사람들 곁에 앉아서, 활동가는 처음에는 슬퍼했지만 곧 새로이 건설되는 미래를 기억하고는 활기에 가득 찬 미소를 짓고, 개인 재산을 사회화하는 빛나는 발전의 순간에 일어난 죽음의 장엄함을 모두 느낄 수 있도록 집단농장 구성원들을 장례 의식에 동원하라고 주위 사람들에게 명령했다.

코즐로프의 왼팔이 축 처졌고, 그의 망가진 몸 전체가 곧 의식 없이 떨어질 듯 책상의 가장자리에 걸쳐졌다. 치클린은 그를 바로잡고 나서 이제 죽은 사람이 누워 있을 자리가 완전히 좁아졌다는 사실을 눈치 챘다. 벌써 시체는 세 구가 아니라 네 구였다. 그는 네 번째 시체를 기억하지 못해서 활동가에게 이 불행한 경우에 대한 설명을 요청했는데, 알고 보니 네 번째는 프롤레타리아가 아니라 어떤 답답한 농부로, 소리 없이 호흡을 멈추고 옆으로 누워서 죽었다. 활동가는 치클린에게 이 부유한 분자는 사프로노프와 코즐로프에게 치명적인 위해를 가한 장본인이라고 알려 주었다. 그러나 살인자는 자신에게 대항하는 조직적인 운동에 대하여 자신이 슬퍼하고 있다는 사실을 깨닫고 스스로 안으로 들어와서 죽은 사람들 사이에 누워 개인적으로 죽어 버렸다.

"어차피 삼십 분 이내에 이 사람을 발견할 수 있었을 거요." 활동가가 말했다. "이젠 분리되어 존재하는 인력은 한 명도 없고 아무도 숨을 곳이라곤 없소! 하지만 여기 여분의 분자가 하나 더 누워 있는 게 보이는군."

"내가 그를 끝냈소." 치클린이 설명했다. "이놈은 얻어맞고 싶어서 기어든 게 틀림없다고 생각했소. 한 대 쳤는데 이 남자는 너무 약했소."

"맞아요. 지부에서는 살인자가 단지 한 명뿐이라고 하면 날 믿지 않을 거요. 하지만 두 명이면, 그건 벌써 전체 부농계급과 조직이오!"

장례식이 끝난 후에 집단농장 한구석으로 해가 졌고, 즉시 세상은 황량하고 낯설어졌다. 지역의 아침이 오는 가장자리에서 땅 밑으로부터 빽빽한 구름이 피어올랐고, 자정이 되자 그것은 지역의 들판에 도달하여 그 위로 차가운 물을 양껏 뿌려 대야 했다. 그것을 보며 집단농장의 농부들은 추위를 타기 시작했고 암탉들은 긴 가을밤을 예감하며 이미 닭장에 들어가 꼬꼬댁거리고 있었다. 곧 단단한 어둠이, 돌아다니는 인민들에게 짓밟힌 토양의 검은색에 물들어 더욱 깊어져서 땅으로 내려왔다. 그러나 그 위로는 여전히 밝았다. 들리지 않는 바람의 습기 속으로 높이 태양의 노란 광채가 뻗어 올라갔고 과수원의 고개 숙인 나무들의 마지막 잎새에도 반사되어 빛났다. 사람들은 오두막 안에 있고 싶어 하지 않았고(그곳에서는 개인적인 생각과 변덕스러운 기분이 덤벼들었다.) 마을의 열린 장소를 전부 돌아다니며 계속 서로 만나려고 애썼다. 그리고 또한 그런 견디기 힘든 공간에서 뭔가 위로가 될 만한 것을 들으려고 축축한 대기 속 멀리서 울려 퍼지는 모든 소리에 귀를 기울였다. 활동가는 이미 오래전에 사회생활에서 위생 규율을 지키라는 구두(口頭) 명령을 내렸는데, 그러려면 사람들이 가족의 오두막에서 질식하는 대신 언제나 밖에 나와 있어야 했다. 그리고 또한, 창문으로 인민대중을 감시하며 그들을 계속 앞으로 이끌려면 활동가에게도 이 편이 더 쉬웠다.

활동가도 장례식의 빛을 닮은 노란 황혼을 재빨리 알아차렸으며, 바로 다음 날 이른 새벽부터 집단농장 구성원들의 새벽별 행진을 시작하여 아직도 사유재산제를 고집하고 있는 옆 마을로 가서 몇 가지 민속놀이를 널리 알리기로 결정했다.

자그마하고 나이 든 중농(中農)인 마을 평의회 회장은 비활동 상태가 두려워서 지시를 받기 위해 활동가를 찾아갔지만, 활동가는 마을 평의회는 활동분자가 후방에서 거둔 승리를 공고히 하여야 하며 욕심 사나운 부농들로부터 무산 지배계급을 보호해야 한다고 말하며 그저 손짓으로 그를 물리칠 뿐이었다. 작고 나이 든 회장은 고마워하며 마음을 가라앉히고 다시 용기를 내어 야경꾼의 딱따기 노릇을 하기 위해 떠났다.

보셰프는 밤이 두려웠다. 밤이면 그는 잠들지 못하고 누워서 의심했다. 그의 기본적인 삶의 감각은 세상에 속하는 무언가를 얻으려 애썼으며, 생각의 숨은 희망은 그에게 이해할 수 없는 전반적인 존재들로부터의 먼 구원을 약속했다. 그는 치클린과 함께 그날 밤을 보내기 위해 숙소로 갔고, 치클린이 즉각 누워서 잠들어 버리고 자기만 혼자 누운 채 눈으로 집단농장 위의 어둠을 쳐다보고 있게 될까봐 걱정했다.

"오늘 밤은 잠들지 말게, 치클린. 난 좀 무서워."

"겁내지 말게. 누가 자넬 겁주는지 말해 봐, 내가 죽일게."

"마음속의 혼란 때문에 두려워, 치클린 동무. 그게 뭔지는 나도 몰라. 항상 저 멀리에는 뭔가 특별한 것이, 아니면 뭔가 얻을 수는 없지만 멋진 것이 있는데 난 슬프게 살고 있는 것 같아."

"우린 그걸 얻게 될 거야. 보셰프, 다들 말하듯이, 겁내지 말게."

"언제, 치클린 동무?"

"벌써 얻었다고 생각하게. 지금 모든 것이 다 아무것도 아니게 된 걸 보라고⋯⋯."

집단농장의 변두리에는 '조직의 뜰'이 있어 그곳에서 활동가와 다른 지도적인 무산 농부들은 인민대중에 대한 교육을 실시했다. 그리고 그곳은 또한 입증되지 않은 부농들과 집단에서 여러 가지 다른 이유로 유죄판결을 받은 구성원들이 사는 장소였는데, 몇몇은 의심이라는 열등한 기분에 빠져들었기 때문에 '조직의 뜰'에 있게 되었고, 또 다른 몇몇은 낙관주의의 시기에 울고 자기 집 마당의 사회화되려는 울타리에 입을 맞추었기 때문이었으며, 다른 이유로 그곳에 있는 사람들도 있었고, 마지막으로는 이유 없이 스스로 '조직의 뜰'에 나타난 노인이 있었다. 그는 타일 공장의 경비원이었는데, 뜰을 가로질러 어딘가 가던 길에 얼굴에 이질적인 표정을 띠고 있다는 이유로 제지당한 것이었다.

보셰프와 치클린은 곧 이곳의 임시막사에서 자야겠다고 생각하며 뜰 가운데 있는 돌에 앉았다. 타일 공장의 늙은이는 치클린을 기억하여 그에게 다가왔다. 그때까지 그는 가까운 풀밭에 앉아 건조한 방법으로 윗옷 속 자기 몸의 때를 문질러 닦아 내고 있었다.

"왜 여기 계시오?"

치클린이 물었다.

"어, 난 그냥 걸어가고 있었는데 사람들이 멈추라고 명령하더군. 그 사람들은 나더러 '어쩌면 당신은 쓸데없이 살고 있는지도 몰라, 우리가 좀 봐야겠군.'이라고 했소. 난 그냥 아무 말도 안 하고 지나치려고 했는데 그 사람들이 돌려세웠소. '서라, 이 부농 자식아!' 그렇게 소리치면서. 그때부터 난 여기서 감자를 먹으면서 살고 있소."

"어디서 살고 있든 그게 무슨 상관이겠소." 치클린이 말했다. "죽지만 않으면 되죠."

"옳은 말씀이오! 처음에만 좀 힘들 뿐이지 난 무엇에든 익숙해질 수 있소. 사람들이 여기서 나한테 글자를 가르쳐 주었고, 이제는 숫자를 가르치려고 해요. 날더러 계급의식 있는 괜찮은 늙은이가 될 것 같대요. 뭐, 안 될 거 없잖소. 나도 그렇게 될 거요!"

늙은이는 밤을 새워 이야기할 태세였지만, 옐리세이가 구덩이에서 돌아와 치클린에게 프루셉스키에게서 온 편지를 전해 주었다. '조직의 뜰'의 표지판을 밝힌 등불 아래서 치클린은 나스탸가 살아 있으며 자체프가 소녀를 매일 유치원으로 데려가고, 그곳에서 아이는 소비에트 정부를 사랑하게 되었으며 정부를 위해 재활용 폐품을 수집하기 시작했다는 것을 읽었다. 프루셉스키 자신은 코즐로프와 사프로노프의 죽음에 대해 매우 슬퍼하고 있으며 자체프는 그들을 위해 눈물을 펑펑 쏟으며 울었다고 했다.

프루셉스키 동무는 이렇게 썼다.

지금 난 상당히 힘들어요. 난 사회적인 중요성이 전혀 없는 사람인데 어떤 여자와 사랑에 빠져 결혼해 버릴까 봐 두렵소. 토공사는 완공되었고 봄이 되면 주춧돌을 놓을 거요. 나스탸가 인쇄체[19]로 글씨를 쓸 수 있다는 걸 알았으니 그 애의 편지를 동봉하겠소.

---

19) 러시아에서는 일반적으로 글은 모두 필기체로 쓰며, 인쇄체로 글씨를 쓴다는 것은 제대로 교육받지 못했음을 의미한다.

나스탸는 치클린에게 이렇게 썼다.

부농계급을 완전 근절하라. 레닌, 코즐로프, 사프로노프 만세!
가난한 집단농장 사람들에게 안부 전해 주세요. 하지만 부
농들은 아니에요.

치클린은 이 말을 오랫동안 속삭이며 깊이 감동했지만, 슬
픔이나 눈물을 나타내기 위해서는 어떻게 얼굴을 주름 지어
야 하는지 몰랐다. 그리고 그는 자러 갔다.

'조직의 뜰'의 커다란 집에는 거대한 방이 하나 있었고, 추
위에 힘입어 모두들 그곳의 마룻바닥에서 잤다. 마흔 명이나
쉰 명 정도 되는 사람들이 입을 벌리고 위쪽으로 숨을 내쉬
었으며, 낮은 천장 아래에는 한숨의 아지랑이 속에 등불이 걸
려 일종의 지진에 맞춰 조용히 흔들렸다. 바닥 가운데에 옐리
세이도 누워 있었다. 그는 잠들어서도 눈을 거의 완전히 뜨
고, 타오르는 등불을 깜박이지도 않고 쳐다보았다. 보셰프를
찾아낸 치클린은 그의 옆에 누워 더 밝은 아침까지 휴식을
취했다.

아침에 맨발의 집단농장 행진 대원들은 '조직의 뜰'에 한 줄
로 늘어섰다. 각자 표어가 새겨진 깃발을 손에 들고 어깨에는
음식이 든 가방을 메고 있었다. 그들은 자신들이 왜 낯선 곳
으로 가야 하는지 듣기 위해 집단농장의 제일가는 인물인 활
동가를 기다렸다.

활동가는 지도자와 함께 뜰로 와서 오각 별 모양으로 대원

들을 정렬하고는 가운데에 자리를 잡고 연설을 시작하여, 행
진 대원들에게 지금 주위를 둘러싼 무산계급 속으로 들어가
사회주의 질서를 마음속에 심어줌으로써 집단농장의 본질을
보여 주라고 지시했으며, 어차피 앞으로는 더 나빠질 것이라
고 말했다. 옐리세이는 가장 긴 깃발을 손에 들고 있었고, 활
동가의 말을 온순하게 들으면서 어디서 멈추어야 하는지도 모
른 채로 평소처럼 걸어 나가기 시작했다.

아침은 축축했고 멀리 빈 공간으로부터 차가운 공기가 불
어왔다. 활동가는 이런 상황을 간과하지 않았다.

"조직 파괴!"

활동가는 자연의 쌀쌀한 바람을 가리켜 이렇게 우울하게
말했다.

빈농과 중농 순례자들은 길을 떠나 외부 공간으로 멀리 사
라져 갔다. 치클린은 떠나가는 맨발의 집단화 주민들을 지켜
보았고 다음은 무슨 일을 상상해야 할지 알지 못했으며, 보세
프는 침묵을 지키고 아무 생각도 하지 않았다. 멀리 버려진 들
판 위로 멈추어 선 거대한 구름 덩이에서 빗줄기가 벽을 이루
며 쏟아져 중간에 들어선 행진 대원들을 습기로 뒤덮었다.

"저 사람들 대체 어디로 간 거요?" 한 부농 지지자가 물었
다. 그는 해로운 존재이므로 '조직의 뜰'의 주민들로부터 격리
되어 있었다. 활동가는 그에게 울타리를 넘어가는 것을 금지
했으므로 부농 지지자는 울타리 사이에서 자신을 표현했다.
"우린 신발 한 켤레면 십 년 동안 충분한데, 저 사람들은 어디
로 가는 거요?"

"혼 좀 내 줘."

치클린이 보셰프에게 말했다.

보셰프는 부농 지지자에게 가서 얼굴을 쳤다. 부농 지지자는 다시 입을 열지 않았다.

보셰프는 주위를 둘러싼 삶에 대하여 언제나 그러듯 당황한 표정을 짓고 치클린에게 다가갔다.

"치클린, 집단농장 주민들이 세상에 나가는 걸 좀 봐. 맨발에, 슬퍼."

"그래서 가는 거야, 맨발이니까." 치클린이 말했다. "그리고 저들은 기뻐할 일이 아무것도 없어. 결국 집단농장이란 일상 생활의 문제니까."

"예수님도 슬프게 떠났을 거야. 자연은 비참한 비를 추적추적 내렸을 거고 말이야."

"자네 안에는 생각의 빈농이 있군." 치클린이 대답했다. "예수님은 혼자 떠났어. 뭘 찾고 있었는지 알 게 뭐야. 그리고 여기선 사람들 한 무리가 존재하기 위해 움직이고 있지."

활동가는 '조직의 뜰'의 원래 있던 자리에 그대로 서 있었다. 전날 밤은 시간 낭비였다. 집단농장에는 지령이 내려오지 않았고, 그는 자기 머릿속 생각의 흐름을 내버려 두었다. 그러나 생각을 하다 보니 실수에 대한 공포가 밀려왔다. 그는 개인의 집에 재산이 축적되고 있는데 자신이 실수로 그것을 못 보고 지나칠까 봐 겁이 났다. 동시에 지나친 열성도 두려웠다. 그러므로 그는 적어도 말[馬] 무리는 사회화했고 외로이 남겨진 암소와 양과 가금류 때문에 괴로워했는데, 왜냐하면 통제되지 않은 개인 소유자의 손에서는 염소 한 마리라도 자본주의의 지렛대였기 때문이다.

주도권의 힘을 억제하며 활동가는 집단농장의 전반적인 침묵 속에 움직이지 않고 서 있었고, 그의 조수 동무들은 어디로 움직여야 할지 몰라서 그의 고요한 입술만 보고 있었다. 치클린과 보셰프는 '조직의 뜰'을 나와 농기구 상태를 보러 갔다.

그들은 어느 정도 거리를 걷다가 도중에 멈추어 섰는데, 왜냐하면 길의 오른쪽에 인간의 노력 없이 출입구가 열려 있었고 조용한 말들이 그곳에서 나오고 있었기 때문이다. 말들은 고른 발걸음으로, 머리를 낮추어 땅에서 자라는 음식을 뜯어먹지 않고, 단결된 집단을 이루어 거리를 지나 물이 있는 산골짜기로 내려갔다. 정상적인 양의 물을 마시고 나서 말들은 청결을 위하여 물속에 들어가 한동안 서 있다가 물가의 마른 땅으로 올라가 대열과 단결성을 흩뜨리지 않고 돌아가기 시작했다. 그러나 첫 번째 집에서 말들은 흩어졌다. 한 마리는 초가지붕 앞에 멈추어 서서 지푸라기를 물어뜯기 시작했고, 또 한 마리는 고개를 숙이고 빈약한 건초 찌꺼기를 입 안에 그러모으기 시작했으며, 더 불량한 말들은 농장으로 들어가 오래되고 친숙한 장소에서 곡물 다발을 물어다가 거리로 내갔다.

동물들은 각자 능력에 맞게 자기 몫의 식량을 집어 들고 모든 말들이 전에 나왔던 문 쪽으로 조심스럽게 가져갔다.

처음에 나왔던 말들은 공용 출입구에서 나머지 마집단(馬集團)을 기다렸고, 모두 함께 모여 서자, 앞에 있는 말이 머리로 문을 밀어 열고, 대열 전체가 식량과 함께 뜰로 들어갔다.

말들은 뜰에서 주둥이를 열었고, 건초는 가운데에 한 무더기로 떨어졌으며, 그러자 사회화된 가축들은 건초 더미 주위에 모여들어 천천히 먹기 시작했다. 그들은 사람의 보살핌 없이도 조직적으로 조화롭게 살아가고 있었다.

보셰프는 출입구에 난 틈으로 겁먹은 채 동물들을 보고 있었다. 그는 건초를 씹는 동물들의 영적인 평온함에 놀랐다. 마치 말들은 모두 삶의 집단적 의미를 완벽하게 확신하고 있고, 그만이 혼자서 말보다 더 고통스럽게 살아가는 것 같았다.

말들의 뜰 너머에는 밭도 울타리도 없이 벌거벗은 땅 조각 위에 누군가의 낡아빠진 오두막이 서 있었다. 치클린과 보셰프는 오두막으로 들어가 긴 의자에 농부 한 명이 배를 깔고 길게 엎드려 있는 것을 알아차렸다. 그의 아내는 마룻바닥을 닦고 있었고, 손님들을 보자 손수건 가장자리로 코를 닦으며 습관적인 눈물의 홍수를 쏟아 내었다.

"무슨 일이오?"

치클린이 그녀에게 물었다.

"이, 이, 이것 좀 보세요!"

여자는 말하고 더 심하게 울기 시작했다.

"얼른 눈물 닦고 말을 하시오!"

치클린이 그녀를 계몽했다.

"남편은 여기 몇 날이고 누워 있어요……. 긴 의자에 처박혀서 소리를 질러요. '이봐 마누라, 배 속에 음식 좀 넣어 줘. 난 여기 완전히 배 속이 빈 채로 누워 있고, 영혼은 몸 전체에서 빠져나갔고, 날아가 버릴까 봐 무섭단 말이야. 윗옷에 무거운 걸 좀 눌러 줘.' 저녁이 되자마자 난 이이 배에 사모바르[20]를 묶어 놔요. 도대체 언제가 돼야 뭔가 좀 괜찮아질까요?"

치클린은 농부에게 가서 그의 얼굴을 돌렸다. 그는 정말로 매우 마르고 가벼웠으며, 돌처럼 굳은 창백한 눈은 아무것도, 공포조차도 내비치지 않았다. 치클린은 그의 위로 몸을 굽혔다.

"무슨 병이오? 숨은 쉬고 있소?"

"기억을 하면, 숨을 쉬지요."

남자는 약하게 대답했다.

"그럼 숨쉬는 걸 잊어버리면 어떻게 되는 거요?"

"그럼 죽겠지요."

"아마 삶의 감각을 느끼지 못하는가 보군요. 참고 좀 기다리시오."

보셰프가 엎드린 농부에게 말했다.

남자의 아내는 눈에 띄지 않게 그러나 면밀히 손님들을 관찰했고, 그녀의 눈에 신랄함이 떠올라 부지불식간에 눈물이 말라 버렸다.

"이이는 전부 알고 있어요, 동무들. 모든 걸 봤고 마음으로 겪었어요! 하지만 사람들이 우리 말을 조직으로 끌고 가자, 누워서 그저 멈춰 버렸어요. 난 적어도 울 수 있지만, 남편은 못해요."

"울게 하는 게 좋을 거요. 그에게 더 나을 테니까."

보셰프가 충고했다.

---

20) 안에 숯불을 넣어 물을 끓이는 러시아 특유의 주전자. 신선로와 유사하다.

"말해 봤어요. 사람이 조용히 누워만 있을 수 있나요? 정부 권력이 겁먹을 거예요. 나로 말하자면, 정말 사실대로 말하자면 말예요, 동무들은 좋은 분들 같아요. 난 거리에 나가자마자 눈이 빠지게 울었어요. 그러자 활동가 동무가 날 보고는, 아시다시피 그 동무는 모든 걸 다 보잖아요, 나무토막까지 모조리 세니까, 날 보고는 명령했어요. '울어라, 여자여, 울수 있는 한껏 울어라. 새로운 인생의 태양이 떴고, 그 빛이 네무지한 눈을 찌를 테니까.' 그 목소리가 고르고 평온해서 나한테 아무 짓도 안 할 거라는 걸 알고는, 온 힘을 다해 울었어요……."

"그러니까 댁의 부군은 단지 최근에 영적인 열성 없이 살게된 겁니까?"

보셰프가 물었다.

"아, 날 아내로 알아보지 못하게 된 다음부터예요. 그때부터 시작된 것 같아요."

"그에게는 말[馬]의 영혼이 있다." 치클린이 말했다. "텅 빈채로 잠시 살라고 해, 바람이 그에게로 불어 들어갈 테니까."

여자는 입을 열었지만, 보셰프와 치클린이 문밖으로 나가버렸으므로, 소리 내지 못하고 그대로 있었다.

또 한 집은 울타리에 둘러싸인 넓은 농장에 서 있었고 안에는 농부 하나가 빈 관 속에 누워서 소리가 날 때마다 마치 죽은 것처럼 눈을 감았다. 벌써 몇 주 동안이나 반쯤 죽은 남자의 머리 위에는 눌은 등잔이 타고 있었고, 때때로 관의 거주자는 병에 든 기름을 덧부었다. 보셰프는 죽은 남자의 이마에 손을 대고 그 사람이 아직 따뜻하다는 것을 느꼈다. 농부는 소리를 듣고 숨을 전부 멈추고는, 바깥 몸체를 할 수 있는 한 식히려고 노력했다. 그는 이를 꽉 물고 몸속 깊은 곳에 공기가 통하지 않게 했다.

"이젠 차갑군."

보셰프가 말했다.

농부는 얼마 남지 않은 힘을 한껏 모아 그의 생명 내면의 박동을 멈추려 했지만, 벌써 몇 년이나 고동친 까닭에 삶은 그 안에서 멈출 수가 없었다. '내 안에서 날 숭앙하는 저 힘을 좀 봐.' 누워 있는 남자는 애쓰는 사이사이에 생각했다. '하지만 어쨌든 내가 잡고 말겠어. 넌 스스로 멈추는 게 좋아.'

"좀 따뜻해진 것 같은데."

보셰프가 조금 뒤에 발견했다.

"그렇다면 이 부농 분자는 아직 겁이 안 난다는 말이겠지."

치클린이 말했다.

농부의 심장은 독립적으로 그의 영혼으로, 목구멍의 좁은 공간으로 올라와서 그곳에서 쪼그라들어, 표면의 피부로 위험한 삶의 열기를 뿜어냈다. 그는 발을 움직여 심장 박동을 작동시키려 했지만, 심장은 이제 공기를 공급받지 못해 완전히 지쳐서 일할 수 없었다. 농부는 입을 크게 벌리고, 손상되지 않은 뼈가 썩어 먼지가 되는 것을, 몸의 혈기 왕성한 힘이 부패하는 것을, 그의 눈에서 세상의 빛이 사라지는 것을, 그리고 그의 집에 영구히 주인이 없게 되는 것을 안타까워하며 죽음의 슬픔으로 인한 소리를 질렀다.

"죽은 사람은 소리를 내지 않소."

보셰프가 농부에게 말했다.

"내지 않겠소."

남자는 동의하고는 정부 시책을 따랐다는 사실에 행복해하며 누워서 움직이지 않게 되었다.

"차가워지고 있군."

보셰프가 농부의 목을 만져보며 말했다.

"등불을 꺼." 치클린이 말했다. "불이 머리 위에서 타오르는데 이 남자는 눈을 감아 버렸어. 이건 혁명을 위한 절약이라 할 수 없어."

치클린과 보셰프는 신선한 공기 속으로 나와서 활동가를 만났다. 그는 문화혁명에 관련된 일 때문에 독서실 오두막으로 가는 중이었다. 그 후에는 집단농장 바깥에 남아 있는 중류층 개인 가구(家口)를 모두 순방하면서 울타리 안에 갇힌 가족 자본주의의 몰상식함을 납득시킬 의무가 있었다.

독서실 오두막에는 미리 조직된 집단농장 여성들과 소녀들이 있었다.

"안녕하십니까, 활동가 동무!"

그들이 모두 동시에 말했다.

"세포 요원들 안녕하시오!" 활동가는 생각에 잠겨 대답하고는 말없이 궁리하며 잠시 서 있었다. "자 이제 글자 'A'를 복습하겠습니다. 내가 말하는 단어를 잘 듣고 써 보세요……."

독서실 전체가 비어 있었으므로 여자들은 마룻바닥에 엎

드려, 석회 조각으로 석판에 글씨를 쓰기 시작했다. 치클린과 보셰프도 철자법에 대한 지식을 강화하고자 바닥에 앉았다.

"A[아]'로 시작하는 단어에는 무엇이 있습니까?"

활동가가 물었다.

한 행복한 소녀가 무릎을 꿇고 몸을 일으켜 정신의 충만한 대범함과 기민함을 드러내며 대답했다.

"선봉대(avangard), 활동가(activ), 찬동가(alliluishchik), 진보적인(avans), 선봉 좌익(arkhilevyi), 반파시스트(antifashist)! 경음부호는 어디에나 필요하지만, 선봉 좌익에는 필요 없어요!"

"잘했다, 마카로브나." 활동가가 칭찬했다. "이제 조직적으로 그 단어들을 써 봅시다."

여자들과 소녀들은 바닥에 몸을 굽히고 석회 조각으로 부지런히 석판을 긁으며 고집스럽게 글자들을 그리기 시작했다. 그동안 활동가는 창밖을 응시하며 깊이 생각에 잠겼는데, 차후의 어떤 노선을 구상하거나 아니면 아마 외로운 계급의식에 시달리는지도 몰랐다.

"왜 모두들 경음부호[21]를 붙이지?"

보셰프가 물었다.

활동가가 그에게 고개를 돌렸다.

"왜냐하면 단어들이 모여 당의 노선과 표어를 만들고, 경음부호가 연음부호보다 훨씬 쓸모가 많기 때문이오. 폐지되어

---

21) 혁명 전 철자법에서는 자음으로 끝나는 단어에 모두 경음(硬音)이나 연음(軟音)을 나타내는 부호를 붙였지만, 혁명 후 철자법이 개정되면서 간소화됐고 경음부호도 폐지했다.

야 하는 것은 연한 것이지, 단단한 것은 엄밀하고 분명한 공식화를 구성하기 때문에 필요 불가결합니다. 모두 이해했습니까?"

"네, 모두 이해했습니다."

"이제 'B'로 시작하는 개념을 써 봅시다. 말해 봐라, 마카로브나!"

마카로브나는 몸을 일으켜 지식에 대한 무조건적인 믿음을 가지고 말했다.

"볼셰비키(Bol'shevik), 부르주아(burzhui), 언덕(bugor), 상임 대변인(bessmennyi predsedatel'), 집단농장은 무산계급(bedniak)에게 혜택(blago)을 준다, 브라보(bravo), 브라보 레닌주의자들이여! 경음부호는 '언덕'과 '볼셰비키'에 붙고, '집단농장'의 끝에도 붙지만, 모든 단어에는 연음도 있어요!"

"관료주의(biurokratizm)를 잊었구나."

활동가가 논평했다.

"자, 단어를 씁시다. 그리고 마카로브나, 넌 교회로 뛰어가서 담뱃대에 불 좀 붙여 주련?"

"내가 가지요." 치클린이 말했다. "지식으로부터 인민들의 마음을 돌리지 마시오."

활동가는 잘게 썬 우엉 잎으로 담뱃대를 채웠고 치클린은 그것에 불을 붙이려고 나갔다. 교회는 마을의 변두리에 서 있었고, 그 너머에는 이미 가을의 황량함과 자연의 영원한 타협주의가 시작되고 있었다. 치클린은 이 빈곤한 침묵을, 쌀쌀한 진흙투성이 벌판의 먼 버드나무를 바라보았지만, 아직은 항의

할 말을 찾을 수 없었다.

교회 가까이에는 오래되고 잊혀진 잔디가 자랐으며 그곳에는 오솔길이나 사람의 발이 지나간 흔적이 전혀 없었다. 사람들이 오랫동안 사원에서 기도를 하지 않았다는 뜻이었다. 치클린은 명아주와 우엉이 빽빽하게 난 덤불 속을 걸어가 현관으로 들어섰다. 차가운 현관에는 아무도 없었고, 단지 참새 한 마리만이 구석에 처박혀 살고 있었다. 그러나 새는 치클린을 겁내지 않고, 아마도 가을의 어둠 속에서 곧 죽을 준비를 하는 듯 그저 조용히 쳐다볼 뿐이었다.

교회 안에서는 촛불이 여러 개 타고 있었다. 조용하고 슬픈 밀랍의 불빛이 둥근 지붕 아래 천장까지 내부 전체를 밝혔고, 성자들의 깨끗한 얼굴은 마치 또 다른 평화로운 세상의 거주자들처럼 무관심한 표정으로 죽은 공기를 바라보았지만, 교회는 비어 있었다.

치클린은 가장 가까운 촛불에서 담뱃대로 불을 옮겨 붙이면서 설교단 가까이 누군가 또 연기를 내고 있다는 것을 알았다. 그렇다, 설교단 계단 위에 사람이 앉아서 담배를 피우고 있었다. 치클린은 그에게 다가갔다.

"활동가 동무가 보내서 왔소?"

담배 피우는 사람이 물었다.

"그게 당신과 무슨 상관이오?"

"어쨌든 담뱃대를 보면 알지."

"그런데 당신은 누구요?"

"난 신부였지만, 이제는 영혼에서 나 자신을 잘라내고 머리를 폭스트로트 모양22)으로 깎아 버렸소. 보시오!"

신부는 모자를 벗고 치클린에게 소녀처럼 이발해 버린 머리를 보여 주었다.

"괜찮지 않소? ……하지만 사람들은 어차피 내 말은 믿지 않아요. 내가 비밀리에 신앙을 간직한, 빈곤 계층에게 명백한 짐승 새끼라고 하지. 하느님 없는 사람들의 무리에 받아들여지려면 경력을 쌓아야만 하오."

"그래 그걸 어떻게 쌓는데, 이 이교도 쓰레기야?"

치클린이 물었다.

신부는 비통함을 마음속에 감추고 기꺼이 대답했다.

"난 사람들에게 초를 팔아요. 여기 전체에 촛불이 켜져 있는 걸 보시오! 수익금은 컵에 모아 활동가에게 트랙터를 사라고 주지요."

"허풍 떨지 마. 주변의 독실한 사람들은 다 어디 갔지?"

"여긴 그런 사람이 있을 수 없소. 사람들은 그저 기도 대신 초를 사서 마치 고아에게 하듯이 신에게 촛불을 밝힐 뿐이오. 그러고는 바로 가 버리지."

치클린은 사납게 심호흡을 하고 다시 물었다.

"그럼 사람들이 왜 여기서 성호도 긋지 않나, 이 상놈의 자식아?"

신부는 정확한 대답을 준비하며 존경의 표시로 그의 앞에 일어섰다.

---

22) 가운데에 가르마를 탄 단발머리다.

"여기서 성호를 긋는 건 허가되지 않았소, 동무. 누가 그런 짓을 하면 난 기록부에 속기로 그의 이름을 써 놓지요……."

"계속해 봐, 어서!"

치클린이 명령했다.

"난 설교는 그만뒀소, 선봉단원 동무. 하지만 속도에 맞춰 살기엔 너무 약해요. 그리고 지금은 당신들이 날 참아주고 있는 거지요……. 난 손으로 성호를 긋거나, 천상의 권력 앞에 몸을 숙이거나, 다른 방법으로 부농의 성자들을 숭배하는 행위를 저지른 사람들의 명단을 매일 자정에 개인적으로 활동가 동무에게 가져다줘요."

"이리 가까이 와."

신부는 즉시 설교단 계단을 내려왔다.

"눈감아, 더러운 놈."

신부는 마음 깊은 곳에서 우러나온 상냥한 표정을 지으며 눈을 감았다. 치클린은 몸을 움직이지 않은 채 신부의 광대뼈에 계급의식 있는 주먹을 가했다. 신부는 눈을 떴다가 다시 감았지만, 치클린에게 자신이 순종하지 않는다는 인상을 줄까 봐 겁이 나서 쓰러질 수가 없었다.

"살고 싶나?"

"산다는 건 내겐 아무 소용 없소." 신부는 지각 있게 말했다. "난 더 이상 피조물의 아름다움을 느끼지 못해요. 난 하느님을 뺏겼고 하느님은 사람을 뺏겼어요……."

이 마지막 말을 남기고, 신부는 땅에 몸을 굽히고 폭스트로트 모양으로 깎은 머리를 바닥에 조아리며 수호천사에게 기도를 하기 시작했다.

마을에서 긴 호각 소리가 들려왔고, 뒤이어 말들이 히힝거리는 소리가 따랐다.

신부는 기도하던 손을 멈추고 신호의 의미를 알아차렸다.

"설립자 총회로군."

그가 고요하게 말했다.

치클린은 교회를 나와 잔디밭으로 들어갔다. 농부 여인 하나가 잔디를 가로질러 뒤에 남은 짓밟힌 명아주를 펴 주며 교회로 가고 있었다. 그러나 치클린을 보자 공포에 질려 얼어붙어서 초를 사려던 5코페이카를 내밀었다.

'조직의 뜰'은 인민들로 빈틈없이 차 있었다. 그들은 조직 구성원들과 조직되지 않은, 아직 계급의식이 약하거나 거의 부농에 가까운 삶의 운명 때문에 집단농장에 참여하지 않은 개인 농부들이었다.

활동가는 높은 계단 위에 서서 조용한 슬픔을 느끼며 축축한 저녁 대지 위에 서 있는 살아 있는 대중의 움직임을 관찰했다. 거친 빵을 먹고 알 수 없는 미래를 향해 열정적으로 싸워 나가는 가난한 사람들을 그는 말없이 사랑했는데, 왜냐하면 어차피 그들에게 지구는 공허하고 혼란으로 가득했기 때문이다. 그는 도시에서 사 온 사탕을 무산계급 집안의 아이들에게 몰래 나누어 주었고, 마을 경제에 사회주의가 도래함과 동시에 결혼을 달성하기로 결정했는데, 특히 그때가 되면 여성의 자질도 발전할 것이 틀림없었기 때문이다. 그리고 지금 누군가의 조그만 아이가 활동가 옆에 서서 그의 얼굴을 올려다보고 있었다. 활동가가 물었다.

"왜 쳐다보니? 자, 여기 사탕 받아라."

소년은 사탕을 받았지만, 먹을 것만으로는 충분치 않았다.

"아저씨, 아저씨는 제일 똑똑한 사람인데 왜 모자가 없어요?"

활동가는 대답 없이 소년의 머리를 쓰다듬었다. 아이는 조약돌처럼 딱딱한 사탕을 깨물며 궁금해했다. 사탕은 쪼개진 얼음처럼 빛났고, 그 안에는 견고함 외에는 아무것도 없었다. 소년은 사탕 반쪽을 도로 활동가에게 주었다.

"나머지는 아저씨가 드세요. 안에 잼도 없는걸요. 이건 전면적인 집단화인데 우리에겐 별 즐거움이 없어요!"

활동가는 명민한 계급의식을 느끼며 미소 지었다. 이 아이는 마을의 울타리 쳐진 뜰에서 활동분자의 집중된 힘에 의해 얻어진 사회주의의 타오르는 빛 속에서 인생이 성숙해 감에 따라 그를 기억하게 되리라는 사실을 그는 느꼈다.

보셰프와 다른 세 명의 확신 있는 농부들은 '조직의 뜰'의 출입구에 통나무를 가져와 쌓았다. 활동가가 그들에게 이 임무를 미리 할당해 주었다.

치클린도 일하는 사람들과 합류했고, 산골짜기에서 통나무를 집어 들어 '조직의 뜰'로 가져왔다. 공공의 가마솥에 더 많은 유용성을 집어넣어 주위가 온통 그렇게 슬프지 않도록 하기 위해서였다.

"그래, 어떻게 될 것 같소, 시민들?" 활동가는 그의 앞에 모여든 인민의 본질에게 말했다. "이제 다시 자본주의의 씨앗을 뿌릴 계획이오, 아니면 제정신이 들었소?"

조직화된 사람들은 땅바닥에 앉아 만족스러운 기분으로 지난 반년간 어쩐지 숱이 적어진 턱수염을 쓰다듬으며 담배를 피웠다. 조직화되지 않은 사람들은 자신들의 무익한 영혼과 싸우며 서 있었지만, 활동가의 조수 한 명이 그들에게는 영혼이 없으며, 있는 것이라고는 재산을 축적하려는 성향뿐이고, 이제는 재산이라는 것이 없어지면 어떻게 될지 전혀 알 수 없을 것이라고 가르쳐 주었다. 다른 사람들은 그곳에서 자신들의 생각을 들으며 고개를 숙이고 가슴을 쳤지만, 그들의 심장은 마치 텅 빈 것처럼 가볍고 슬프게 뛰면서 대답을 해 주지 않았다. 서 있는 사람들은 잠시도 활동가에게서 눈을 떼지 않았고, 계단 가까운 곳에 있는 사람들도 준비된 분위기를 알리기 위해 깜빡이지 않는 눈에 완전한 자발성을 담아 지도자를 바라보았다.

치클린과 보셰프는 그때쯤 통나무 나르는 일을 마치고 커다란 물체를 짓기 위해 열장이음[23]을 하려고 끝을 자르기 시작했다. 그날도 그 전날에도 자연에는 해가 없었고, 들판 위로 쓸쓸한 저녁이 일찍 다가왔다. 보이는 세상 전체에 이제 평온함이 퍼지고 있었고, 오직 치클린의 도끼만이 그 안에서 소리

---

23) 나무 끝을 오목하거나 볼록한 모양으로 다듬어 서로 끼워 맞춰 잇는 작업이다.

를 내었으며 울타리와 가까운 방앗간의 노쇠하여 덜컥거리는 소리가 도끼 소리에 화답하였다.

"자!" 활동가는 위에서 참을성 있게 말했다. "그럼 거기서 자본주의와 사회주의의 중간에 계속 서 있겠단 말이오? 움직일 때가 왔소. 지부에서 열네 번째 총회를 하고 있단 말이오!"

"우리 중농들은 여기 조금만 더 서 있게 해 주시오, 활동가 동무." 뒤에 서 있던 농부들이 애원했다. "이런 일에 익숙해질 지도 몰라요. 우리한테 중요한 건 습관이고, 그것만 해결되면 무엇이든 참을 수 있어요."

"좋소, 가난한 사람들이 앉아 있을 동안 서 계시오." 활동가는 허가했다. "하긴, 치클린 동무가 통나무를 쪼개 한 무더기로 쌓아 올리는 작업을 아직 못 끝냈으니."

"그런데 통나무는 왜 끼워 맞추는 겁니까, 활동가 동무?"

뒤쪽에 앉은 중농 하나가 물었다.

"계급 소멸을 위한 뗏목을 조직하는 중이오. 내일 부농 영역은 강물을 따라 바다로, 그리고 더 멀리 떠내려갈 거요……."

활동가는 기록부와 계급분화 보고서를 꺼내 문서에 표시를 하기 시작했다. 그는 여러 가지 색연필을 가지고 있어 어느 때는 푸른색을, 어느 때는 붉은색을 썼으며, 혹은 마음을 정하기 전에 표시를 하지 않고 한숨을 쉬며 생각에 잠기기도 했다. 서 있는 농부들은 연약한 영혼에 고통을 느끼며 입을 벌린 채 색연필을 바라보았는데, 그 영혼은, 고통 받기 시작한 것으로 보아, 사유재산의 마지막 찌꺼기로부터 그들의 내면에 나타난 것이 분명했다. 치클린과 보셰프는 동시에 도끼를 움직이며 일했고, 통나무는 서로 단단히 끼워 맞춰져 그 위에 넓은 공간을 만들었다.

가장 가까운 중농 하나가 단상에 머리를 기대고, 잠시 그런 자세로 움직이지 않고 서 있었다.

"활동가 동무, 저어, 동무……!"

"분명하게 말하시오."

보고서를 들여다보며 활동가가 농부에게 말했다.

"우리가 마지막 하룻밤 슬퍼할 시간을 주시면, 남은 평생 당신을 즐겁게 따를 겁니다!"

활동가는 잠깐 생각했다.

"하룻밤은 긴 시간이오. 근방의 지부에서는 온통 빠른 속도로 움직이고 있소. 뗏목이 완성될 때까지만 슬퍼하시오."

"예, 최소한 뗏목이 될 때까지. 그것도 즐거움이죠."

중농은 말하고는 마지막으로 슬퍼할 시간을 조금이라도 놓치지 않기 위해 울기 시작했다. '조직의 뜰' 울타리 밖에 서 있던 농부 여인들도 치클린과 보셰프가 도끼로 나무 다듬는 작업을 멈추게 하기 위해서 목멘 소리로 합창하여 울기 시작했다. 조직화된 빈민들은 슬퍼하지 않아도 된다는 사실에 만족하며 땅에서 일어나 마을 공동의 중요 재산을 점검하러 갔다.

"잠시만 몸을 돌려 주십시오." 두 명의 중농이 활동가에게 애원했다. "우리가 동무를 보지 못하게 해 주십시오."

활동가는 단상에서 내려와 집으로 들어가서, 완전한 계급화와, 부농들을 뗏목에 실어 강에 떠내려 보냄으로써 부농계급 전체를 말소하는 대책을 완벽하게 달성하기 위한 보고서를 열정적으로 쓰기 시작했다. 활동가는 '부농'이라는 단어 뒤에 쉼표를 찍을 수가 없었는데, 왜냐하면 지령에도 쉼표는 없었기 때문이다. 그는 계속해서 지부에 새로운 군사 운동을 할당하여, 지역 활동 분자들이 방해받지 않고 일하며 귀중한 일반 노선을 확실히 성취해 나갈 수 있도록 해 달라고 요청했다. 활동가는 또한 자신을 지부의 상부구조 전체에서 가장 이상적인 일꾼으로 결의서에 지명해 달라고 지부에 요청하고 싶었지만, 곡물 수집 후에 자신에 대해 진술해야만 했을 때 자신이 주어진 파종 단계에서 가장 똑똑한 남자라고 말했는데, 그것을 듣고 한 농부가 자신은 여자라고 선언했던 일을 기억해 냈기 때문에 이 욕망은 결론 없이 사라져 버렸다.

집의 문이 열리고 마을로부터 고통의 소음이 밀려들었다. 들어온 사람은 옷에서 습기를 닦아 내고 말했다.

"활동가 동무, 밖에 눈이 옵니다. 그리고 찬바람도 붑니다."

"눈 오라고 하시오. 그래서 우리에게 어쨌다는 거요?"

"우리에겐 아무것도 아니지요. 우리는 뭐든지 극복할 수 있으니까요!"

방금 출현한 나이 든 빈농은 즉각 전적으로 동의했다. 그는 자신의 작은 텃밭에서 나오는 채소와 빈민에게 허용된 특권 외에는 가진 것이라고는 전혀 없었으며 더 높고 더 만족스러운 삶은 결코 성취할 수 없었기 때문에 자신이 아직도 세상에 살아 있다는 사실에 끊임없이 놀랐다.

"대장 동무, 말씀해 주시지요. 제 마음을 위로해 주십시오.

평화와 안정을 위해 집단농장에 참여할까요, 아니면 기다릴
까요?"

"당연히 참여해야 합니다. 아니면 내가 바다로 보내 버리
겠소."

"가난한 사람은 어떤 장소도 겁내지 않지요. 강능콩 심기가
겁나지만 않았다면 저도 오래전에 참여했을 겁니다."

"강능콩이라니? 강낭콩을 말하는 거라면, 그건 공식적인
곡물이잖소!"

"바로 그겁니다. 빌어먹을 것이지요."

"그럼, 심지 마시오. 동무의 심리적 안정을 위해 참작해 주
겠소."

"제발 그렇게 해 주십시오."

빈농을 집단농장 구성원으로 등록하고 나서, 활동가는 그
에게 구성원 자격을 허가한다는 사실을 입증하고 집단농장에
는 '강능콩'이 없으리라는 것을 약속하는 각서를 주어야만 했
다. 그 남자는 각서 없이는 떠나기를 거부했기 때문에 그런 진
술을 위한 적절한 양식을 꾸며 내야만 했다.

한편, 바깥에서는 차가운 눈이 점점 더 많이 쏟아지기 시작
했다. 대지는 눈에 덮여 고요해졌지만, 중농들의 슬픔의 소리
가 견고한 침묵이 오는 것을 방해했다. 늙은 경작자 이반 세묘
노비치 크레스치닌은 자기 과수원의 어린 나무들에게 입 맞
추고는 그것을 토양에서부터 비틀어 뿌리째 뽑아 올렸고, 그
의 아내는 벌거벗은 나뭇가지 위에서 통곡을 했다.

"울지 마, 마누라." 크레스치닌이 말했다. "집단농장에서 당

신은 농부들의 창녀가 될 거야. 하지만 이 나무들은 내 살이나 같아. 그러니 지금 고통 받게 놔 둬. 이것들은 사회화되어 포로가 되는 걸 싫어한단 말이야."

남자의 말을 듣고 여자는 땅에 굴렀고, 촌의 노처녀인지 혹은 과부인지 알 수 없는 다른 여자 한 명도 너무나 수녀 같은, 선동하는 목소리로 통곡하며 길거리를 내달렸기 때문에 치클린은 그녀를 쏴 죽이고 싶을 정도였으며, 그녀는 크레스치닌의 아내가 굴러 내려가고 있는 것을 보고 자기도 몸을 던져 면양말 신은 다리를 땅바닥에 찧기 시작했다.

밤이 마을의 윤곽 전체를 덮었고, 눈은 가슴이 숨쉬는 공기를 뚫을 수 없을 만큼 농밀하게 했지만, 여자들은 사방에서 소리쳤고, 비극에 익숙해져 합창하듯 울부짖음을 계속했다. 개들과 다른 작고 불안한 생물들도 이 고통의 소리를 지지하여, 집단농장은 시끄럽고 소란하기가 공동 목욕탕의 탈의실 같았다. 그리고 줄곧 중농들과 부농들은 활짝 열린 대문간에서 여자들이 통곡하는 소리에 보호받으며 들판과 농장에서 조용히 일했다. 조직화되지 않은 남은 말들은 절대로 쓰러지지 않으리라는 희망으로 기둥에 단단히 묶인 채 마구간에서 슬프게 잠들었는데, 다른 말들은 이미 선 채로 죽어 있었기 때문이었다. 집단농장에 대한 기대 때문에 아직 재산을 손상받지 않은 농부들은 몸뚱이 외에는 아무것도 사회화할 수 없도록, 그리고 가축을 자신들과 함께 슬픔 속으로 끌고 들어가지 않으려고 말에게 먹이를 주지 않았다.

"아직 살아 있니, 내 사랑?"

말은 예민한 머리를 영원히 숙인 채 마구간에서 졸고 있었다. 한 눈은 반쯤 감겼지만, 다른 한쪽은 감을 힘이 없었기 때문에 뜬눈으로 어둠 속을 바라보고 있었다. 마구간은 말의 호흡이 없어 식어 가기 시작했고, 날아 들어와서 암말의 머리 위에 떨어진 눈은 녹지 않았다. 주인은 성냥불을 불어 끄고 말의 목을 껴안고, 밭 갈 때처럼 기억을 더듬어 암말의 땀 냄새를 맡으며, 고아가 된 듯한 고독 속에 서 있었다.

　"그래 넌 죽었구나? 뭐, 문제없지. 나도 오래지 않아 죽을 거고, 우리 둘은 평화로워질 거다."

　개 한 마리가 남자를 보지 못하고 마구간에 들어와 말 뒷다리의 냄새를 맡았다. 그리고 으르렁거리며 살에 이빨을 박고 고기 한 점을 떼어 냈다. 암말의 두 눈이 어둠 속에서 하얗게 불탔고, 말은 두 눈으로 보았으며, 삶의 고통이 주는 느낌을 아직 잊지 않고 한 발 앞으로 움직였다.

　"아마 넌 집단농장으로 갈지도 모르겠구나? 그렇게 해라, 그럼, 난 잠시 기다릴 테니."

　집주인은 구석에서 건초 한 움큼을 집어 말의 입으로 가져왔다. 그러나 암말의 눈가는 이제 퀭하니 검었고, 말은 이미 마지막 시선을 닫았지만 풀 냄새만은 아직도 느끼고 있었는데, 왜냐하면 콧구멍이 살짝 떨고 있었고 입은 비록 씹지는 못하더라도 양쪽으로 열려 있었기 때문이다. 말의 생명은 아픔과 먹을 것 때문에 두 번째로 다시 돌아올 수 있었지만, 훨씬 더 작게 줄어들었다. 그 때문에 말의 콧구멍은 이미 건초 냄새에 떨리지 않았고, 새로 온 개 두 마리가 무심하게 뒷다리를 먹고 있었으나, 말의 생명은 아직도 고스란히 남아 있었다. 그것은 단지 먼 궁핍 속으로 움츠러들어 작은 조각으로 계속 쪼개질 뿐 닳아 없어질 수 없었을 따름이다.

눈이 차가운 대지에 떨어져 겨울까지 남아 있을 준비를 했다. 곧 다가올 잠을 위해 평온한 이불이 보이는 모든 땅을 덮었고, 단지 마구간 주변에서만 눈이 녹았으며 대지는 검은색이었는데, 암소와 양의 따뜻한 피가 벽 아래에서 밖으로 새어 나와 여름의 땅을 벌거벗겼기 때문이었다. 김을 뿜어 내는 가축의 마지막 흔적을 근절하고, 농부들은 고기를 먹기 시작하여 가족 모두에게 함께 먹기를 명령했다. 그 짧은 시간 동안, 고기를 먹는 것은 성찬식과도 같았다. 아무도 원하지 않았지만, 아끼던 동물들의 도살된 고기를 몸속에 숨기고 사회화되지 않도록 보호해야만 했다. 일찌감치부터 고기 식사만 해서 부풀어 오른 다른 교활한 농부들은 움직이는 외양간처럼 무겁게 걸었다. 다른 사람들은 계속 구토를 했지만, 가축과 떨어질 수 없어 배에 영양을 주기를 기대하지 않고 뼈까지 탐욕스럽게 먹었다. 어떻게든 가축들을 먹어 치운 사람들이나 가축을 집단농장의 포로로 들여보낸 사람들은 빈 관 안에 누워 보호받고 휴식을 취하고 있다고 느끼며 좁다란 자기 집처럼 그 안에서 살았다.

치클린은 그런 밤에 뗏목 작업을 멈추었다. 보셰프 또한 사상 없이 육체가 너무나 쇠약해져 도끼를 들 수 없었으므로 눈 위에 누웠다. 어차피 세상에 진실이란 없었고, 혹은, 어쩌면, 어떤 식물이나 어떤 영웅적인 생물에 존재했지만 길가의 거지가 지나가다가 그 식물을 먹었거나 깊이 몸을 숙인 생물을 밟고 지나간 후 가을 산골짜기에서 죽어서 바람이 그의 몸을 날려 아무것도 남지 않게 되었을 수도 있다.

활동가는 '조직의 뜰'에 뗏목이 아직 준비되지 않은 것을 보았다. 그러나 그는 다음 날 아침까지 요약 보고서를 첨부한 소포를 구역 지부에 보내야만 했으므로 즉시 호각을 불어 집단농장 창립회의를 소집했다. 사람들은 이 소리에 응답하여 자기 집 뜰에서 나와 '조직의 뜰'의 대지에 아직 조직화되지 않은 군중이 되어 모여 섰다. 여자들은 더 이상 울지 않았고 얼굴은 이미 건조했으며, 남자들도 또한 영원히 조직할 준비를 하고 몰아의 경지에 서 있었다. 사람들은 서로 가까이 붙어 서서 중산층 인민 전체가 말없이 계단을 바라보았으며, 그곳에 활동가는 등불을 손에 들고 서 있었다. 자기가 들고 있는 빛 때문에 그는 사람들의 얼굴에 나타난 다양한 표정들의 찌꺼기를 보지 못했지만, 사람들은 활동가를 상당히 분명하게 관찰할 수 있었다.

"준비되었소?"

활동가가 물었다.

"잠깐." 치클린이 활동가에게 말했다. "미래의 삶이 올 때까지 작별을 고하게 하시오."

농부들은 닥쳐올 무언가에 대비했으나, 그중 하나가 침묵을 깨고 크게 말했다.

"시간을 한순간만 더 주시오!"

그리고 이 마지막 말과 함께 농부는 이웃을 껴안고, 세 번

입 맞추고 작별을 고했다.

"잘 가시오, 예고르 세묘니치. 그리고 날 용서하시오!"

"용서할 게 없소, 니카노르 페트로비치. 나도 용서해 주시오."

모두들 줄지어 선 사람들 전체에게 입을 맞추기 시작했고, 이제까지 낯설었던 몸을 껴안았으며, 모든 입술은 슬프고도 정답게 모든 다른 입술들에 입을 맞추었다.

"안녕히 가세요, 다리야 아줌마. 제가 아줌마네 곡식 창고를 불태워 버린 거 너무 마음에 두지 마세요."

"하느님이 용서하실 거다, 알료샤. 이제 그 창고는 어차피 내 것도 아니란다."

그때까지 그들은 서로 기억하지도 동정하지도 않으며 살아왔으므로, 많은 애처로운 입술들이 서로 이런 감정을 느끼며 그들의 새로운 친척을 영원토록 기억하기 위해 서 있었다.

"자, 이제 형제가 됩시다, 스테판."

"잘 가시오, 예고르. 우린 서로 적대하며 살았지만 떳떳한 마음으로 헤어지는구려."

입맞춤이 끝나고, 사람들은 모두에게 몸을 낮게 숙여 서로 절을 했고, 자유롭고 텅 빈 마음으로 일어섰다.

"이제 준비가 되었소, 활동가 동무. 우리를 모두 한 줄로 적으시오. 그러면 우리 스스로 동무에게 부농들을 보여주겠소."

그러나 활동가는 이미 모든 마을 거주자들을 집단농장으로 갈 사람들과 뗏목에 탈 사람들로 나누어 표시해 두었다.

"그래 계급의식이 당신들을 설득한 거로군!" 활동가가 말했다. "활동 요원들의 집단 작업이 효과가 있었던 것 같소! 여기 보이는군, 분명한 노선과 미래의 빛이!"

치클린은 높은 단상으로 올라가 활동가의 등불을 껐다. 밤은 신선한 눈 때문에 등유가 없어도 충분히 밝았다.

"이제 행복하시오, 동무들?"

치클린이 말했다.

"그렇습니다." 대답이 '조직의 뜰' 전체에서 돌아왔다. "우린 이제 아무것도 느끼지 않고, 우리 안에는 타고 남은 재밖에는 남은 것이 하나도 없어요."

보셰프는 한옆에 누워 진실이 삶의 내면에 가져오는 평화를 느끼지 못해 잠들지 못하다가, 눈 위에서 일어나 사람들에게로 갔다.

"안녕하시오!" 보셰프가 집단농장 사람들에게 즐겁게 말했다. "당신들도 나처럼 되었군요. 나 역시 아무것도 아니오."

"안녕하시오!"

집단농장 전체가 한 남자를 맞이하며 즐거워했다.

치클린도 모든 사람들이 아래에 함께 모여 있는데 혼자 고립되어 단상 위에 있는 것을 참을 수가 없었다. 그는 땅으로 내려와 울타리 판자를 가지고 불을 피웠고, 모든 사람들이 불꽃 주위에서 몸을 녹이기 시작했다.

밤은 사람들 위에 희미하게 걸려 있었고, 아무도 더 이상 말을 하지 않았다. 들리는 소리라고는 오로지 어떤 먼 마을에서 개가 짖는 소리뿐이었는데, 그것은 마치 그 동물이 영원불변토록 존재하는 것처럼, 옛날과 똑같았다.

치클린은 뭔가 중요한 것이 마음에 떠올랐기 때문에 먼저 일어났지만, 눈을 뜨자마자 모든 것을 잊어버렸다. 그의 앞에는 옐리세이가 나스탸를 안고 서 있었다. 옐리세이는 치클린을 깨울까 봐 소녀를 거의 두 시간 동안 안고 있었고, 소녀는 그의 따뜻하고 친절한 가슴에서 조용히 자고 있었다.

"아이를 해치지는 않았소?"

치클린이 말했다.

"감히 그런 짓은 못 합니다."

옐리세이가 말했다.

나스탸는 눈을 떠서 치클린을 보고 그를 위해 울었다. 소녀는 세상 모든 것은 영원히 진실되게 존재하며, 치클린이 떠나가면 지구상 어느 곳에서도 그를 다시는 찾지 못할 거라고 생각하고 있었다. 막사에서 나스탸는 종종 꿈에 치클린을 보았고, 아침에 치클린 없이 깨어나 고통스럽지 않도록, 잠을 자지 않으려 했다.

치클린이 소녀를 안았다.

"아무 일 없었니?"

"없었어요. 아저씨 여기 집단농장 만들었어요? 나 집단농장 보여 줘요!"

치클린은 땅바닥에서 일어나서, 나스탸의 머리를 그의 목에 기대게 하고 부농을 근절하기 위해 밖으로 나갔다.

"자체프나 누가 널 괴롭히지 않았지, 그렇지?"

"왜 날 괴롭히겠어요. 난 사회주의 안에 살아남고 자체프는 죽을 텐데!"

"그래, 괴롭히지 말아야지."

치클린은 말하고 군중에게 주의를 돌렸다. 낯선 사람들과 이방인들이 어딘가로부터 와서 '조직의 뜰' 군데군데 조그만 무리를 이루어 자리를 잡았고, 반면에 집단농장 사람들은 어젯밤의 꺼진 불 가까이 모여 아직도 함께 자고 있었다. 집단농장의 거리에도 외지 사람들이 있었다. 그들은 옐리세이와 다른 집단농장 행진 대원들이 자신들을 이리로 데려온 목적인 즐거움을 기대하며 조용히 서 있었다. 어떤 순례자들은 옐리세이를 둘러싸고 물어보았다.

"그래, 집단농장의 행복이란 어디 있소? 아니면 우리가 괜히 온 거요? 얼마나 오랫동안 멈추지 않고 방황해야 하는 거요?"

"당신들을 데려왔으니, 활동가가 어떻게 해야 하는지 알 거요."

"당신이 말하는 활동가라는 양반, 아직 자고 있나 보군?"

"활동가는 잠들 수 없소."

활동가가 조수들과 함께 단상으로 나왔고, 그의 옆에는 프루셉스키가 있었으며, 자체프가 그들 모두의 뒤에서 기어 오고 있었다. 프루셉스키는 파시킨 동무가 보내서 왔는데, 왜냐하면 옐리세이가 그 전날 구덩이를 지나가다가 자체프에게서 죽을 얻어먹었지만, 지성의 결핍 때문에 한마디도 하지 못했기 때문이었다. 이 사실을 알고 파시킨은 프루셉스키를 문화 혁명의 세포 요원으로 보내기로 전속력으로 결정했는데, 왜냐하면 조직화된 사람들은 지성이 결핍된 채로 살아서는 안 되

기 때문이었다. 자체프는 불구자로서 자기 자신의 의지로 온
것이고, 그리하여 옐리세이가 자기를 따라 집단농장에서 즐겁
게 살자고 데려온 길가의 농부들을 제외하면, 셋이서 나스탸
를 팔에 안고 나타난 것이다.

"가서 뗏목을 완성하시오, 서둘러요." 치클린이 프루솁스키
에게 말했다. "나도 금방 가겠소."

옐리세이가 치클린에게 가장 억압받는 농장 노동자를 보
여 주러 갔다. 이 노동자는 거의 평생 동안 봉급도 받지 못하
고 부유한 가정을 위해 일했고, 이제는 집단농장 대장간에서
망치질 일꾼으로 고생하며 대장장이의 조수로서 음식을 받고
살고 있었다. 그러나 이 망치질 일꾼은 집단농장의 구성원이
아니라 고용된 인부로 간주되었고, 구역 전체에 하나밖에 없
는 공식적인 고용 노동자에 대하여 보고를 받았을 때 조합 노
선은 심히 동요하였다. 파시킨으로 말하자면, 그는 구역의 알
려지지 않은 프롤레타리아에 대해 매우 가슴 아파하여 그를
가능한 한 빨리 억압에서 해방시키고 싶어 했다.

대장간 가까운 곳에 차가 한 대 서서 움직이지 않고 제자리
에서 석유를 태우고 있었다. 방금 배우자와 함께 도착한 파시
킨이, 마지막 남은 고용된 농장 노동자를 발견하겠다는 적극
적 열의에 가득 차 그 차에서 내렸다. 파시킨은 이 노동자에게
더 나은 삶의 조건을 제공한 후, 그와 관련하여 인민대중에
대한 태만한 봉사를 이유로 조합 지부 위원회를 해체하러 온
것이다. 그러나 치클린과 옐리세이가 대장간에 도착하기도 전
에 파시킨 동무는 마치 다음에 뭘 해야 할지 모르겠다는 듯

고개를 숙이고 차를 타고 떠나 버렸다. 파시킨 동무의 배우자는 애초에 차에서 내리지도 않았다. 그녀는 그저, 남편의 권력을 흠모하고 그의 굳건한 지도력을 그가 줄 수 있는 사랑의 힘의 징표로 간주하는 지나가는 여자들로부터 자신이 사랑하는 남자를 보호하고 있을 뿐이었다.

치클린이 나스탸를 팔에 안고 대장간으로 들어갔고, 옐리세이는 밖에 남아 있었다. 대장장이는 풀무로 용광로에 바람을 불어넣고 있었고, 곰 한 마리가 모루에 놓인 빨갛게 단 쇳조각을 망치로 내리치고 있었다.

"빨리 해, 미시.[24] 알다시피 너하고 나는 돌격대[25]잖아!"

대장장이가 말했다.

그러나 곰은 옆에서 독려하는 말 없이도 너무나 열심히 일하고 있어서, 공기 중에 금속 불꽃이 날아다니고 불에 탄 털가죽 냄새가 나는데도 느끼지 못하고 있었다.

"이제 됐어!"

대장장이가 결정했다.

곰은 망치질을 멈추고 옆으로 물러서서 갈증 때문에 들통에 든 물을 반이나 마셨다. 그러고는 지친 프롤레타리아의 얼굴에서 땀을 닦아 내고 앞발에 침을 뱉고 다시 망치질하는 작업으로 돌아갔다. 대장장이는 이제 집단농장 인근에 사는

---

24) 우리나라에서 고양이를 부를 때 '나비야'라고 하듯이, 러시아에서는 곰을 부를 때 '미하일'이라고 한다. 미샤, 미시, 미시카는 모두 미하일의 애칭이다.
25) 5개년 계획을 실시하면서 생산성을 향상시키기 위해 작업 목표를 초과 달성하거나 눈에 띄는 실적을 올린 노동자에게 주던 칭호.

어떤 개인 농부에게 줄 말발굽 만드는 일을 곰에게 맡겼다.

"미시, 빨리 만들어야 해. 손님은 저녁에 와서 나랑 한잔할 거야!"

그리고 대장장이는 자기 목을 마치 보드카 술통이라도 되는 양 가리켰다. 곰은 미래의 즐거움을 이해하고 한층 더 열정적으로 말발굽을 만들기 시작했다.

"거기 당신, 댁 말이오, 왜 오셨소?"

대장장이가 치클린에게 물었다.

"망치질하는 일꾼이 우리와 같이 가서 우리에게 부농을 보여 주게 하시오. 사람들 말이 그가 경험이 많다고 하더군."

대장장이는 잠시 뭔가 생각하고 말했다.

"활동가하고 이 문제를 조정해 보셨소? 대장장이란, 댁도 알다시피 산업 재정 계획이 있는 법인데, 댁은 지금 그걸 방해하고 있소."

"완전히 조정해 놨소. 댁의 계획이 뒤처지면, 내가 직접 와서 따라잡게 해 주겠소……. 아라라트산[26]이라고 들어 봤소? 내가 삽으로 같은 자리에 계속 흙을 쌓으면 직접 그 산을 쌓아 올릴 수도 있다고 확신하오."

"그럼, 데려가시오." 대장장이가 곰에 관련하여 발언했다. "'조직의 뜰'로 가 종을 쳐서 미시카에게 점심시간이라고 알리시오, 안 그러면 꿈쩍도 안 할 테니까. 이 주변에서 보기 드물

---

26) 터키 동부, 이란 국경 부근의 화산. 혹은 노아의 방주가 닿았다고 전해지는 산이다.

게 규율이 잘 잡혀 있거든."

엘리세이가 무감정하게 '조직의 뜰'로 가는 동안, 곰은 말발굽을 네 개 만들고 일을 더 달라고 부탁했다. 그러나 대장장이는 나중에 석탄에 불을 붙일 불쏘시개를 가져오라고 내보냈고, 곰은 적당해 보이는 울타리 전체를 들고 왔다. 나스탸는 검게 그을린 곰을 보면서 곰이 부르주아들 편이 아니라 자신들 편이라는 사실에 기뻐했다.

"곰도 고생해요. 그러니까 우리 편이죠, 맞죠?"

나스탸가 말했다.

"물론이지."

치클린이 대답했다.

종소리가 울려 퍼지자 곰은 주의하지 않고 즉시 자기 일을 내던졌다. 그때까지 그는 울타리를 작은 조각으로 쪼개고 있었지만, 이제는 몸을 쭉 펴고 마치 "끝났다."고 말하듯이 희망에 찬 한숨을 내쉬었다. 곰은 앞발을 들통에 담긴 물에 집어넣어 다시 깨끗하게 씻고 음식을 받으러 나갔다. 대장장이는 곰에게 치클린을 가리켰고, 곰은 익숙해진 대로 뒷다리로 똑바로 서서 걸으며 조용히 그를 따라갔다. 나스탸는 곰의 어깨를 만졌고, 곰도 앞발로 소녀를 가볍게 만지고는 지나간 식사의 냄새를 불어 내며 입을 크게 벌리고 하품을 했다.

"봐요, 치클린 아저씨, 곰이 온통 회색이에요!"

"사람들과 함께 살아서 슬픔 때문에 회색으로 변한 거란다."

곰은 소녀가 다시 자기를 바라보도록 기다렸고, 소녀가 바라보자 한쪽 눈을 찡긋해 보였다. 나스탸는 웃음을 터뜨렸고, 망치질하는 곰은 자기 배를 때려 뭔가 꾸르륵하는 소리가 나게 했으며, 나스탸는 더 크게 웃었지만, 곰은 아이에게 주의를 기울이지 않았다.

몇몇 뜰 가까운 곳은 들판처럼 쌀쌀했고, 다른 곳에서는 온기가 스며 나왔다. 암소들과 말들이, 열려 썩어 가는 몸뚱이를 뜰에 누이고 있었다. 햇빛 아래, 여러 해 동안 축적된 삶의 온기는 여전히 그들의 몸에서 공기 중으로, 전반적인 겨울의 공간으로 피어오르고 있었다. 치클린과 망치질 일꾼은 이미 여러 개의 뜰을 지나쳤지만, 어찌 된 셈인지 어느 곳에서도 부농을 전혀 근절시키지 못했다.

그때까지 때때로 위쪽에서 떨어지고 있던 눈은 더 짙고 거세게 내리기 시작했다. 우연히 불어온 어떤 바람이 눈을 흩어 놓고 겨울이 다가올 때 생기는 눈보라를 만들기 시작했다. 그러나 치클린은 자연의 분위기를 헤아릴 능력이 없었으므로, 치클린과 곰은 쏟아지는 눈의 장벽을 뚫고 거리를 곧장 걸어갔다. 그는 오직 나스탸만 외투 안에 숨겨 추위에서 보호하고, 따뜻한 암흑 속에서 외로워하지 않도록 소녀의 머리만 내놓았다. 소녀는 줄곧 곰을 바라보았다. 소녀는 그 동물도 노동계급이라는 사실이 기뻤고, 망치질 일꾼은 마치 어린 시절 여름의 숲 속에서 엄마의 배에 안겨 함께 젖을 빨았던 잃어버린 여동생처럼 소녀를 바라보았다. 나스탸를 기쁘게 해 주기 위해 곰은 주위를 둘러보았다. 움켜잡고 토막을 내어 소녀에게 선물할 만한 것이 뭐가 있을까? 그러나 주위에는 즐거운 물체라고

할 만한 것은 하나도 없었고, 진흙과 초가집과 싸리 울타리뿐이었다. 이때 망치질 일꾼은 눈보라 속을 엿보다가 뭔가 조그만 것을 얼른 잡아채 움켜쥔 앞발을 나스탸의 얼굴 가까이 내밀었다. 나스탸는 곰의 앞발에서 파리를 한 마리 꺼냈지만, 파리는 여름이 끝날 무렵 모두 죽기 때문에 주위에 더 이상 파리는 없어야 한다는 것을 알고 있었다. 곰은 파리를 쫓아 길거리를 온통 뛰어다니기 시작했다. 파리들은 쏟아지는 눈에 섞여 구름 속에서 날아다니고 있었다.

"겨울인데 어떻게 파리가 있어요?"

나스탸가 물었다.

"부농들 때문이란다, 아가야!"

치클린이 말했다.

나스탸는 곰이 선물한 통통한 부농 파리를 손바닥에 짓이기고 말했다.

"그 계급 전체를 죽여 버려요! 안 그러면 여름이 아니라 겨울에 파리가 날아다닐 거고 새들은 먹을 게 없어지잖아요."

곰은 단단하게 지은 깨끗한 오두막집 가까운 곳에서 갑자기 으르렁거리며 소녀와 파리에 대해 잊어버리고 더 이상 가지 않으려 했다. 여자의 얼굴이 창밖을 바라보았고, 마치 이때를 위해 줄곧 참고 있었던 것처럼 그녀의 눈물이 유리창을 타고 흘렀다. 곰이 창문을 통해 보이는 여자를 향해 주둥이를 열고 더 분노에 차서 으르렁거렸기 때문에 여자는 집 안으로 뛰어 들어가 버렸다.

"부농이다!"

치클린이 말하고 뜰로 들어가 안에서 대문을 열었다. 곰도 사유지 경계선을 넘어 뜰로 들어왔다.

치클린과 망치질 일꾼은 우선 뜰의 숨을 만한 곳을 살펴보았다. 왕겨가 깔린 창고에는 도살된 양이 네 마리 혹은 그 이상 있었다. 곰이 양들 중 하나를 발로 건드리자 파리가 날아올랐다. 파리는 떼를 지어 사체의 뜨겁고 고기가 많은 틈에서 포식했고, 열심히 먹은 후에는 결코 추위를 느끼지 않고 배가 한껏 부른 채 내리는 눈 사이를 날아다녔다.

헛간에서 온기가 끼쳐 나왔다. 그리고 사체들의 틈새는 아마도 여름의 썩어 가는 이탄지(泥炭地)만큼 더워서 파리들이 그 안에서 아주 정상적으로 살 수 있는 듯했다. 치클린은 커다란 창고 안에서 구역질을 느꼈다. 그에게는 마치 창고 안에서 목욕탕의 화덕이 타고 있는 것 같았다. 나스탸는 악취에 눈을 감고, 집단농장은 왜 겨울에도 따뜻하며, 텅 빈 가을 벌판에서 새들이 노래하기를 멈추었을 때 구덩이에서 프루솁스키가 들려주었던 일 년의 네 계절이 왜 없을까 생각했다.

망치질 일꾼은 헛간에서 집으로 들어갔다. 현관 복도에서 곰은 위협적인 목소리로 크게 울부짖고는 한 세기가 넘게 오래된 듯한 거대한 짐 가방을 현관으로 던졌는데, 그 안에서 타래에 감은 실이 튀어나왔다.

치클린은 집 안에서 창문으로 봤던 여자와 한 소년을 찾아냈다. 소년은 요강 위에서 숨을 헐떡이고 있었고, 소년의 엄마는 마치 그녀의 모든 실체가 아래로 떨어진 것처럼 몸을 웅크리고 둥지를 틀듯 방 한가운데 앉아 있었다. 그녀는 더 이상 소리를 지르지는 않고, 단지 입을 벌리고 숨을 쉬려고 애썼다.

"여보, 여보!"

그녀는 슬픔 때문에 약해져서 움직이지 못하게 된 채 남편을 부르기 시작했다.

"뭐라고?"

화덕 위에서 목소리가 들려왔다. 그리고 바짝 마른 관이 삐걱거리더니 가장이 기어 나왔다.

"그들이 왔어요." 여자가 천천히 말했다. "가서 만나 보세요……. 내 팔자야!"

"나가!"

치클린이 가족 전체에게 말했다.

망치질 일꾼은 소년의 귀를 만졌고, 소년은 요강에서 벌떡 일어났다. 곰은 요강이 무엇인지 몰랐으므로 직접 그 나지막한 도구를 사용해 보기 위해 앉았다.

소년은 앉아 있는 곰을 보고 당황해하며 셔츠 바람으로 바라보았다.

"요강 이리 주세요, 아저씨!"

소년이 애원했지만, 망치질 일꾼은 불편한 자세 때문에 긴장하며 소년에게 으르렁거렸다.

"나가라니까!"

치클린이 부농 거주자들에게 말했다.

곰은 요강 위에서 움직이지 않고 주둥이로 소리를 냈고, 부유한 농부는 대답했다.

"소리 지르지 마십시오, 높으신 분들. 우리가 나가겠습니다."

망치질 일꾼은 예전에 이 농부의 밭에서 나무 그루터기를 뽑아내고, 농부가 저녁에만 밥을 주었기 때문에 조용히 굶주리며 풀을 먹던 것을 기억했다. 밥은 돼지들이 먹다 남긴 것이었고, 돼지들은 구유 안에 누워 잠자면서 그의 몫을 먹어치우곤 했다. 이것을 기억하고, 곰은 요강에서 일어나 농부의 몸을 힘주어 잡고, 땀과 지방이 몸에서 터져 나오도록 세게 쥐어짜면서 여러 가지 목소리로 그의 머리에 대고 울부짖었다. 분노와 이제까지 들은 말 덕분에 곰은 거의 사람처럼 말할 수 있었다.

부유한 농부는 곰이 그를 놓아 줄 때까지 기다렸다가 거리로 나갈 것처럼 밖으로 나갔다. 그가 창문을 지나쳐 갈 때 여자가 그를 뒤따라 뛰쳐나갔고, 소년은 부모 없이 집 안에 남았다. 소년은 슬픔과 당혹감 속에 서 있다가 마룻바닥에서 요강을 날쌔게 집어 들고 어머니와 아버지를 따라 뛰어나갔다.

"저 앤 굉장히 교활해요."

요강을 가지고 나온 남자 아이에 대해 나스탸가 말했다.

그 뒤에도 그곳에는 부농들이 더 있었다. 세 번째 뜰을 지나가면서 곰은 다시 으르렁거리며 그곳에 자기 계급의 적이 있음을 표시했다. 치클린은 나스탸를 망치질 일꾼에게 맡기고 혼자 오두막 안으로 들어갔다.

"어쩐 일로 오셨소, 친구?"

친절하고 침착한 농부가 물었다.

"여기서 나가시오!"

치클린이 대답했다.

"아니, 내가 뭘 잘못했소?"

"우린 집단농장이 필요해. 그걸 붕괴시키지 마시오!"

농부는 마치 마음을 터놓고 대화하는 중인 듯 서두르지 않고 이것을 숙고했다.

"집단농장은 댁에게는 좋지 않아……."

"나가, 이 살무사!"

"그래, 당신들은 공화국 전체를 집단농장으로 만들 거고, 그러면 공화국 전체가 하나의 사유재산이 되어 버릴 거요!"

치클린은 숨이 가빠오는 것을 느꼈다. 그는 문으로 달려가 자유가 보이게 하기 위해 문을 열었다. 그는 언젠가 그렇게, 감금된 상태를 이해할 능력이 없는 채, 마음속에 사무치는 힘으로 소리 지르며 닫힌 감옥 문을 온몸으로 부딪쳐 열려고 했던 적이 있었다. 그는 이성적인 농부가 노동계급에게만 해당되는 일시적인 슬픔에 동참하지 못하도록 하기 위해 농부에게서 고개를 돌렸다.

"상관 마, 자식아! 우린 필요하면 차르도 임명할 수 있고, 숨만 한 번 내쉬는 것으로 몰아낼 수도 있단 말이다……. 그러니까 넌 사라져!"

여기서 치클린은 농부의 몸을 움켜쥐고 밖으로 끌고 나가 눈 위에 던졌다. 농부는 너무 욕심이 많아 결혼도 하지 않았다. 그는 육신을 전부 재산을 축적하는 일에, 존재를 확고히 하는 행복감에 탕진했다. 그리고 이제 그는 어떻게 느껴야 할지를 몰랐다.

"근절했다고?" 그는 눈 속에서 말했다. "이거 보시오, 오늘

은 내가 사라지지만, 내일은 당신이 끝장날 거요. 그리고 결국
은 당신들 우두머리 한 사람만 살아서 사회주의를 맞이하게
될 거요!"

네 번째 집을 지나면서 망치질 일꾼은 다시 증오에 차 으르
렁거렸다. 남루한 거주자 한 사람이 얇은 팬케이크를 손에 들
고 집에서 뛰어나왔다. 그러나 곰은, 피로에 지쳐 방아에 연결
된 통나무로 방아 돌리는 일을 멈추면 즉시 이 주인이 나무뿌
리로 때리던 것을 알고 있었다. 이 조그만 농부는 세금을 내
지 않기 위해 바람 대신 곰에게 방아를 돌리라고 강요했고, 그
러면서 그 자신은 고용된 노동자만큼 가난하며 이불 속에서
아내와 함께 밥을 먹어야 한다고 불평하고 다녔다. 아내가 임
신했을 때, 농부는 오래전에 도시 사회주의자가 되라고 올려
보낸 맏아들만 사랑했기 때문에 자기 손으로 유산을 시켰다.

"먹어, 미샤!"

농부가 곰에게 팬케이크를 주었다.

곰은 팬케이크를 앞발에 감고 이 구운 장갑으로 농부의 뺨
을 몹시 세게 갈겼고, 농부는 입을 삐걱거리며 쓰러졌다.

"노동자들의 재산을 떠나라!" 치클린이 엎드린 남자에게 말
했다. "집단농장에서 나가. 그리고 감히 이 세상에서 계속 살
아갈 생각은 마!"

유복한 농부는 잠시 조용히 누워 있다가 제정신을 차렸다.

"우선 당신이 정말 중요한 자리에 있는 사람이라는 서류를
보여 주시오!"

"내가 뭐가 중요한데?" 치클린이 말했다. "난 아무도 아냐.

우리한텐 당이 있어. 그게 중요하지!"

"그럼 최소한 당이라도 보여 주시오, 보고 싶으니."

치클린이 절제된 미소를 지으며 말했다.

"넌 절대로 못 알아봐. 나 자신도 거의 느낄 수가 없는걸. 오늘 가서 뗏목에 출두해, 이 자본주의 쓰레기 놈아!"

"그 사람 바다에 떠다니게 해요. 오늘은 여기, 내일은 저기, 그렇죠?" 나스탸가 말했다. "우린 쓰레기하고 함께 있으면 슬플 거예요!"

치클린과 망치질 일꾼은 뒤이어 고용 노동자들의 노역과 고혈로 지은 오두막 여섯 채를 더 해방시키고 '조직의 뜰'로 돌아왔는데, 그곳에는 인민들이 부농들을 숙청한 후 무슨 일이든 일어나기를 기다리며 서 있었다.

활동가는 계급분화 보고서를 들고 뜰에 도착한 부농계급을 점검하며 상황의 완벽한 정확성을 발견했고 치클린과 대장장이의 망치질 일꾼이 달성한 활동의 성과를 기뻐했다. 치클린도 활동가의 감정을 승인했다.

"당신은 의식 있는 훌륭한 일꾼이오. 동물처럼 부농계급의 냄새를 맡아 내는군."

곰은 자기 감정을 표현할 수 없어서 잠시 옆에 서 있다가 내리는 눈을 뚫고 대장간으로 돌아갔는데, 그곳에서도 파리가 윙윙거리며 날아다니고 있었다. 나스탸만이 나이 들고 불에 그을린 곰을 사람처럼 돌보고 동정해 주었다.

프루솁스키는 이미 오래전에 통나무 뗏목을 완성하고 준비된 자세로 모두를 둘러보았다.

"썩은 놈." 자체프가 그에게 말했다. "정신 나간 사람처럼 왜 그렇게 보고만 있는 거요? 당신은 좀 더 용기를 내야 해. 서로 죽고 죽이고, 돈은 돌고 돌고! 당신 생각에 저 사람들이 살아 있는 사람들 같소? 절대로 아니지! 저들은 겉껍데기밖에 없어. 사람들을 찾으려면 멀리멀리 가야 해. 그래서 난 슬프단 말이야!"

활동가의 명령에 부농들은 몸을 숙이고 뗏목을 곧장 강둑으로 밀어내기 시작했다. 자체프는 그들이 정말 희망찬 물결을 타고 떠나 바다로 떠내려가는지 확인하기 위해, 그리고 언젠가는 사회주의가 찾아와 나스탸는 그것을 지참금으로 받게 되고 자체프 자신은 피로하고 지친 편견으로서 소멸되리라는 것을 확신하기 위해 부농들의 뒤를 따라 기어갔다.

먼 곳으로 부농들을 근절시켜 버린 뒤에도 자체프는 마음을 가라앉힐 수 없었다. 사실 이유는 알 수 없었지만 그는 기분이 더 나빠졌다. 눈 덮인 강의 섬세한 흐름 위로 뗏목이 질서 정연하게 떠내려가는 것과, 추운 풀밭을 지나 먼 심연으로 흘러가는 어둡고 죽은 물에 저녁 바람이 주름을 잡는 것을 그는 오랫동안 관찰했고, 그의 마음은 슬프고 쓸쓸해졌다. 사회주의는 슬픈 불구자 계급이 필요치 않았으므로, 그도 또한 곧 먼 침묵 속으로 근절될 것이었다.

　부농계급은 뗏목 위에서 한 방향만을, 자체프 쪽만 바라보았다. 사람들은 영원히 자신들의 조국과 그곳의 마지막 행복한 사람을 기억하고 싶었다.

　이제 부농들을 태운 수송 기관은 강물 위에서 한 바퀴 돌

아 구부러지기 시작했고, 계급의 적은 강둑의 덤불 뒤로 돌아
가 자체프의 시야에서 사라지기 시작했다.

"이봐, 기생충들, 잘 가라!"

자체프가 강물 하류에 대고 소리 질렀다.

"잘 있으시오- 오-!"

바다로 떠내려가며 부농들이 대답했다.

'조직의 뜰'에서 사람들을 소집하기 위한 음악이 시작되었
다. 자체프는 그곳에서는 나스탸와 다른 어린이들을 제외하면
제국주의의 옛 참여자들만 즐기고 있다는 것을 알았지만 그
래도 집단농장의 축하연에 참여하기 위해 가파른 진흙 강둑
을 서둘러 올라갔다.

활동가가 라디오 확성기를 단상에 설치해 놓았고, 거기서
장대한 출전 행진곡이 울려 나왔으며, 집단농장 전체가 근방
에서 걸어온 손님들과 함께 즐겁게 발을 구르고 있었다. 집단
농장 농부들은 방금 세수라도 한 듯 얼굴을 빛내고 있었는데,
이제 그들은 아무것도 아쉬워하지 않았으며, 알지 못할 무언
가가 그들 영혼의 차갑고 텅 빈 곳을 메워 주었다. 옐리세이는
음악이 바뀌자 가운데로 나와 발을 땅에 구르며, 몸을 숙이지
않은 채 흰 눈을 깜박이지도 않고 춤추기 시작했다. 그는 서
있는 농부들 사이에서 홀로, 몸통의 뼈와 육체를 정확하게 움
직이며 막대기처럼 춤추었다. 차츰 농부들은 콧김을 내뿜으며
서로 원을 지어 섰고, 여자들은 즐겁게 팔을 치켜들고 치마
아래서 다리를 움직이기 시작했다. 손님들은 자루를 내던지
고 그곳 처녀들에게 소리치며 몸을 낮추고 빠른 속도로 땅을

돌았고, 자신들의 특별한 즐거움을 위해 집단농장의 여성 동반자들에게 입을 맞추었다. 라디오 음악은 삶을 더욱더 흥분시켰다. 수동적인 농부들도 만족한 고함을 내질렀고, 더 진보적인 사람들은 모든 면에서 축하연의 속도를 발전시키기 위해 최선의 노력을 다했으며, 사회화된 말들조차 인간들의 기쁨의 소리를 듣고 하나씩 '조직의 뜰'로 와서 히힝거리기 시작했다.

눈보라는 잦아들었다. 폭풍과 구름이 사라진 먼 하늘에서 불분명한 달이 나타났다. 그 하늘은 너무나 텅 비어 그곳에서는 영원한 자유가 허락되었고, 너무나 무시무시했기 때문에 자유조차 친구가 필요했다.

이런 하늘 아래, 벌써 여기저기 파리가 내려앉은 깨끗한 눈 위에, 모든 인민은 동무로서 함께 즐겼다. 세상에서 이미 오래 산 사람들까지도 있던 자리를 떠나 몰아의 경지에 빠져 발을 끌며 춤을 추었다.

"어이, 어머니 에세세르[27]!"

익살맞은 농부 한 명이 유연성을 과시하며 자기 배와 뺨과 입을 찰싹찰싹 치며 즐겁게 소리쳤다. "우리 어머니 나라를 안아 줘, 가슴에 안아 주라고. 어머니 나라는 결혼을 안 했거든!"

"처녀야 과부야?"

근처에서 손님 한 명이 춤추며 물었다.

---

27) 이전의 '어머니 러시아'라는 표현을 SSR(소비에트 사회주의 공화국)로 바꾼 말장난. 이어지는 것은 나라를 누가 지배하는가, 농민인가 아니면 노동자인가에 대한 간접적인 질문이다.

"처녀!" 춤추는 농부가 설명했다. "똑똑한 척하는 것 보면 모르겠어?"

"똑똑한 척 좀 하게 내버려 둬." 지나가던 손님 한 명이 동의했다. "어머니 조국도 재미 보라고 해! 좀 있으면 우리가 길들일 테니까. 얌전한 여자가 될 거라고. 다 잘될 거야!"

나스탸도 춤추고 싶었기 때문에 치클린의 팔에서 미끄러져 나와 한껏 열중한 농부들이 휩쓸고 지나가는 곁에서 발을 구르기 시작했다. 자체프는 춤추는 사람들 사이로 기어 들어가, 앞을 막아서는 사람은 넘어뜨리고 젊은 에세세르 처녀를 농부에게 시집 보내 버리려는 손님들은 옆구리에 주먹을 한 방씩 먹여 그런 희망을 버리게 했다.

"떠오르는 대로 아무거나 생각하지 마! 강 하류로 여행가고 싶어? 산 채로 뗏목에 태워 보낼 거야!"

그 손님은 이 자리에 찾아온 것이 겁나기 시작했다.

"이젠 아무 생각도 하지 않을 겁니다, 불구자 동무. 지금부터는 그냥 속삭일게요."

치클린은 환호하는 인민대중을 오랫동안 바라보면서 마음속에 안온한 평화를 느꼈다. 높은 단상에서 그는 먼 공간의 달빛에 비친 순수와 꺼져가는 빛의 슬픔, 그리고 그렇게나 공들여 힘들게 지었지만 이제는 모두들 살아가는 것에 대한 공포를 없애기 위해 잊어버린 이 세상 전체가 고분고분 잠든 모습을 바라보았다.

"나스탸, 추운 데서 너무 오래 놀지 마라, 이리 오렴."

치클린이 불렀다.

"난 하나도 춥지 않아요. 사람들이 여기서 숨을 쉬는걸요."

나스탸는 다정하게 으르렁거리는 자체프에게서 도망치며 말했다.

"손을 문질러라, 안 그러면 곱아 버린다. 대기는 커다랗고 넌 아주 작아!"

"벌써 문질렀어요. 조용히 앉아 계세요!"

라디오는 음악을 연주하다 말고 갑자기 멈추어 버렸다. 그러나 사람들은 활동가가 소리 지를 때까지 멈출 수가 없었다.

"정지, 다음 음악까지!"

프루솁스키는 금방 라디오를 고쳐 낼 수 있었지만, 이제 음악은 나오지 않고 대신 사람 목소리가 나왔다.

"공지 사항을 잘 들으시오. 버드나무 껍질을 수집합시다!"

그리고 라디오는 다시 멈추었다. 활동가는 공지 사항을 듣고, 버드나무 껍질 수집 운동을 잊어버려 구역 전체에 게으름뱅이로 알려지지 않도록, 기억하기 위해 생각에 잠겼다. 지난번에 그는 덤불 모으기 운동을 조직하는 것을 잊어버려 이제는 집단농장 전체에 불쏘시개가 없었다. 프루솁스키가 다시 라디오를 고치기 시작했고, 기사가 곱은 손으로 열심히 기계장치를 만지작거리는 동안 시간은 흘러갔다. 그러나 노력은 허사였는데, 왜냐하면 그는 라디오가 과연 빈민들에게 위안을 그리고 그 자신에게 어딘가에서 들려오는 반가운 목소리를 가져다줄지 확신하지 못했기 때문이다.

자정이 가까워 왔을 것이다. 달은 싸리 울타리와 온순하고 오래된 마을 위에 높이 솟아 있었고 죽은 우엉은 조그맣게 얼어붙은 눈발에 덮여 빛났다. 길 잃은 파리 한 마리가 얼어붙은 우엉 위에 착륙하려 했지만 단박에 미끄러져서, 달빛이 비치는 저 높은 곳으로 햇빛 아래 종달새처럼 윙윙거리며 날아올라갔다.

집단농장은 무겁게 발을 쾅쾅 구르는 춤을 멈추지 않으면서 차츰 약한 목소리로 노래를 부르기 시작했다. 이 노래의 가사를 알아듣는 것은 불가능했지만, 그 안에서 슬픔에 찬 행복과 천천히 움직이기 시작하는 사람들의 가락을 들을 수 있었다.

"자체프!" 치클린이 말했다. "가서 움직임을 멈추게 해 보게. 이게 뭐야, 모두들 행복에 겨워 죽은 건가? 끝도 없이 춤만 추고 있잖아."

자체프는 나스탸와 함께 '조직의 집'으로 기어가, 소녀를 재우고 다시 나왔다.

"이봐, 조직된 친구들, 춤 그만 춰. 이젠 됐어! 행복에 겨워 돌아 버렸군, 쓰레기들!"

그러나 집단농장은 춤추는 데 몰두해서 그의 말에는 신경 쓰지 않고, 노래로 뒤덮인 채 계속 무겁게 발을 굴렀다.

"나한테 당하고 싶어? 잠깐만 기다리면 그렇게 해 주지!"

자체프는 단상에서 기어 내려가 바삐 움직이는 발들 사이에 도사리고는 사람들의 발목을 잡고 땅에 넘어뜨려 휴식을 취하게 했다. 사람들은 속이 빈 바지처럼 쉽게 넘어져 즉시 조용해졌고, 자체프는 그들이 자기 손을 느끼지 못하는 것 같아 안타까웠다.

"보셰프는 도대체 어디 있을까?" 치클린이 걱정했다. "이 무산계급 소시민이 어딜 가서 무얼 찾고 있는 거지?"

보셰프를 기다리기에 지쳐 치클린은 자정이 지난 후에 직접 그를 찾으러 갔다. 사람이 없는 마을 거리를 오랫동안 걸었지만, 사람의 흔적은 아무 데서도 볼 수 없었고, 대장간에서 곰이 코를 골고 있을 뿐이었는데 그 소리는 달빛에 비친 이웃 동네 전체에 퍼졌으며 대장장이는 때때로 기침을 했다.

주위는 조용하고 아름다웠다. 치클린은 생각 때문에 혼란스러워져 멈추어 섰다. 곰은 내일의 노동과 삶의 새로운 느낌을 위해 힘을 축적하며 여전히 온순하게 코를 골고 있었다. 곰은 이전에 그를 괴롭히곤 했던 부농계급을 더 이상 보지 않을 것이고, 자기 존재를 즐길 것이다. 이제 세상에는 곰이 좋아하는, 쓸모 있는 물건을 조용히 생산하며 부분적인 행복만을 느끼는 중농들만을 마을에 남겨 놓은 알지 못할 힘이 있으므로, 망치질 일꾼은 틀림없이 더욱 진심으로 부지런히 말발굽과 바퀴 테에 망치질을 할 것이다. 망치질 일꾼과 치클린의 가슴이 단지 앞날을 희망하고 숨을 쉬며, 그들의 일하는 손이 진실되고 참을성 있도록, 인생의 정확한 의미와 전 세계적인 행복은 모두 땅을 파는 프롤레타리아들의 가슴속에 가라앉아야 할 것이다.

치클린은 누군가의 집 앞에서 활짝 열린 대문을 조심스럽게 닫고 거리의 질서를, 즉 모든 것이 제자리에 있는지를 점검했다. 농부의 외투가 거리에 버려져 있는 것을 발견하고 그것을 주워 가장 가까운 오두막의 입구로 가져왔다. 노동하는 사람들의 이익을 위해 아껴 두기로 하자.

치클린은 순진한 희망을 가지고 보셰프를 계속 찾기 위해 상체를 구부려 뒤뜰로 돌아갔다. 그는 울타리를 넘고, 오두막의 찰흙 벽을 지나, 기울어진 울타리 판자를 바로잡고, 연약한 울타리에 둘러싸인 땅 바로 저편에서 시작된 헐벗고 끝없는 겨울을 끊임없이 목격했다. 대지는 쉽게 식어 버리는 어린 사람들을 위한 것이 아니었기 때문에 나스탸는 이 이방의 세계에서는 확실히 얼어붙어 버릴 것이다. 망치질 일꾼과 같은 생물들만 이곳에서 삶을 참아나갈 수 있겠지만, 그들조차도 삶 때문에 회색으로 변해 버렸다.

"난 아직 태어나지도 않았는데, 넌 벌써 여기 누워 있었구나, 움직이지도 못하는 내 가엾은 대지여!" 보셰프의, 인간의 목소리가 가까운 곳에서 말했다. "그건 즉 네가 오랫동안 고생했다는 뜻이지. 치클린, 여기 와서 몸 좀 녹이게!"

치클린은 고개를 옆으로 돌렸고 보셰프가 나무 아래 웅크리고 앉아 이미 가득 찬 자루에 뭔가를 집어넣고 있는 것을 보았다.

"그건 뭐지, 보셰프?"

"응."

치클린의 질문에는 대답하지 않은 채 상대방은 자루의 주둥이를 조여 어깨에 짊어지며 말했다.

두 사람은 밤을 보내기 위해 '조직의 뜰'로 왔다. 달은 이제 훨씬 기울었고, 마을은 검은 그림자 속에 서 있었으며, 사방은 모두 조용했고, 오직 추위에 굳은 강물만이 친숙한 마을 강둑

사이에서 살랑거렸다.

집단농장은 '조직의 뜰'에서 움직이지 않고 자고 있었다. '조직의 집' 안에서는 안전의 빛이 타고 있었다. 그것은 불 꺼진 마을 전체를 위한 단 하나의 등불이었다. 등불 곁에서 활동가가 정신노동을 하며 앉아 있었다. 그는 보고서의 도표를 그리고 있었는데 그 안에 빈민과 중농의 복지에 관한 모든 자료를 기록하여 기초 자료로서 영구적이며 공식적인 상황과 체험을 남기고 싶어 했다.

"내 재산도 써넣으시오!"

보셰프가 자루를 열며 말했다.

그는 마을에서 초라하고 거부당한 물건들, 작고 알 수 없으며 잊혀진 물건들을 모두 모았는데, 그것들을 위해 사회주의로 복수해 주기 위해서였다. 이 닳아 빠지고 참을성 있는 낡은 물건들은 언젠가 품팔이하는 사람들의 피와 살을 만졌고, 물건들에는 허리가 굽은 삶의 무거운 짐이 새겨져 있었는데, 그 삶은 의식적인 의미 없이 낭비되고 대지의 지푸라기 아래 어디선가 영광을 보지 못한 채 영락해 버린 것이다. 보셰프는 이들의 의미를 완전히 이해하지 못한 채, 그 자신처럼 진실을 알지 못하고 살다가 영광된 결말을 보지 못하고 죽어 버린, 잃어버린 사람들의 물질적인 자취를 구두쇠처럼 자루 가득 모아 왔던 것이다. 이제 그는 정부와 미래의 얼굴 앞에 그 소멸된 노동자들을 내보임으로써 조직화된 인간의 영원한 의미가 대지 깊은 곳에 조용히 누워 있는 사람들을 위하여 복수해 줄 수 있도록 한 것이다.

활동가는 보셰프가 가져온 물건들에 대하여 옆쪽에 따로 조직한 특별 목록에 '소멸된 재산의 잔여물로서, 무산계급에 의해 죽음으로써 근절된 부농계급의 목록'이라는 제목으로 기록하기 시작했다. 사람들 대신 활동가는 존재의 증거를 기록했다. 지난 세기의 짚신, 목동의 귀에서 떨어진 납 귀걸이, 두껍고 거친 천으로 만든 바지통 한쪽, 그리고 노동을 하지만 재산이 없는 육체들의 다양한 비품.

그때쯤 나스탸 옆 마룻바닥에서 자고 있던 자체프가 뜻하지 않게 소녀를 깨웠다.

"입 저쪽으로 돌려요. 이도 안 닦잖아, 바보." 나스탸는 문에서 불어오는 차가운 외풍을 막아 주고 있는 불구자에게 말했다. "부르주아한테 다리를 잘리고, 이제는 이도 다 빠지길 바라는 거예요?"

겁먹은 자체프는 입을 다물고 코로 숨쉬기 시작했다. 소녀는 기지개를 켜고, 머리에 쓰고 있던 따뜻한 머릿수건을 바로잡았지만, 잠이 완전히 깨 버렸기 때문에 다시 잠들 수가 없었다.

"재활용할 넝마를 가져온 거예요?"

소녀가 보셰프의 자루에 대해 물었다.

"아니." 치클린이 말했다. "너에게 줄 장난감이란다. 일어나서 갖고 싶은 걸 골라 봐."

나스탸는 벌떡 일어나 몸을 발달시키기 위해 발을 몇 번 구르고, 제자리에서 몸을 낮추고는, 등록된 물건 더미를 다리 사이에 꽉 끼었다. 치클린이 탁자에서 등잔을 가지고 내려와 소녀가 어느 것이 마음에 드는지 더 잘 볼 수 있도록 했다. 활동가는 어둠 속에서도 실수 없이 잘 쓸 수 있었다.

잠시 후 활동가는 아이가 연고자 없이 사망한 노동자들의 축적된 사유물 전체를 수령했으며 다가올 미래에 그것을 사용하겠다는 서명을 하도록 기록지를 마룻바닥에 떨어뜨렸다. 나스탸는 천천히 망치와 낫을 그린 후 종이를 도로 서류 위에 올려놓았다.

치클린은 솜을 누빈 외투와 신발을 벗고 양말 바람으로 마룻바닥을 걸어 돌아다녔다. 이제 세상에 나스탸로부터 그녀 몫의 삶을 빼앗아 갈 사람은 아무도 없으며, 강물은 바다 깊은 곳으로만 흘러가고, 뗏목에 태워져 떠내려간 사람들은 망치질 일꾼인 곰 미하일을 괴롭히기 위해 돌아오지 못할 것이라는 생각에 그는 평온하고 만족스러웠다. 짚신과 귀걸이 외에는 아무것도 남아 있지 않은 이름 없는 사람들에 관한 한, 그들은 영원히 지상에서 시들어갈 필요가 없게 됐지만, 다시 살아날 수도 없을 것이었다.

"프루솁스키 동무."

치클린이 말했다.

"말하시오."

건축기사가 대답했다. 그는 구석에 등을 기대고 앉아 무심하게 졸고 있었다. 그의 누이는 오랫동안 편지를 보내지 않았다. 누이가 죽었다면, 그는 누이의 가족을 찾아가 아이들을 위해 요리를 하고, 자신이 영혼을 잃고 어느 날엔가 감정 없이 살아가는 데 익숙해진 늙은이가 되어 삶을 마칠 때까지 지치도록 일하기로 결심했다. 이것은 지금 당장 죽는 것과 같았지

만, 더 슬펐다. 그가 간다면 그는 누이의 집에서 살면서 이제
는 더 이상 살아 있을 가능성이 거의 없는, 젊은 날 그의 곁을
지나쳐 갔던 젊은 여성을 더 오래 그리고 더 깊이 슬퍼하며 기
억할 것이다. 프루솁스키는 자신만의 비밀스러운 감정 속이라
도 좋으니 그녀를 이 세상에 좀 더 오래 간직하고 싶었다. 죽
었다면 모든 사람에게 잊혀졌을 것이고, 살아 있다면 아이들
에게 수프를 만들어 주고 있을 그 흥분한 젊은 여인을.

"프루솁스키 동무! 더 발달된 과학을 성취하면 썩어 버린
사람들을 부활시킬 수 있을까요, 없을까요?"

"없을 거요."

프루솁스키가 말했다.

"거짓말." 자체프가 눈을 뜨지 않고 꾸짖듯이 말했다. "마르
크스주의는 뭐든지 할 수 있어. 아니면 어째서 레닌이 멀쩡한
몸으로 모스크바에 누워 있겠어?[28] 레닌은 과학을 기다리는
거야, 부활하고 싶은 거란 말이야. 나도 레닌에게 할 일을 찾
아 줄 거야." 자체프가 통보했다. "레닌에게 추가로 한두 방 얻
어맞아야 하는 게 누군지 가르쳐 줄 거라고! 어쨌든 난 첫눈
에 기생충을 알아볼 수 있거든!"

"아저씬 바보예요." 나스탸가 노동자들의 누더기 속을 뒤지
며 설명했다. "아저씨는 그냥 보기만 할 뿐이지만 사람은 일을
해야 한단 말예요. 그렇죠, 보셰프 아저씨?"

---

28) 1924년 레닌이 사망하자 공산당 중앙위원회는 레닌의 시체를 방부 처
리하여 붉은광장에 영구 보존했다.

구덩이

보셰프는 벌써 빈 자루로 몸을 감싸고 누워 그의 몸 전체를 삶의 어떤 달갑지 않은 먼 곳으로 끌고 가는 부조리한 심장 소리를 듣고 있었다.

"누가 알겠니." 그가 나스탸에게 대답했다. "일하고 또 일하다가 결국은 모든 것을 다 알게 되면 지쳐서 죽을지도 몰라. 자라나지 마라, 아이야. 자라나면 슬퍼져요."

나스탸는 불만스러워졌다.

"부농들만 죽는 거예요, 아저씨 바보. 자체프 아저씨, 날 좀 봐 줘요, 다시 잘래요."

"이리 와라, 아가야." 자체프가 말했다. "저 부농 자식하고 있지 말고 이리 와. 저놈은 좀 당해야 해. 내일이면 당할 거다!"

모두들 조용하고 참을성 있게 밤을 지속하고 있었으며, 활동가만이 끊임없이 써 내려갔고, 달성해야 할 과업들은 그의 의식 있는 마음속에서 계속 확장되어 갔으며, 그리하여 그는 혼자서 어쩔 줄 몰랐다. '소비에트 연방에 해를 끼치고 있는 거야, 수동적인 멍청아. 지역 전체를 집단화할 수도 있었는데 여기서 집단농장 하나 가지고 법석을 떨고 있잖아. 벌써 거주자들을 기차에 하나 가득 실어서 사회주의로 보냈어야 할 땐데 항상 좁은 규모에만 달라붙어 있단 말이야. 아, 문제야!'

누군가의 조용한 손이 달빛 비친 순수한 침묵 속에서 문을 두드렸고, 그 손이 내는 소리에서는 아직도 겁먹고 머뭇거리는 자취를 들을 수 있었다.

"들어오시오, 우린 회의를 하고 있는 게 아니니까."

활동가가 말했다.

"아, 그래요." 남자는 문밖에서 들어오지 않고 대답했다. "생각을 하고 계실지도 모른다고 생각해서."

"들어와, 짜증나게 굴지 말고."

자체프가 말했다.

들어온 것은 옐리세이였다. 그는 이미 땅바닥에서 충분히 잠을 잤는데, 왜냐하면 그의 눈 밑에는 내부의 혈액이 모여 검은 그림자가 드리워졌고, 조직화되는 습관 덕분에 더 강해졌기 때문이다.

"곰이 대장간에서 발을 구르면서 으르렁거리고 노래를 부르고 있어요. 집단농장 전체가 눈을 떴지만 동무가 없어서 우린 겁을 먹었습니다."

"가서 확인해야겠군."

활동가가 결정했다.

"내가 가겠소." 치클린이 말했다. "동무는 앉아서 쓰기나 하시오. 보고서를 쓰는 게 동무의 할 일이니까."

"그것도 내가 바보일 때나 그렇지!" 자체프가 활동가에게 경고했다. "이제 곧 우리가 모든 사람을 활성화할 거야. 인민대중이 문제의 한계에 부딪치게 해 봐. 아이들이 자랄 때까지만 기다려 보란 말이야!"

치클린은 대장간으로 갔다. 밤은 그의 머리 위에서 거대하고 싸늘했고, 별들은 눈 덮인 지구의 순수 위로 관대하게 빛났으며 망치질하는 곰의 주먹질 소리는 널리 퍼져, 마치 곰이 기대감에 가득 찬 별들 아래 잠자는 것이 수치스러워 그가 할 수 있는 유일한 방법으로 대답을 하는 것 같았다. '저 곰은 어엿한 프롤레타리아 늙은이야.' 치클린은 존경하는 마음으로 생각했다. 곰은 커다랗게 행복한 노래를 부르며 길고 만족스럽게 으르렁거리는 소리를 내질렀다.

대장간은 달빛 비친 밤, 지구의 밝은 표면 전체를 향해 열려 있었다. 용광로에 흔들리는 불꽃이 타올랐고 대장장이 자신이 불길을 돋우고 있었는데, 땅에 쭉 뻗어 엎드려 규칙적으로 풀무질을 하고 있었다. 그리고 망치질하는 곰은 완전히 기분이 좋아져서 바퀴 테를 벼리며 노래를 하고 있었다.

"잠을 못 자게 해요." 대장장이가 불평했다. "일어나서 으르렁대기 시작했소. 용광로를 켜줬더니 끝없이 망치질을 해 대는 거요…… 항상 조용했는데 이젠 미친놈 같아!"

"이유가 뭐요?"

치클린이 말했다.

"누가 알겠소! 어제 부농들을 근절하고 오더니 저렇게 발을 쿵쿵 구르면서 아주 쾌활하게 으르렁거립니다. 그게 즐거운가 봐. 그리고 활동가 조수 하나가 지나가다 천 조각을 가져와서는 울타리에 잡아맸는데, 미하일이 그걸 계속 바라보더니 뭔가를 알아낸 모양이오. '부농들은 갔어요. 그래서 저 빨간 표어를 저기 걸어놓은 거예요.' 하는 듯이 말이오. 머릿속에 뭔가 떠올라서 계속 맴도는 모양이오……."

"알았소, 들어가 주무시오, 내가 불을 지킬 테니."

치클린은 망치질하는 곰이 집단농장에서 쓸 바퀴 테를 만들 수 있도록 풀무를 넘겨받아 용광로에 바람을 불어넣기 시작했다.

동틀 무렵이 되자 어제 외지에서 찾아온 농부들은 근교로 흩어지기 시작했다. 그러나 집단농장 사람들은 갈 곳이 아무 데도 없었고, 그리하여 그들은 '조직의 뜰'에서 깨어나 망치질 일꾼의 일하는 소리가 들려오는 대장간을 향해 움직이기 시작했다. 프루솁스키와 보셰프는 나머지 사람들과 함께 가서 치클린이 곰을 돕는 것을 지켜보았다. 대장간 가까운 곳에는 "당 만세, 충성 만세, 돌격 작업 만세, 프롤레타리아를 위해 미래로 가는 문을 열자!"라는 표어가 적힌 깃발이 울타리에 걸려 있었다.

　망치질 일꾼은 피곤해지면 밖으로 나가 몸을 식히기 위해 눈을 먹었고, 그 후에 망치는 다시 계속해서 속도를 더해 가며 부드러운 쇳조각 위로 떨어졌다. 망치질 일꾼은 이제 노래를 완전히 멈추었다. 그는 자신의 맹렬하고 말없는 즐거움을 노동의 열정에 완전히 소모했으며, 집단농장 농부들은 점차 곰에게 공감하며 바퀴 테를 더 튼튼하고 안전하게 만들도록 쇠망치를 내려칠 때마다 집단적으로 으르렁거렸다. 잠시 지켜본 후에 옐리세이는 망치질 일꾼에게 충고했다.

"천천히 해, 미시. 그럼 바퀴 테가 약해지거나 부러지지 않을 거야. 그리고 지금 쇠가 무슨 나쁜 놈이라도 되는 것처럼 두들기고 있잖아. 쇠는 좋은 거야. 이러면 안 돼!"

그러나 곰은 옐리세이를 향해 입을 벌렸고, 옐리세이는 쇠에 대해 걱정하며 물러섰다. 하지만 다른 농부들도 쇠를 망치는 것을 더 이상 참을 수가 없었다.

"좀 살살 때려, 이 악마야!" 그들은 떠들썩하게 말했다. "모든 사람의 소유물을 망치지 말란 말이야. 재산은 이제 주인을 잃어서 아무도 아쉽게 여기지 않아……. 천천히 해, 천천히, 도깨비야!"

"쇠를 그렇게 세게 때리지 마! 지금 그게 네 개인 소유인 줄 알아, 응?"

"나가. 진정하란 말이야, 악마야! 피곤하지도 않아, 이 털북숭이!"

"집단농장에서 쫓아내야 돼, 그러면 된다고. 아니면 우리가 지금 손해를 보게 되잖아!"

그러나 치클린은 용광로에 바람을 불어 넣었고, 망치질하는 곰은 불길에 맞추려 애쓰며 쇳조각이 삶의 적이라도 되는 듯 짓이겼다. 부농이 없다면 세상에는 곰밖에 없다는 듯이.

"이런 것도 문제라니!"

집단농장 구성원들은 한숨을 쉬었다.

"좋은 물건이었는데, 이젠 전부 망쳐 버렸어! 쇠는 구멍투성이가 될 거야!"

"주인이 벌을 주면……. 하지만 건드릴 수 없어. 무산계급이니 프롤레타리아니 산업화가 어쩌니 할 거야……."

"그건 아무것도 아냐. 곰은 이제 기간요원인데, 쫓아내려고 하면 우리 앞날도 좋지 못해."

"기간요원 따위 별것 아니지. 이제 지도원 동무나 파시킨 동무가 직접 오면 우린 뜨거운 맛을 보게 되잖아!"

"하지만 아무 일도 안 일어나면? 때려 주면 어때, 응?"

"자네 미쳤나? 곰은 이제 조합 일꾼이야. 파시킨 동무가 요전에 특별히 찾아왔단 말이야. 노동자가 없으면 동무한테도 별로 좋을 거 없다고."

옐리세이는 누구보다도 말을 적게 했지만, 걱정은 어느 누구보다도 많이 했다. 개인 농가를 소유하고 있었을 때 그는 밤에 잠을 자지 않았다. 무언가 죽지 않을까, 말이 과식하거나 물을 너무 많이 마시지 않을까, 소가 발정기에 들어갈까 걱정하며 모든 것을 지켜보았다. 그리고 이제는 집단농장 전체, 인근의 온 세상을 보살펴야 했는데, 왜냐하면 다른 사람들은 믿음직하지 못하다고 느꼈기 때문이다. 그 모든 재산에 대한 걱정으로 그는 미리부터 배가 아프기 시작했다.

"우린 모두 말라붙을 거야!" 혁명 기간 내내 조용하게 살았던 중농이 말했다. "전에는 난 우리 가족만 걱정하면 됐는데,

이젠 다른 사람들 전체에 대해서 생각해야 해. 이렇게 부담이 커지면 우린 모두 지쳐서 죽고 말 거야.'

짐승은 거의 삶의 의미를 느끼는 것처럼 그렇게 열심히 일하고 있는데 그 자신은 가만히 서서 미래로 가는 문을 열지 못하고 있다는 사실 때문에 보셰프는 슬퍼졌다. 결국, 저 밖에는 정말 뭔가 있을지도 모르는데. 이제 치클린은 바람을 불어 넣는 일을 끝내고 곰과 함께 써레에 붙일 써렛발을 만들기 시작했다. 지켜보는 사람들과 주위에 대한 생각은 완전히 망각한 채 두 일꾼은 지치지 않고 그들의 건전한 양심이 지시하는 대로 해야 할 일을 했다. 망치질 일꾼이 써렛발을 용광로에 넣었고 치클린은 담금질을 했지만, 적절한 정도로 단단해지려면 물속에 얼마나 오랫동안 담가야 하는지 알지 못했다.

"써렛발이 바위에라도 부딪치면 어쩌지?" 옐리세이가 신음했다. "딱딱한 데 부딪치면 반으로 쪼개져 버릴 텐데!"

"쇠를 물에서 꺼내, 악마야!" 집단농장 사람들이 소리쳤다. "원료를 괴롭히는 일을 그만둬!"

치클린은 너무 오래 담가 두었던 쇠를 꺼내려 했지만 그때 옐리세이가 대장간으로 들어와 집게를 빼앗아서는 자기 손으로 써렛발을 담금질하기 시작했다. 다른 조직화된 농부들도 시설 안으로 몰려 들어와 마음 가볍게, 손해보다는 이득을 시급히 구해야 할 때 생기는 조심스러운 열성으로 강철을 다루며 일하기 시작했다. '이 대장간은 회칠을 좀 해야겠어.' 옐리세이는 일하면서 혼자 조용히 생각했다. '온통 숯검정투성이 잖아. 그게 무슨 효율성이람?'

"이리 줘요, 내가 밧줄을 당길 테니." 보셰프가 옐리세이에게 부탁했다. "용광로에 공기가 제대로 안 들어가고 있어요."

"그럼 당기시오." 옐리세이가 동의했다. "하지만 너무 빨리 당기지는 마시오. 요즘엔 밧줄 값이 비싸니까. 그리고 새 풀무는 집단농장 재산으로는 살 수가 없단 말이오!"

"살살 해 보겠소."

보셰프가 말하고, 노동의 인내 속에 자신을 잊고 밧줄을 당겼다가 늦추는 일을 시작했다.

겨울날의 아침이 다가왔고, 평소와 같은 빛이 지역 전체를 비추었다. 그러나 '조직의 뜰'에서는 옐리세이가 불필요한 불빛을 눈치 챌 때까지 등불이 타오르고 있었다. 옐리세이는 그것을 눈치 채고 '조직의 뜰'로 가서 등유를 아끼기 위해 불을 껐다.

오두막에서 잠을 자던 어린 소녀들과 청소년들은 이제 깨어 있었다. 일반적으로 그들은 아버지들의 걱정에 무관심했다. 그들은 아버지들의 고뇌에는 관심을 두지 않고 마을에서 마치 외부인처럼, 무언가 먼 것에 대한 사랑에 괴로워하듯 그렇게 살아갔다. 가정의 가난도 그들은 특별히 주의하지 않고 견뎌 냈는데, 아직 대답 없는 행복에 대한 자신의 감정에 의지하여 살았기 때문이고, 그 행복은 어쨌든 언젠가는 찾아올 것이라 믿었다. 거의 모든 어린 소녀들과 자라나는 세대들은 독서실로 쓰는 오두막으로 가서 하루 종일 먹지도 않고 그곳에서 읽기와 쓰기와 숫자 계산을 배우고 친구 사귀는 데 익숙해지며 미래에 대한 기대 속에 상상을 하며 지냈다. 집단농장이 대장간을 접수하자 프루솁스키 혼자 남아 울타리 주변에 움직이지 않고 서 있었다. 그는 자신이 왜 이 마을에 보내졌는지, 그리고 어떻게 인민들 사이에서 잊힌 채 살아야 하는지를 몰랐으며, 지구상에서 그의 체류가 끝날 날을 정확하게 정해 두기로 결심했다. 공책을 꺼내어 그는 한겨울의 조용한 어느 날 늦은 저녁 시간을 기록했다. 다른 사람은 모두 잠든 시각으로 하자. 얼어붙은 대지는 모든 건설의 소음에서 조용해질 것이며, 그는, 어디에 있든, 위를 보고 똑바로 누워 숨을 멈출 것이다. 왜냐하면 어떤 건물도, 어떤 만족감도, 어떤 소중한 친구도, 어떤 별의 정복도 그의 정신의 빈곤을 이겨 낼 수 없었기 때문이다. 그는 어찌 됐든 훌륭하지도 않고 육체적 사랑에 바탕을 둔 것도 아닌 우정의 무익함을 느낄 것이고, 가장 멀리 떨어진 별들의 권태를 참아 낼 것이며, 그 별들은 또한 중심부 깊숙한 곳에 똑같은 구리 광산이 있을 것이고, 그곳에서도 똑같이 최고국민경제회의가 필요할 것이다. 프루셉스키에게는 그의 모든 감정, 욕망 그리고 오래된 갈망이 그의 정신 속에서 서로 만나 감정들 스스로 그 가장 깊은 원천까지 자각하며 모든 희망의 순진함을 치명적으로 파괴하고 있는 것만 같았다. 그러나 감정의 원천은 삶의 불안정한 장소로 남아 있었으며, 죽음으로써 그 안에 들어가지 않고도 이 유일하게 행복하고 진실한 존재의 영역을 영원히 잃을 수 있을 것이다. 그러나 하느님 맙소사, 만약 인생에 활력을 주고 삶을 일으키고 희망을 향해 팔을 뻗게 하는 그 몰아의 감정이 그에게 결핍되어 있다면 어떻게 할 것인가?

프루셉스키는 손으로 얼굴을 감쌌다. 요동치는 모든 흥분된 움직임을 이성으로 가라앉혀 평화롭게 하고 감정을 종합해야 한다. 그러나 그 흥분과 움직임은 어디에서 왔는가? 그는 알지 못했다. 그가 아는 것이라고는 나이 든 그의 이성은 오로지 죽음만을 갈망하고 있으며, 그것이 그의 유일한 감정이라는 것이었다. 그리고 그렇게 하면, 아마도 그는 순환을 멈출 수 있을 것이다. 감정의 원천으로, 다시는 반복되지 않았던 여름날 저녁의 만남으로 돌아갈 수 있을 것이다.

"동무! 동무가 문화혁명 때문에 오신 분이에요?"

프루솁스키는 눈에서 손을 뗐다. 가까운 곳에서 젊은 여성들과 청소년들이 독서실 오두막으로 걸어가고 있었다. 한 소녀가 그의 앞에 서 있었다. 펠트 장화를 신고 사람을 의심하지 않는 그 머리에 닳은 숄을 쓰고 있었다. 소녀는 이 남자 안에 숨어 있는 지식의 힘을 이해할 수 없었으므로 그 눈은 경탄과 사랑을 느끼며 건축기사를 바라보고 있었다. 그녀는 이 남자, 머리가 회색으로 센 낯선 사람을 영원히 헌신적으로 사랑하겠다고 동의할 수도 있었고, 그가 소녀에게 온 세상을 이해하고 그 안에 참여하는 방법을 가르쳐 주기만 한다면 그의 아이를 낳고 매일 이어지는 노고에 몸을 바치겠다고 동의할 수도 있었다. 그 무엇도, 그녀의 젊음도, 행복도 소녀에게는 의미가 없었다. 그녀는 가까운 곳에서 열성적으로 몰려가는 흐름을 느꼈고, 심장은 총체적으로 분투하는 삶의 바람에 고동쳤지만, 자신의 기쁨을 말로 표현할 수 없었고 이제 그의 앞에 서서 자신에게 그 기쁨을 표현할 말을, 머릿속에 온 세상의 빛을 느낄 수 있는 능력을 가르쳐 달라고, 그 빛을 밝게 빛내는 것을 도와 달라고 애원하고 있었다. 그러나 소녀는 아직 이 박식한 남자가 자신과 함께 가 줄지를 알지 못하여, 다시 활동가와 공부할 준비를 하고 불확실하게 그를 바라보았다.

"아가씨와 함께 가지요."

프루셉스키가 말했다.

소녀는 기쁨에 탄성을 지르고 싶었지만, 그가 기분 나빠할지도 모른다는 생각에 그만두었다.

"갑시다."

프루셉스키가 말했다. 소녀는, 길을 잃어버릴 리는 없었지만 그래도 손가락으로 기사에게 길을 가리켜 보이며 앞장섰다. 소녀는 감사하는 마음을 나타내고 싶었지만, 그녀를 따라오는 남자에게 줄 선물이 아무것도 없었다.

집단농장 구성원들은 대장간에 있는 석탄을 모두 써 버렸고, 유용한 물건을 만들기 위해 고철도 전부 사용했으며, 농기구를 모두 수리했고, 노동의 끝이 온 것을 슬퍼하며, 집단농장이 이제 쇠락하지 않을까 걱정하며 시설을 떠났다. 망치질 일꾼은 그들보다 먼저 지쳤다. 곰은 갈증을 해소하기 위해 조금 일찍 눈을 먹으러 나갔고, 눈이 입안에서 녹는 동안 졸기 시작하여 마침내 휴식을 취하기 위해 온몸을 널브러뜨려 버렸다.

집단농장 구성원들은 밖으로 나와서 울타리 곁에 앉아 마을을 바라보았고 움직이지 않는 농부들 밑에서는 눈이 녹았다. 보셰프는 일을 멈추고, 자기 자리에서 움직이지 않고 다시 생각에 잠겼다.

"깨어나게!" 치클린이 그에게 말했다. "곰과 함께 누워서 다 잊어버려."

"진실은, 치클린 동무, 잊어버릴 수 없는 거야……."

치클린은 보셰프의 몸을 움켜잡고 잠자는 곰 옆에 그를 눕혔다.

"조용히 누워 있어." 그가 보셰프를 내려다보며 서서 말했다. "곰은 숨을 쉬는데, 자네는 못 해! 프롤레타리아는 참는데, 자네는 겁먹었고! 아, 이런 기생충 같으니!"

보셰프는 망치질 일꾼 곁에 가까이 다가갔고, 몸이 따뜻해지자 잠들어 버렸다.

지부에서 온 파발꾼이 덜덜 떠는 말을 타고 거리로 뛰어들었다.

"활동가 동무는 어디 계시오?"

그는 속도를 줄이지 않고 앉아 있는 집단농장 사람들에게 물었다.

"곧장 가시오!" 집단농장 사람들이 길을 알려 주었다. "왼쪽으로도 오른쪽으로도 돌지 말고!"

"그렇게 하겠소!"

이미 멀어진 파발꾼은 그렇게 소리쳤고, 치령을 담은 자루만이 그의 허벅다리를 때리며 튀어 올랐다.

몇 분 후에 바로 그 말 탄 사람이, 활동가가 쓴 잉크를 바람으로 말리려고 서류 뭉치를 공중에 치켜들고 전속력으로 말을 달려 돌아왔다. 잘 먹인 말은 날듯이 달리며 눈을 거세게 휘저어 흙이 드러나게 하고, 곧 멀리 사라져 버렸다.

"말 한 마리 망치는군, 관료주의자 같으니!" 집단농장 사람들이 생각했다. "정말 봐 줄 수가 없어."

치클린은 대장간에서 쇠막대기를 하나 가져다 아이에게 장난감으로 주었다. 그가 소녀의 존재를 얼마나 기뻐하는지 말하지 않아도 이해하도록 그는 여러 가지 물건을 말없이 가져다주는 것을 좋아했다.

자체프는 이미 오랫동안 깨어 있었다. 그러나 나스탸는 피곤한 입술을 조금 벌리고 슬프고도 비자발적으로 계속 잠을 잤다.

치클린은 주의 깊게 아이를 살피며 어제 본 이후 소녀가 어떤 식으로든 다치지는 않았는지, 아이의 몸이 완전히 건강한지를 확인했다. 그러나 얼굴이 내면의 아이다운 힘으로 발갛게 열이 나는 것 외에 아이는 꽤 건강했다. 활동가의 눈물이 지령 위에 떨어졌다. 치클린은 즉시 그것을 알아보았다. 활동적인 지도자는 어젯밤 그대로 책상에 움직이지 않고 앉아 있었다. 지부의 파발꾼을 통해 계급의 적을 근절한 것과 다른 모든 지역 활동 성과물에 대한 완벽한 보고서를 보냈을 때 그는 상당히 만족해 있었다. 그러나 이제 새로운 지령이 내려왔는데, 어떤 이유에서인지 서두 부분에, 지역과 구(區) 위에 도(道) 지부의 서명이 있었고, 그의 앞에 놓인 지령은 바람직하지 못한 과잉 활동, 과잉 달성, 과잉 열성, 그리고 뚜렷하게 갈고닦인 당 노선에서 왼쪽 오른쪽으로 미끄러져 내린 온갖 실수를 지적하고 있었다. 게다가 활동가는 중농들의 방향에 대하여 특별한 경계를 표명하라는 명령을 받았다. 그들이 집단 농장으로 몰려왔으니, 이 일반적인 사실은 부농 집단이 선동

한 어떤 알지 못할 음모가 존재한다는 증거가 아니겠는가? 마치, 우리는 미래의 물결을 전부 집단농장으로 돌려 참여하여 지도력의 기슭을 휩쓸어 버리자, 그러면 우리를 지배할 정부라는 것이 남지 않게 될 것이다, 우리가 그것을 지쳐 떨어지게 할 테니까, 하고 말하는 게 아닌가?

지령의 끝부분에는 이렇게 결론지어져 있었다.

도 위원회의 수중에 있는 최근 자료에 따르면, 예를 들어, '일반 노선 집단농장'의 활동가는 우익적 기회주의의 좌익적 진창에 이미 빠져들었다는 것이 분명하다. 지역 집단농장의 조직자는 미래의 역사를 조망하는 방향으로, 기존에 보지 못한 보편적인 시간의 가장 높은 최고봉을 향해 불가항력적인 진행을 하고 있는 빈농과 중농 집단을 이끌어 가기 위해 집단농장과 공동체를 넘어선 더 밝고 높은 무언가가 존재하는가라는 질문을 던진다. 이 동무는 우리에게 그러한 조직을 위한 시범 규정과 함께 백지와 펜꽂이와 펜, 그리고 두 통들이 잉크도 보내 줄 것을 요청했다. 그는 자신이 집단농장으로 데려온 중농들의 진실하고도 기본적으로 건강한 감정에 대하여 자신이 어떠한 범위에서 생각하고 있는지 추측만 할뿐 이해하지 못한다. 이러한 동무는 당의 파괴자이며, 객관적인 관점에서 프롤레타리아에 대항하는 적이라 생각하지 않을 수 없으므로, 즉각 그리고 영원히 지도자의 위치에서 제거되어야 한다.

여기서 활동가의 약해진 심장은 떨렸고, 그는 도에서 내려온 서류를 보며 울기 시작했다.

"뭐가 문제야, 쓰레기 같은 놈아?"

자체프가 물었다.

그러나 활동가는 대답하지 않았다. 그가 최근에 어떤 기쁨이라도 누린 적이 있으며, 충분히 먹거나 잔 적이 있으며, 빈농 처녀 하나라도 사랑한 적이 있었던가? 그는 광란에 빠진 것 같았고, 심장은 임무 때문에 긴장하여 거의 제대로 맥박 치지도 않았다. 그는 자신의 외부에서만 행복을 조직하려 했고, 그리하여 지역 지부에 자리를 얻으려고, 최소한 그런 희망이라도 얻으려 했다.

"대답해, 기생충, 아니면 당하게 될걸!" 자체프가 다시 말했다. "틀림없이 우리 공화국을 망치고 있었을 거야, 쓰레기 같은 놈!"

자체프는 책상에서 지령을 끌어내려 마룻바닥 위에 놓고 개인적으로 들여다보기 시작했다.

"엄마 보고 싶어!"

나스탸가 깨어나 말했다.

치클린은 슬퍼하는 아이에게로 몸을 굽혔다.

"엄마는 죽었어, 아가야. 이젠 내가 있잖니!"

"왜 날 데리고 돌아다니는 거예요? 일 년의 네 계절은 어디 있어요? 내 살갗 아래 얼마나 끔찍한 열이 끓고 있는지 보세요! 윗옷을 벗겨 주세요, 그러지 않으면 옷이 다 타서 병이 낫고 나면 입을 옷이 없을 거예요."

치클린은 나스탸를 만져 보았다. 소녀는 뜨겁고 축축했으며, 소녀의 뼈는 가엾을 만큼 튀어나와 있었다. 소녀를 살아 있게 하려면 주위의 세상은 얼마나 다정하고 평화로워야 했던 것일까!

"덮어 주세요, 자고 싶어요. 난 아무것도 기억하지 않을 거예요. 아프다는 건 너무 슬픈 일이니까요, 그렇죠?"

치클린은 겉옷을 전부 벗고, 덧붙여 활동가와 자체프의 누비 외투도 가져다 그 따뜻한 물체로 나스탸를 온통 감쌌다. 소녀는 눈을 감고 따뜻함 속에서 잠들어 마치 시원한 공기 속을 날아다니는 듯 기분이 좋아졌다. 시간이 지나면서 나스탸는 조금 자라나 점점 더 자기 어머니와 닮아 보였다.

"난 알고 있었어, 저놈이 쥐새끼라는 거 알고 있었단 말이야." 자체프가 활동가에 대한 판결을 선고했다. "그래, 이 구성원을 이제 어쩔 생각이지?"

"왜, 거기에 뭐라고 통지했는데?"

치클린이 물었다.

"동의하지 않을 수 없다고 써 놨다!"

"동의하지 말아 주시오."

눈물을 흘리며 활동가가 말했다.

"이, 빌어먹을 혁명!" 자체프는 심각하게 슬퍼졌다. "제일 잘 났다는 그 혁명은 어딨어? 이리 와, 불구자 병사한테 한번 당해 봐라!"

외로움 속에서 홀로 자신의 생각을 느끼면서, 그리고 정부와 미래 세대에게 정당한 감사의 말을 듣지 못한 채 자신의 존재를 낭비하고 싶지 않아서, 활동가는 나스탸에게서 외투를 되찾아 왔다. 그가 제거된다면 인민대중은 자기들이 알아서 몸을 녹이라고 하자. 그리고 그는 외투를 손에 든 채 '조직의 집' 한복판에 서 있었다. 더 이상 삶에 대한 욕망을 갖지 못한 채 커다란 눈물방울을 떨어뜨리며, 그리고 자본주의가 어쩌면 아직도 다시 나타날지 모른다는 영혼의 의혹을 간직한 채.

"왜 아이한테서 덮을 것을 가져가는 거요?" 치클린이 물었다. "아이가 추워졌으면 좋겠소?"

"너도 네 아이도 이젠 아무래도 상관없어!"

활동가가 말했다.

자체프가 치클린을 흘끗 보고 충고했다.

"대장간에서 가져온 그 쇠막대기를 가져오지그래!"

"무슨 소리야!" 치클린이 대답했다. "난 평생 죽은 무기를 들고 다른 사람을 건드려 본 적이 없어. 그랬다면 어떻게 정의를 느끼겠어?"

그리고 치클린은 어린이들이 냉기 대신 여전히 희망을 가질 수 있도록 조용히 활동가의 가슴에 주먹을 한 대 날렸다. 활동가의 몸 안쪽에서 뼈가 우두둑 부서지는 소리가 약하게 들려왔고, 남자의 몸 전체가 마룻바닥에 쓰러졌다. 치클린은 마치 방금 필요하고도 유용한 일을 한 사람처럼 만족스럽게 그를 바라보았다. 활동가의 외투는 그의 손에서 굴러 떨어져 아무도 덮지 못한 채 외따로 놓여 있었다.

"저 남자 덮어 줘!" 치클린이 자체프에게 말했다. "몸 좀 녹이게 해 줘."

자체프는 즉시 활동가에게 그렇게도 소중한 외투를 입혀주고 동시에 그가 얼마나 완전한지 알아보기 위해 그를 만져 보았다.

"살아 있나?"

치클린이 물었다.

"그저 그래, 어중간해." 자체프가 즐거워하며 대답했다. "하지만 어쨌든, 치클린 동무, 동무의 손은 쇠망치처럼 움직이는군, 망치 없이도 말이야."

"열 있는 아이한테서 덮을 것을 가져가잖아!" 치클린이 화가 나서 말했다. "몸을 녹이고 싶었다면 차라도 끓여 마시면 됐을 텐데."

마을에서는 눈보라가, 비록 소리는 없지만, 일어나고 있었다. 자체프는 확인을 위해 창문을 열고 사실은 집단농장에서 위생을 목적으로 눈을 쓸어 내고 있음을 보았다. 농부들은 이제 파리가 점점이 박힌 눈이 싫어졌으며, 더 깨끗한 겨울을 원했다.

'조직의 뜰'에서 일을 마친 집단농장 구성원들은 일을 계속하지 않고 미래의 삶에 대해 혼란스러워진 채 오두막 아래 주저앉았다. 사람들은 오랫동안 먹지 못했지만, 최근에 그들이 소비한 풍부한 고기 때문에 위장이 가득 차서 지금도 먹을 것에는 끌리지 않았다. 집단농장이 평화로운 슬픔에 잠겨 있고 활동가의 모습이 보이지 않는 틈을 타 타일 공장에서 온 늙은 이와 그때까지 '조직의 뜰'에 갇혀 있던 다른 의심스러운 분자들이 뒤쪽 식료품 저장실과 다른 다양한 삶의 숨겨진 장애물들로부터 나와, 멀리서 자신들의 일상적인 작업을 시작했다.

치클린과 자체프는 아이를 더 잘 보호하기 위해 양옆에서 나스탸에게 몸을 기울였다. 피할 수 없는 열 때문에 아이는 얼굴색이 어두워지고 유순해졌으며, 두뇌만이 슬프게 생각하고 있었다.

"난 또 엄마가 보고 싶어요!"

소녀가 눈을 뜨지 않고 말했다.

"네 어머니는 이제 없단다." 자체프가 쓸쓸하게 말했다. "모두들 살다가 죽지. 뼈만 남게 돼."

"그럼 엄마의 뼈라도 주세요!" 소녀가 애원했다. "집단농장에서 울고 있는 건 누구예요?"

치클린은 주의 깊게 귀를 기울였다. 그러나 주위에는 모든 것이 조용했다. 아무도 울고 있지 않았고, 울 이유도 없었다. 날은 이미 한낮에 이르렀고, 창백한 태양은 땅 위에 높이 떠 있었으며, 멀리서 몇몇 집단들이 마을 간의 어떤 알 수 없는 모임에 참석하기 위해 지평선을 따라 움직였다. 소리를 낼 만한 것은 아무것도 없었다. 치클린은 현관으로 나갔다. 낮고 무의식적인 신음소리가 조용한 집단농장을 가로질러 흘러갔고, 되풀이되었다. 소리는 옆쪽 어딘가에서 시작되어 사람이 살지 않는 곳으로 돌아갔으며, 불평하기 위해 일부러 내는 소리는 아니었다.

"누구요?"

치클린이 현관 높은 곳에서 불만족한 분자가 들을 수 있도록 마을 전체에 대고 소리를 질렀다.

"망치질 일꾼이 흐느끼는 소리요." 집단농장 사람들이 오두막 아래 누워 대답했다. "밤에는 으르렁거리며 노래를 부르더군요."

실제로 곰을 제외하면 이제 울 사람은 아무도 없었다. 곰은 아마 땅에 주둥이를 처박고 자신의 슬픔을 이해하지 못한 채 빽빽한 토양 속에 슬프게 울부짖고 있을 것이다.

"이유는 몰라도 밖에 있는 곰이 슬픈 모양이다."

치클린이 방으로 돌아와 나스탸에게 말했다.

"불러 줘요. 나도 슬퍼요." 나스탸가 애원했다. "엄마한테 데려다 주세요. 여긴 너무 더워요!"

"지금 데려오마, 나스탸. 자체프, 나가서 곰을 데려오게. 어차피 할 일도 없을 거야. 재료가 없으니까."

그러나 자체프는 얼마 가지도 않아 되돌아왔다. 곰이 보셰프와 함께 스스로 '조직의 뜰'로 오고 있었다. 보셰프는 곰이 허약해지기라도 한 것처럼 앞발을 잡아 주고 있었고, 망치질 일꾼은 그의 옆에서 슬픈 걸음걸이로 움직였다.

'조직의 집'에 들어오자 망치질 일꾼은 누워 있는 활동가의 냄새를 맡아 보고는 무관심하게 구석에 가서 섰다.

"진실이란 없다는 증인으로 데려왔소." 보셰프가 말했다. "알다시피 곰은 일만 하지만, 휴식을 취하기 시작하면 곧 비참한 기분이 돼요. 이젠 물건처럼 조용히 살게 해 줍시다. 영원히 기억될 수 있게 내가 모두에게 한턱 내겠소!"

"미래의 돼지들한테나 한턱 내지." 자체프가 동의했다. "그 것들을 위해서 그 딱한 생산품을 비축해 두라고!"

보셰프는 몸을 숙여, 훗날의 복수를 위해 필요 불가결한, 나스탸가 꺼내 놓은 초라한 물건들을 자루에 모아 넣기 시작했다. 치클린은 나스탸를 안아 들었고, 소녀는 움푹 들어가고 낙엽처럼 말라 버린, 조용해진 눈을 떴다. 창문을 통해 소녀는 오두막 아래 참을성 있는 망각 속에 서로 몸을 바짝 붙이고 누워 있는 집단농장 농부들을 바라보았다.

"보셰프 아저씨, 곰도 누더기와 함께 재활용하려고 데려갈 건가요?"

나스탸가 걱정스럽게 물었다.

"그래 어디로 데려간단 말이냐? 난 먼지 한 톨까지 간직해 두는데, 저건 살아 있는 불쌍한 존재 아니냐!"

"그럼 저 사람들은 어떡해요?"

나스탸는 새끼 양의 발처럼 가느다란 병든 팔을 뻗어 뜰에 누워 있는 집단농장 사람들을 가리켰다.

보셰프는 소유권자다운 시선으로 뜰을 한번 둘러보고는 고개를 돌려 진실에 굶주린 머리를 더 낮게 숙였다.

활동가는 생각에 잠긴 보셰프가 생명이 입은 모든 종류의 피해에 대한 호기심으로 그를 내려다보며 흔들 때까지 여전히 바닥에 조용히 누워 있었다. 그러나 활동가는 죽었든지 아니면 죽은 척하고 있어서 응답하지 않았다. 그러자 보셰프는 그의 곁에 쪼그리고 앉아 그 슬픈 의식의 깊은 곳으로 끌려 들어간 맹목적이고도 열려 있는 얼굴을 오랫동안 바라보았다.

곰은 한동안 조용했지만 다시 훌쩍거리기 시작했고, 그의 목소리를 듣고 집단농장 전체가 '조직의 뜰'에서 '조직의 집'으로 들어왔다.

"그래, 활동가 동무, 우린 앞으로 어떻게 살란 말이오?" 집단농장 사람들이 물었다. "우리 걱정도 좀 해 주는 게 좋을 거요, 이젠 참을 수가 없으니까! 농기구는 이제 질서 정연하게 정리해 놨고, 씨앗은 깨끗하고, 지금은 겨울이오. 우리가 느낄 수 있는 건 아무것도 없어요. 어떻게든 좀 해 보시오, 애써 보란 말이오!"

"걱정할 사람은 아무도 없소." 치클린이 말했다. "걱정 잘하는 당신들 대장이 저기 누워 있소."

집단농장 사람들은 동정하는 마음 없이, 그러나 기뻐하지도 않고, 누워 있는 활동가를 바라보았는데, 왜냐하면 활동가는 언제나 엄격하게 규칙에 따라 정확하고 옳은 말만 했지만, 그 자신은 너무나 역겨운 사람이라 공동체에서 언젠가 그의 활동을 줄여 보고자 그를 결혼시켜 버리기로 결정했을 때, 가장 못생긴 여자들과 처녀들까지도 비참한 기분이 되어 울음을 터뜨렸기 때문이다.

"그는 죽었소." 보셰프가 바닥에서 일어나며 모두에게 선언했다. "그는 모든 것을 알고 있었지만 그래도 사망해버렸소."

"혹시 아직도 숨쉬고 있는 거 아냐?" 자체프가 의심했다. "좀 봐주게. 살아 있으면, 아직 나한테는 당하지 않았으니, 나도 내 몫을 좀 해야겠어!"

보셰프는 자신에게는 존재의 급류 안에서 의식이 결여된 정신의 고통과 맹목적인 분자다운 유순함밖에 남아 있지 않았던 반면, 한때 온 세상의 진실과 삶의 의미 전체를 혼자 가지고 있는 사람처럼 그토록 잔인하게 거드름 피우며 모든 일을 해치웠던 활동가의 시체 위로 몸을 숙였다.

"썩을 놈!" 보셰프는 말없는 시체 위로 속삭였다. "그래 그때문에 내가 아무런 의미도 알지 못했던 것이군! 나뿐만 아니라 계급 전체에서 그걸 다 삼켜 버렸지. 네 영혼은 바싹 말랐으니까. 그리고 우린 조용한 바보들이 되어 아무것도 모르고 헤매고 다녔고!"

그리고 보셰프는 활동가의 이마를 쳤다. 그의 죽음을 강화하기 위해, 그리고 자신의 의식 있는 행복을 위해.

충만한 정신을 자각하며, 비록 아직도 그것을 말로 표현하거나 주요한 힘을 행동으로 옮길 수는 없었지만, 보셰프는 일어나 집단농장 사람들에게 말했다.

"내가 당신들을 걱정해 주겠소!"

"좋소!"

집단농장 사람들은 이구동성으로 외쳤다.

보셰프는 공간을 향해 '조직의 집' 문을 열어젖히고 울타리 없는 저 먼 곳, 차가운 공기 때문만이 아니라 지구상의 모든 불명확한 물질을 지배하는 진정한 기쁨 때문에 심장이 뛰는 그곳을 보며, 삶에 대한 욕망을 느꼈다.

"시체를 내가시오!"

보셰프가 명령했다.

"어디로요?" 집단농장 사람들이 말했다. "음악 없이는 절대로 묻을 수 없어요. 최소한 라디오라도 틀어요!"

"부농처럼 강물에 흘려 바다로 보내서 근절시키지!"

자체프가 추측했다.

"그건 할 수 있소!" 집단농장 사람들이 동의했다. "물은 아직도 흐르고 있으니까."

남자 몇 명이 활동가의 시체를 높이 들어 강둑으로 가져갔다. 치클린은 언제든 다시 구덩이로 갈 준비를 하여 나스탸를 항상 팔에 안고 있었지만, 계속 일어나는 사건들 때문에 지연되고 있었다.

"몸 여기저기서 땀이 나요." 나스탸가 말했다. "서두르란 말예요, 나이 든 바보 아저씨, 엄마한테 데려다 줘요! 난 슬퍼요!"

"금방 갈 거야, 아가야. 널 데리고 뛰어가마. 옐리세이, 프루솁스키를 불러서 우리가 떠난다고 해 주게. 보셰프가 모두를 위해 여기 남아 있을 거야. 아이가 아프다네."

옐리세이는 떠났다가 혼자서 돌아왔다. 프루솁스키는 올 수 없다고, 먼저 여기 젊은이들을 가르치는 일을 마쳐야지 아니면 미래에 소멸해 버릴지도 모른다고, 그는 그들을 동정한다고 말했다.

"그럼, 있으라고 해." 치클린이 동의했다. "최소한 자기는 만족했을 테니."

자체프는 불구였으므로 빨리 걸을 수는 없고 기어갈 수만 있었다. 그러므로 치클린은 옐리세이에게 나스탸를 안고 가도록 시켰고, 자기는 자체프를 안고 가기로 했다. 그렇게 서둘러서, 그들은 겨울 길을 걸어 구덩이를 향해 출발했다.

"미샤 곰을 잘 돌봐 주세요!" 나스탸가 몸을 돌리고 명령했다. "내가 금방 놀러 올 거예요."

"걱정하지 마세요, 아가씨!"

집단농장 사람들이 약속했다.

저녁에 보행자들은 멀리서 도시의 전깃불을 보았다. 자체프는 이미 오래전에 치클린의 팔에 안겨 있는 것에 지쳐서 집단농장에서 말을 타고 왔어야 했다고 말했다.

"걸어가는 게 빠를 거요." 옐리세이가 말했다. "우리 말들은 달리는 법을 잊어버렸어요, 항상 서 있었으니! 발도 부었소. 걸어 다니는 건 사료를 훔치러 갈 때뿐이니까."

여행자들이 목적지에 도달했을 때, 그들은 구덩이 전체가 눈으로 차 있고 막사는 어둡고 텅 비어 있는 것을 발견했다. 치클린은 자체프를 내려놓고 나스탸를 따뜻하게 해 주기 위해 불을 피우러 갔지만, 소녀가 말했다.

"엄마 유골을 가져다주세요, 보고 싶어요!"

치클린은 소녀의 맞은편에 앉아 빛과 온기를 위해 계속 불을 피웠고, 자체프에게 어디서든 우유를 구해 오라고 보냈다. 옐리세이는 막사의 문지방에 앉아, 뭔가 끊임없이 소음을 내고 전반적인 불온 상태로 정기적으로 동요하는 가깝고 밝은 도시를 바라보았다. 그러고는 옆으로 누워, 먹지도 않고 잠들어 버렸다.

많은 사람들이 막사 옆을 지나쳐 갔지만, 모두들 고개를 숙이고 부단히 견고한 집단화를 생각하고 있었으므로 아무도 아픈 나스탸를 보러 들어오지 않았다.

가끔씩 갑작스러운 침묵이 찾아왔지만, 다시 멀리서 기차의 기적 소리가 들렸고, 말뚝 박는 사람들이 기계의 증기를 내뿜었고, 돌격 작업단이 뭔가 무거운 것을 끌어올리며 소리치는 목소리가 들렸으며, 사방에서 사회적 유용성을 끊임없이 이루어 나가고 있었다.

"치클린 아저씨, 왜 난 항상 내 마음을 느끼고 잊어버릴 수가 없는 거죠?"

나스탸가 궁금해했다.

"나도 모르겠다, 아가야. 아마 네가 좋은 걸 아무것도 보지 못했기 때문이겠지."

"그리고 도시에서는 왜 밤에 잠을 자지 않고 일을 해요?"

"널 걱정하기 때문이란다."

"난 여기 아파서 누워 있는데……. 치클린 아저씨, 엄마의 유골을 옆에 놔 주세요, 그럼 내가 껴안고 잘게요. 지금 너무 외로워요."

"자라, 그럼 네 마음을 잊어버릴 수 있을지도 모르지."

약해진 나스탸는 갑자기 몸을 일으켜 그녀 위로 숙이고 있던 치클린의 콧수염에 입을 맞추었다. 그녀의 어머니처럼, 그녀도 아무 말 없이 사람들에게 먼저 입 맞추는 법을 알고 있었다.

치클린은 그의 인생에 되풀이된 행복에 멍해져서 아이 위로 조용히 숨을 내쉬고 있다가, 다시 소녀의 열에 들뜬 작은 몸을 걱정하기 시작했다.

나스탸를 바람으로부터 보호하고 전체적으로 따뜻하게 해 주기 위해 치클린은 옐리세이를 문지방에서 들어 올려 아이

옆에 뉘었다.

"여기 누워 있게." 치클린이 잠든 채로 겁먹은 옐리세이에게 말했다. "아이를 안아 주고 아이한테 자주 숨을 쉬어주게."

옐리세이는 그대로 했고, 치클린은 옆에서 팔꿈치를 땅에 받치고 도시의 건설 현장에서 들려오는 들뜬 소음을 나른한 머리로 예민하게 듣고 있었다.

자정쯤 자체프가 나타났다. 그는 크림 한 병과 빵 두 개를 가져왔다. 다른 것은 얻어 내지 못했는데, 왜냐하면 새 공직자들은 자기 아파트에서 집무하지 않고 잘 차려입고 어디 다른 곳에서 즐기고 있었기 때문이다. 사방을 돌아다닌 끝에 자체프는 결국 가장 믿을 만한 원천인 파시킨 동무를 찾아가 음식을 징발하기로 마음먹었지만, 파시킨도 집에 없었다. 그는 아내와 함께 극장에 출두했던 것으로 밝혀졌다. 그리하여 자체프는 공연 중에 무대 위의 고통 받는 분자들이 지켜보는 가운데 어둠 속에서 나타나야 했으며, 예술적 행위를 중단시키며 파시킨을 요란스럽게 식당으로 불러냈다. 파시킨은 즉각 나와서, 아무 말 없이 자체프에게 식당의 생산품을 사 주었고, 이후 계속 걱정하며 서둘러 극장으로 돌아갔다.

"내일 다시 파시킨에게 가 봐야겠어." 자체프가 막사의 먼 구석에서 진정하며 말했다. "여기 난로를 놓으라고 해야지. 이 나무 기차 가지고는 절대로 사회주의에 다다를 수 없을 거야……!"

치클린은 아침에 일찍 일어났다. 그는 추웠고, 나스탸가 어떤지 귀를 기울였다. 해는 아직 다 떠오르지 않았고 조용했으나, 자체프만이 꿈속에서 자신의 근심을 불평하고 있었다.

"거기 숨쉬고 있나, 중농 양반!"

치클린이 옐리세이에게 말했다.

"숨쉬고 있어요, 치클린 동무. 왜 아니겠어요? 밤새 아이에게 온기를 불어넣어 준걸요!"

"그래서?"

"아이가 숨을 쉬지 않아요, 치클린 동무. 어찌 된 건지 차가워졌어요!"

치클린은 땅에서 천천히 일어나 제자리에 섰다. 한동안 서 있다가, 자체프가 누워 있는 곳으로 가서 불구자가 크림과 빵을 모조리 소멸시키지 않았는지 보았고, 다음으로 빗자루를 찾아내 사람이 없는 동안 축적된, 바람에 날린 여러 가지 쓰레기를 쓸어 막사 전체를 깨끗이 치웠다.

빗자루를 제자리에 두고 나서 치클린은 땅을 파고 싶어졌다. 그는 여분의 연장을 보관해 둔 잊혀진 창고의 자물쇠를 부수고 삽을 하나 꺼내어 서두르지 않고 구덩이로 갔다. 땅을 파기 시작했지만 흙이 이미 얼어 버려서 치클린은 대지를 큰 덩어리로 잘라 죽은 조각 하나하나를 파내야 했다. 깊이 들어갈수록 흙은 더 부드럽고 따뜻해졌다. 치클린은 쇠 삽을 휘둘러 흙을 조각내며 깊이 파고들었고 곧 그의 키와 거의 맞먹는 조용하고 깊은 구덩이 속으로 사라졌지만, 그곳에서도 그는 지칠 수가 없어서, 밀착한 대지를 갈라 넓게 열며 흙을 옆으로 산산이 부수기 시작했다. 파묻혀 있던 천연 판석에 부딪힌 삽은 내려칠 때의 힘을 이기지 못하고 꺾였고, 그래서 치클린은 삽을 자루와 함께 대낮의 표면으로 던져 버리고 벌거벗겨진 진흙에 머리를 기대었다.

치클린은 이 모든 행동으로 자신의 정신을 잊으려 애썼지만, 그의 정신은 조금도 움직이지 않고 나스탸가 죽었다는 생각을 했다.

"가서 삽을 하나 더 가져와야지!"

치클린은 말하고 구덩이에서 기어 나왔다.

막사에서, 자신의 정신을 믿지 않기 위해, 그는 나스탸에게 가서 머리를 만져 보았다. 그러고는 옐리세이의 이마에 손을 대고 그 온기로 그의 생명을 확인했다.

"왜 아이는 차가운데 당신은 뜨거운 거지?"

치클린은 말했지만 대답을 듣지 않았다. 이제 그의 정신이 의식을 잃기 시작했기 때문이다.

그 후에 치클린은 계속 땅바닥에 앉아 있었고, 잠에서 깬 자체프가 움직이지 않고 손에 크림 병과 빵 두 개를 든 채 그와 함께 있었다. 잠들지 않고 밤새 소녀에게 온기를 뿜어 주었던 옐리세이는 이제 피곤에 지쳐 소녀 옆에서 잠들어, 그의 가족과도 같은 사회화된 말들이 히힝거리는 소리를 들을 때까지 잤다.

막사에 보셰프가 들어왔고, 그 뒤로 곰과 집단농장 전체가 따라왔다. 말들은 밖에 남아 기다렸다.

"무슨 일이야?" 자체프가 보셰프를 보고 말했다. "왜 집단농장을 떠났어? 우리 땅이 전부 죽었으면 좋겠어? 아니면 프롤레타리아에게 당하고 싶어 견딜 수가 없나? 그럼 이리 와, 내가 계급으로서 할 일을 해 주지!"

그러나 보셰프는 이미 밖으로 나가 말들에게 가 버렸고 자체프의 말을 끝까지 듣지 않았다. 그는 나스탸에게 선물하기 위해 가방 가득 돈으로 살 수 없는 희귀한 장난감의 형태를 띤 특별히 선택한 폐품들을 가져왔는데, 각각이 잊혀진 인간의 영원한 기억을 담고 있었다. 그러나 나스탸는 보셰프를 쳐다보기는 했지만 전혀 즐거워하지 않았고, 보셰프는 소녀의 벌린 채 소리 내지 않는 입과 무관심하고 지친 몸을 보고 소녀를 살짝 건드렸다. 보셰프는 조용해진 아이 앞에 당혹해하며 서 있었다. 그는 이미 아무것도 모르게 되어 버렸다. 사회주의가 먼저 아이의 감정과, 확신에 찬 인상(印象) 속에 있지 않다면 앞으로 대체 세상 어디에 있을 것이란 말인가? 진리를 기쁨과 활동으로 바꾸어 주는 조그맣고 진실한 인간이 없다면 삶의 의미와 보편적 기원의 진리가 그에게 무슨 소용이겠는가?

소녀가 다시 건강해져 살아갈 수 있게 되기만 한다면, 그녀가 시간이 흐르는 과정에서 후에 고통 받게 된다 하더라도, 보셰프는 다시 아무것도 모르게 되어 텅 빈 마음에 흐릿한 갈망을 안고 희망 없는 삶을 살아가겠다고 동의했을 것이다. 보셰프는 나스탸를 안아 들고 갈라진 입술에 입을 맞추었고 행복에 대한 갈망으로 소녀를 꼭 안았으며, 그가 찾던 것보다 더 많은 것을 발견했다.

"왜 집단농장 사람들을 데려왔어? 두 번째 묻는 거야!"

자체프가 손에서 크림도 빵도 놓치지 않고 말했다.

"농부들이 프롤레타리아로서 노동에 합류하고 싶다고 하오."

"합류하라고 해." 치클린이 마당에서 말했다. "이제 구덩이를 더 깊고 넓게 파야 해. 막사와 진흙 오두막 사람들 전부 우리 집으로 오라고 하게. 정부와 프루셉스키도 전부 오라고 해, 난 땅 파러 가겠네."

치클린은 쇠 지렛대와 새 삽을 들고 천천히 구덩이의 먼 가장자리로 갔다. 그곳에서 그는 또다시 움직이지 않는 땅을 깨부수어 열기 시작했는데, 그것은 울 수 없었기 때문이었고, 피로에 지칠 수 없어, 황혼이 되고 밤이 되도록, 지친 몸에서 뼈가 삐걱거리는 소리가 들릴 때까지 땅을 팠다. 그러고 나서야 그는 멈추고 사방을 둘러보았다. 집단농장 사람들은 그를 따라와 멈추지 않고 땅을 파고 있었다. 빈농과 중농 모두 그토록 삶의 열정을 가지고 일해서, 마치 구덩이의 심연 속에서 영원히 구원을 찾고자 하는 듯했다.

말들도 그저 서 있지 않았다. 말을 탄 집단농장 구성원들은 팔에 구덩이에 놓을 주춧돌을 안고 왔고, 곰은 뒷발로 서서 돌을 끌며 힘을 쓰느라 주둥이를 크게 벌렸다.

자체프만이 혼자 아무 일에도 참여하지 않고 비탄의 눈길로 굴착 작업을 바라보았다.

"왜 거기 사무원처럼 앉아 있는 거지?" 치클린이 막사로 돌아와 그에게 물었다. "하다못해 삽날이라도 갈지!"

"못 하겠어, 니키타. 난 이제 아무것도 믿지 않아."

자체프가 둘째 날 아침에 대답했다.

"왜, 이 기생충아?"

"내가 제국주의의 불구자라는 걸 모르겠나? 사회주의는 아이들의 일이야. 그래서 내가 나스탸를 사랑한 거야……. 가서 작별 인사로 파시킨 동무를 죽여야겠네."

자체프는 도시 쪽으로 기어가 이제 다시는 구덩이로 돌아오지 않았다.

정오에 치클린은 나스탸를 위한 특별한 무덤을 파기 시작했다. 그는 소녀가 땅속 깊은 곳에 잠들어, 벌레도 식물의 뿌리도 온기도 냉기도 전혀 들어오지 않도록, 그리하여 지구의 표면에서 벌어지는 삶의 소음에 시달리는 일이 결코 없도록, 내리 열다섯 시간 동안 땅을 팠다. 치클린은 관 바닥을 영원한 돌에 새기고, 무덤 흙의 거대한 무게가 소녀 위에 놓이지 않도록 특별히 뚜껑 모양의 화강암 판석도 준비했다.

잠시 쉬고 나서, 치클린은 나스탸를 팔에 안고 그녀를 바위 속에 넣어 흙으로 덮기 위해 조심스럽게 안고 갔다. 시간은 밤이었고, 집단농장 전체가 막사에서 잠들어 있었으며, 망치질 일꾼만이 움직이는 기척을 느끼고 깨어났고, 치클린은 그에게 작별 인사로 나스탸를 살짝 만지게 했다.

무덤으로 변한 유토피아의 꿈에 바치는 비가

작가에 대하여

안드레이 플라토노비치 플라토노프는 모스크바에서 약 300킬로미터 남쪽에 있는 보로네시 지역에서 철도 기계공의 맏아들로 태어났다. 본명은 안드레이 플라토노비치 클리멘토프이며, '플라토노프'는 후에 아버지 플라톤 클리멘토프의 이름을 따서 지은 필명이다. 11형제의 맏이였던 플라토노프는 식구들을 부양하기 위해 15세 때부터 아버지를 따라 여러 가지 직업을 전전하였다. 이때 철도 기계공 아버지를 따라 일한 경험은 훗날 그의 작품에 커다란 영향을 끼쳤다.

플라토노프는 격변의 시기에 성년을 맞이하였다. 그가 19세 되던 1918년에 러시아 혁명이 일어났고 1919년에는 1차 세계 대전이 발발했다. 그러나 얼마 후에 일어난 내전(1919~1921)이 러시아 역사에는 더 큰 영향을 미쳤다. 이 삼 년간의 내전은,

간단히 설명하자면 혁명을 일으킨 공산 정부의 붉은 군대와, 혁명 이전 러시아 제국의 귀족과 장교로 구성된 백군(白軍) 사이의 전쟁이었다. 그런데 여기에 1차 세계대전이 겹치면서 러시아는 무엇을 위한 누구의 싸움이라고 정의하기 어려운 혼란의 소용돌이에 빠졌다. 플라토노프의 고향 보로네시는 남서쪽 국경에 가까워서 이런 전쟁의 한가운데에 있었다. 독일과 오스트리아 연합군, 백군, 붉은 군대가 번갈아 이 지방을 점령했다. 이런 와중에 플라토노프는 처음에는 아버지를 도와 기차로 전선에 물자를 보급하는 일을 하다가, 내전 후반부에는 이웃 도시 노보호페르스크에서 내전의 현장을 직접 경험하였다. 이런 혁명과 내전의 경험은 이후 그의 작품에 그대로 반영되는데, 단편 「포투단 강」과 대표작 『체벤구르』 등이 있다.

또한 이 시기에 그는 지역 공과대학에서 전자공학을 공부했고, 학위를 받고 나서 고향 보로네시를 비롯한 여러 지역에서 토지 개발 기술자로 일했다. 동시에 플라토노프는 시와 소설 등을 계속 써서 지방 신문에 발표했다. 1918년 고향 보로네시의 지역 잡지인 《철도》에 단편이 실렸고, 1922년에는 시집 『푸른 심연』이 출판되어 플라토노프는 정식으로 보로네시 지역 문단에 등단하였다. 이후 1924년부터 1926년까지는 토지 개발 기술자로 일하면서 문학 활동을 거의 중단했지만, 1927년 봄 모스크바로 옮겨 가서 전업 작가의 길을 걷기 시작했다. 1928년에 작가 보리스 필냐크와 함께 일 년 정도 고향 보로네시에서 풍자소설 『체체오』를 저작했으나 이후 플라토노프는 평생을 모스크바에서 지냈다.

플라토노프가 전업 작가로서 창작 활동에 매진하기 시작한 때인 1920년대 말은 초기 소비에트의 창의적이고 실험적인 문학 사조는 사그라들고 대신 억압적이고 획일적인 스탈린 정권(1927~1953)이 시작되던 시기이며, 러시아 프롤레타리아 작가 동맹(RAPP, 이하 라프)과 악명 높은 지도자 레오폴트 아베르바흐가 막 활동을 개시하던 때였다. 라프는 '프롤레타리아 문학의 의미를 정의하고 사회주의 이데올로기를 충분히 반영하지 않는 작가들을 축출하는 것'을 주목적으로 했던 모임이다. 그러나 실제 회원들의 출신 배경은 프롤레타리아와는 거리가 멀었으며, 주된 활동은 독창적인 작가와 작품들에 대한 정치적 탄압과 비판이었다. 작품 활동을 처음 시작하던 무렵부터 플라토노프도 비관주의 무정부주의 허무주의 상징주의 등 여러 가지 죄목으로 비난을 받았고, 1929년에는 라프에서 필냐크에 대한 본격적인 정치 탄압을 시작하면서 필냐크와 함께 저작한 『체체오』로 인해 플라토노프도 정치적 비판을 받게 되었다. 플라토노프 자신은 이런 비판을 피하거나 체제에 순응하려는 노력을 전혀 하지 않았기 때문에 상황은 더욱 악화되었다. 플라토노프의 유일한 장편 『체벤구르』(1926~1929)는 본래 출판될 예정이었으나 1929년의 이러한 정치 탄압에 부딪쳐 일부분만 문학잡지에 발표된 채 사장되어 버렸고, 사회주의 이상(理想)의 종말을 예고한 그의 대표작이라 할 수 있는 본작 『구덩이』(1929~1930)도 발표되지 못하고 남아 있었다.

가장 맹렬한 탄압의 원인이 되었던 작품은 1929년 《10월》

에 발표한 「의심하는 마카르」이다. 이로 인해 플라토노프는 아베르바흐에게서 '반사회적 개인주의, 허무주의, 소비에트에 적대적인 무정부주의'라는 비난을 받았다. 또한 1931년 《붉은 처녀지》에 발표된 「저장용으로」는 풍자소설인데, 「의심하는 마카르」와 함께 스탈린의 노여움을 사서 이후 몇 년간 그의 작품들은 실질적으로 출판을 완전히 금지당한다. 전업 작가였던 그는 이 때문에 생계 문제와 작가로서의 생명을 고려하여 잡지에 문학 비평을 기고하고 문학잡지의 자문으로 일했다. 1932년 라프가 해체되고 소비에트 작가 동맹이 새로 창립되면서 플라토노프도 회원으로 초빙되었다. 작가 동맹에서 떠난 중앙아시아 여행에 플라토노프도 참여하였고, 그리하여 중앙아시아를 배경으로 하는 단편도 집필하여 발표하는 등 작가로서의 플라토노프는 사면 복권된 듯 보였다. 그러나 대숙청의 시기에 자유로운 작품 활동을 한다는 것은 불가능한 일이었다.

플라토노프 자신은 숙청을 피할 수 있었지만, 1938년에 15세 된 그의 아들이 '음모를 꾸몄다.'는 이유로 체포되어 강제 노동 수용소로 보내졌다. 작가 본인 대신 가족이나 친지가 체포되는 것은 당시 흔한 일이었다. 석방시키려는 모든 노력에도 불구하고 아들은 이 년 뒤에야 결핵에 걸려 죽어 가는 몸으로 돌아왔다. 플라토노프는 아들을 정성 들여 간호했지만, 그러면서 자기 자신도 결핵에 걸렸다. 이후 2차 세계대전이 발발하고 1941년 독일이 러시아를 침공하자 플라토노프는 종군 기자로 자원하였고(1942~1945) 여러 신문과 잡지에 전쟁의 현장을 기고하였다. 그러나 이 시기의 작품들은 플라토노프 고유의 작품이라기보다는 러시아군의 용감성과 적군의 나약함 등 예측 가능한 이야기를 다루는 이데올로기적 선전물에 더 가까웠다.

전쟁에서 돌아왔을 때 플라토노프는 결핵을 심하게 앓고 있었다. 전쟁 중 전선에서의 생활과 고향에 돌아온 병사가 적응하는 데 겪는 어려움을 다룬 「귀향」이 1946년 《신세계》에 실렸지만, '비판적이며 비관적'이라는 이유로 이 또한 신랄하게 비난받았다. 작가로서 플라토노프의 인생에 결정적인 종지부를 찍은 것이 이 「귀향」이다. 1948년 출판된 「두 조각」이 그의 생애 마지막으로 출판된 작품이었고, 이후에는 간간이 서평 등을 쓰면서 생계를 유지하며 가난과 질병에 시달리다가 1951년 사망했다. 사후에 그의 작품들은 조국 러시아보다는 프랑스를 비롯한 유럽 등지에서 먼저 알려지기 시작하여, 1957년 장편 『체벤구르』가 프랑스와 이탈리아에서 출판되었다. 이후 그의 작품들은 유럽과 미국을 포함하여 전 세계적으로 알려졌으며, 특히 영미권에서는 1973년 처음 번역되어 출판된 이래 꾸준히 재판되고 있다. 러시아에서는 비공식적인 경로를 통해 작품의 일부만 출판되는 등 지하에 묻혀 있다 공산 정권 말기인 1988년에 접어들어서야 다시 출판되어 재평가받기 시작했다.

작품에 대하여

『구덩이』는 1차 5개년 계획(1928~1932) 초기인 1929년에 시작하여 1930년에 완성된 작품으로, 내용상으로도 5개년 계획을 다루고 있는, 소위 '5개년 계획 소설'이다. 1차 5개년 계획의 중심 과제이자 스탈린 시대의 특징이라 할 수 있는 '집단화'의 과정과 플라토노프가 해석하는 그 결과가 소설의 중심축을 이루고 있다. 5개년 계획, 그리고 함께 이루어진 집단화와 산업화는 초기 소비에트 러시아의 비참한 경제 상황을 개선해 보기 위한 노력의 일환이었으나 그 결과는 의도만큼 좋지 못했다.

1918년의 혁명, 그리고 이어진 1차 세계대전과 내전을 겪으며 러시아는 상상할 수 없이 피폐해졌다. 내전의 끝 무렵이던 1921년에서 1922년 사이에만 300만에서 500만 명 정도의 사람들이 기아와 질병으로 죽어 갔다. 이에 대응하기 위해 자유주의적인 신경제정책(NEP)을 시행하여 어느 정도의 성과를 거두었다. 그러나 잉여 농산물을 국가에서 강제로 징발해 가자 농민들은 힘들여 농산물을 생산하지 않으려 했고, 이로 인해 식량과 원자재의 공급이 제대로 이루어지지 않게 되자 그것을 이용한 산업의 발달도 지연될 수밖에 없었다. 1927년에서 1929년까지 반복적으로 곡물 생산에 차질이 생기고 농촌에서 도시로의 식량 공급에 위기가 닥쳤다. 1927년 정권을 잡은 스탈린은 이것을 착취자(부농) 계급이 곡물 분배를 방해하고 있으며 소규모 농장만으로는 농산물 생산이 충분치 않기 때문이라 해석하고, 대규모의 상업적 집단농장을 건설하여 산업을 뒷받침할 자원을 생산하기로 결정했다. 이러한 집단화는 '자발적'으로 이루어져야 했으며, 먹고살 만한 재산을 조금이라도 가지고 있거나 집단화에 적극적으로 참여하지 않는 경우 무조건 '부농'이라는 의심을 받았다. '빈농'들로 구성된 정찰대가 이러한 부농들의 집을 수시로 습격하여 폭력을 행사하고 조금이라도 쓸모 있어 보이는 물건들을 모두 빼앗았고, 이렇게 축출된 부농들은 죽이거나 유형지로 떠나보냈다. 부농들은 가족처럼 아끼며 함께 지내 온 가축들이 집단농장으로 끌려가는 것을 막기 위해, 소설에 나오듯이 실제로 가축들을 죽여서 잡아먹었다. 이것은 조직적인 저항이라기보다는 개개인의 자발적인 선택이었다. 플라토노프가 소설에서 다소 비현실적으로 묘사하는 폭력과 시체와 피로 점철된 장면들은 이처럼 대부분 당대의 현실에 근거한 사실적인 이야기다. 또한 부농들과 함께 종교도 탄압의 대상이 되어, 교회는 짓밟히고 버려졌으며 성직자들은 추방되었다. 『구덩이』에는 이러한 사회상이 전반적으로 빠짐없이 반영되어 있다.

집단화와 함께 스탈린이 강조한 것은 '산업화'였다. 서구 사회와 경쟁하기 위해서는 무엇보다 중공업을 일으켜야 한다는 것이 스탈린의 생각이었다. 이 때문에 중공업과 화학공업에서는 실제로 발전이 있었으나, 반대로 소비재의 생산과 경공업은 일상생활에 지장을 가져올 정도로 퇴보하였다. 게다가 노동자들에게는 '생산성 향상'과 '목표 초과 달성'의 압박이 점점 심해졌다. 보셰프가 '작업 도중에 딴생각을 한다.'는 어이없는 이유로 직장에서 쉽게 해고되었던 것은 이러한 압박이 작업장들에 만연해 있었기 때문이다. 또 실제로 많은 노동자들이 좀 더 나은 일터를 찾아 자의 혹은 타의로 직장을 자주 옮겨 다녔다.

생산성에 있어서는 실효를 거두지 못했으나 농업을 공업에 귀속시킨다는 스탈린의 의도는 성공했다. 1930년대에 900만에서 2500만 정도의 농민들이 농촌을 떠났고, 공장은 언제나 일손이 부족했으며 실업자가 사라졌다. 그리고 결과적으로는 스탈린이 의도한 대로 농민보다 노동자가 그 숫자로나 사회적인 면으로나 우위를 점하게 되었다. 그러나 1920년대 말『구덩이』가 집필될 당시에는 미래 소비에트 러시아의 주인공이 노동자인가 농민인가 하는 질문은 아직 결과가 나오지 않은 현재진행형이었다. 이러한 질문은『구덩이』의 후반부에서 직설적으로 나타난다.

플라토노프가 관심을 쏟은 것은 이러한 역사적 변화의 물결이나 스탈린의 정책이 아니라 그 안에서 휩쓸리며 살아가는 개개인의 모습이다. 지금은 역사책의 책장에 냉담한 숫자와 연대로만 표시된 사실(史實)이지만, 작가는 그 시대를 살았던 사람으로서, 사회의 변화에 휩쓸리며 함께 부딪치고 살아가는 사람들을 애정 어린 시선으로 묘사한다. 인간에 대한 그의 태도는 측은지심이라는 말로 요약할 수 있다. 어리석음과 이기심으로 일그러져 불행과 비극을 초래하는 인간들의 때로는 우스꽝스럽지만 대체로 고통스럽고 슬픈 모습을 그는 비판이나 분노보다는 거의 체념에 가까운 담담한 자세로 연민과 동정을 담아 바라본다. 불합리하고 모순된 사회와 제도를 풍자하고 비판하면서도 그의 작품이 언제나 심금을 울리는 따뜻함을 간직하는 것은 이처럼 인간 그 자체를 부정하지 않고 측은함과 애정을 담아 감싸는 그의 태도 때문이다. 이것은 『구덩이』의 인물들에 대해서도 일관되게 나타난다. 보셰프를 비롯하여 그가 공사 현장에서 만나는 다양한 인물 군상을 묘사할 때도 작가는 이런 연민과 애정, 그리고 약간의 엉뚱한 유머 감각을 잃지 않는다. 그의 소설에는 절대적으로 선한 인물도 없고, 이에 맞서는 절대적인 악한도 없다. 다만 세상을 살아가면서 볼 수 있는 여러 가지 유형의 인물들이 서로 부대끼고 상호작용하며 사건과 이야기를 만들어갈 뿐이다.

『구덩이』는 '구덩이' 이야기와 '집단농장' 이야기의 두 부분으로 나뉜다. 구덩이 이야기가 소설의 앞부분, 대략 절반 정도를 차지하며, 집단농장 이야기는 뒷부분 절반을 차지한다. 등장인물들은 대체로 이 두 공간을 오가며 이야기를 진행해 나간다. 소설 속의 사건들은 대부분 잔인할 정도로 사실을 정확하게 반영하고 있는 데 비해, 등장인물들은 사실적인 인간이라기보다는 각 인물이 하나의 전형을 대표한다고 보는 것이 타당하다. 이것은 『구덩이』뿐 아니라 플라토노프의 소설에 전반적으로 자주 나타나는 특징이다. 또한 『구덩이』는 일반적인 소설과는 달리, 정해진 주인공을 한 명 내세워서 그 주인공의 움직임에 따라 사건이 전개되는 것이 아니라, 여러 장소에서 여러 인간 군상이 상호작용하는 가운데 그때그때 필요한 인물이 필요한 장소로 독자를 안내한다. 소설의 가장 첫머리에 등장하는 보셰프도 주인공이라기보다는 다만 독자를 작가가 원하는 장소, 주된 이야기가 벌어지는 공간적 배경과 주요 인물들을 향해 이끌어 가는 여러 안내자 중 하나일 뿐이다. 그런 의미에서 볼 때『구덩이』에는 줄거리의 흐름과 주어진 상황에 따라 그때그때 더 중요한 등장인물과 조금 덜 중요한 등장인물이 있을 뿐, 일반적인 의미에서 정해진 주인공은 없다고 하겠다.

이러한 안내자이며 첫 번째 등장인물인 보셰프는 '삶의 의미'를 찾기 위해 고민하는 인물이다. 이것은 그에게는 추상적인 단어 이상의 중요성을 가치로 가진다. 삶의 의미를 찾지 못할 때 그는 물리적으로 힘이 약해지고 자신이 이해하지 못하는 삶이 슬퍼지기 때문이다. 이 때문에 일을 하는 도중에도 멍하니 생각에 잠기고는 하다가 직장에서 해고당하고, 그리하여 먹고살 방편과 함께 어딘가에 있을지 모르는 삶의 의미를 찾아 본격적으로 떠난다. 그런 그가 우여곡절을 겪은 끝에 도달한 곳이 바로 무산계급 인민이 모두 들어가 행복하게 살 수 있는 사회주의의 집을 짓는 '구덩이'의 현장이다. 이것은 무산계급 인민들이 행복하게 살 수 있는 사회주의라는 사회가 건설되고 자리를 잡아가던 시기인 1920년대 말과 1930년대 초 소비에트 러시아의 은유이기도 하지만, 1920년대 초반부터 실제로 거론되었던 건축 계획이기도 하다. 노동자들을 위한 '노동 궁전', 가족 단위가 아닌 개인 단위의 거주 공간과 공동의 부엌, 식당, 휴게 시설을 합쳐 놓은 기숙사 형식의 집단 거주 공간, 집단 체육 시설 등의 건설 계획이 개인이 아닌 '집단 속의 인간'으로서 재교육한다는 이데올로기를 만족시키는 동시에 심각한 주택 문제를 해결하기 위한 방편으로 등장했던 것이다.

이러한 '인민의 집'의 건축 현장에서 보셰프는 여러 노동자들과 함께 일하게 된다. 현장 노동자들 중에서도 단연 중심이 되는 인물은 치클린이다. 그는 건강하고 우직하며 순수하고 꾸밈없는, 플라토노프가 생각한 사회주의의 이상적인 노동자다. 그는 사상이나 언어보다는 육체적인 활동으로 자신을 표현하고 의사소통을 한다. 생각하기 이전에 행동하고, 한번 옳다고 생각하면 흔들림이 없기 때문에, 치클린은 노동 현장에서는 매우 강인하고 생산적이지만, 부농계급을 몰아내고 집단농장을 건설하는 과정에서는 사람을 죽일 만큼 폭력적인 일면도 가지고 있다. 후에 등장하는, 대장간의 망치질하는 곰 미하일이 억압받고 착취당하면서도 침묵하는 대다수의 노동자라면, 치클린은 이들을 이끄는 지도자, 때가 되면 나서서 행동하는 노동자상이다.

이런 치클린에 대응되는 인물은 '나약한 지식인'을 대표하는 프루셉스키다. 그는 건축기사고 소설에 등장하는 인물들 중 유일하게 고등교육을 받았지만, '휴일 전야에 하인들이 마루를 닦던' 것을 기억하는 추억에도 나타나듯이 원래 출신은 부르주아다. 소비에트 초기에는 실용할 수 있는 수준의 기술을 갖춘 전문 기술인이 부족했기 때문에 출신에 관계없이, 공산당원이 아니더라도 기술자를 정부에서 기용하는 경우가 종종 있었다. 프루셉스키도 그러한 기술자다. 그러나 '부르주아 출신의 나약한 지식인'이라는 전형에 걸맞게 그가 할 줄 아는 것은 후회하고 슬퍼하며 회의(懷疑)하는 것뿐이다. 그는 보셰프처럼 인생에 대한 질문들을 끈기 있게 추구하지도 않고, 치클린처럼 본능적으로 대답을 찾아내지도 못한다. 스스로도 인정하듯이 "이미 나이 스물다섯에 삶을 더 깊이 이해하는 이해력에 한계를 느끼기 시작"했기 때문에 그는 단지 주저앉아 한탄할 뿐이다. 그가 학교에서 배운 지식은 삶의 본질이나 인간 혹은 세상을 이해하는 데 아무런 도움도 주지 못하며, 그 때문에 그는 '나는 지금 무엇을 하며 어디로 가고 있는가'라는 본질적인 질문에 부딪칠 때마다 해답을 찾지 못하여 괴로워한다. 삶의 철학적인 문제들뿐만 아니라 실제적인 면에 있어서도 그는 우유부단하고 무능력하다. 조합 회비를 넉 달이나 밀려서 고민하는가 하면 하나뿐인 가족인 여동생을 그리워하면서도 편지를 써야겠다는 생각만 할 뿐 실천에 옮기지 못하며, 자신은 세상에 쓸모가 없으니 자살을 해야겠다고 결심하지만 여전히 실천에는 옮기지 못하고, 여동생이 일 년에 한 번 의례적으로 보내는 엽서를 언제나 주머니에 넣고 다니며 가끔 꺼내 보고 울기도 하는, 지식인이면서도 냉철하고 논리적이기보다는 약하고 감성적인 인물이다. 치클린은 자신이 갖지 못한 지식을 가졌기 때문에 이런 프루셉스키를 존경한다. 현장 감독인 프루셉스키와 노동자인 치클린은 일차적으로는 상사와 부하의 관계지만, 어린아이처럼 겁먹고 한탄하는 프루셉스키를 치클린이 보살펴 주는 관계로 점차 변해 간다.

프루셉스키가 현장과 관리 계급을 잇는 역할이라면, 파시킨은 관료주의에 물들고 노동자의 피땀으로 부르주아 생활을 영위하는 전형적인 부패 관리다. 그러나 파시킨은 사실은 무능력하고 소심한 보통 사람이다. 그는 중요한 일이나 기억해야 할 사항이 있으면 수첩 등에 적어 두는 대신 "공책에 점을 찍어" 표시한다. 즉 그는 읽고 쓸 줄도 모르면서, 분에 넘치게도 조합 위원장이라는 자리에 앉아 있는 것이다. 그러나 조금이라도 권력의 맛을 보면 놓치고 싶지 않은 법이니, 파시킨은 능력은 없지만 윗사람들에게 잘 보이고 당의 노선에 아부하여 어떻게 해서든 자리를 지키려고 한다. 그러므로 그는 소심하고 비열해질 수밖에 없는 것이다. 그의 아내도 그와 비슷한 인물로, 남편보다는 조금 더 잔꾀를 쓸 줄 알고, 혹시나 다른 여자가 남편을 유혹할까 걱정하여 공사 현장을 시찰할 때도 따라오는, 남편을 '휘어잡는' 아내 유형이다. 파시킨은 이런 아내에게 의지하고 있기 때문에 부부의 금실은 상당히 좋다. 아무리 부패한 관료주의자라도, 대단한 악인이 아니라 이처럼 무력한 보통 사람의 일면이 보이면 때로 우습기도 하고 때로는 측은하다는 느낌이 들지 않을 수 없다.

이런 파시킨을 찾아가 종종 못살게 구는 장애인 자체프는 얼핏 보기에 대단히 폭력적이고 비열한 인간으로 묘사되어 있다. 그러나 그는 사실 불완전한 신체로 인해 굴절되고 억압된 욕망을 억누른 채 자기 나름대로의 논리에 따라 행동하는 인물이며, 당의 선전 문구를 그대로 실현하여 "제국주의로 인해 불구가 된" 상징적인 의미를 담은 인물이기도 하다. 언제나 수레에 몸을 싣고 마음에 들지 않는 사람은 누구나 들이받아 버리는 자체프이지만, 노동자로서 치클린을 존경하며, 어린 나스탸의 한마디에는 꼼짝 못하는 부드럽고 인간적인 일면도 가지고 있다.

치클린과 자체프를 비롯하여 모든 건설 현장 노동자들의 사랑을 받는 나스탸는 부르주아계급 여인의 딸이다. 타일 공장 주인의 딸이던 나스탸의 어머니는 그 옛날 타일 공장에서 일하던 치클린에게 기습적인 첫 키스를 안겨 준 추억의 여인이기도 하다. 프롤레타리아가 지배하는 세상에서 부르주아계급에 속했던 어머니에게 태어난 나스탸는 어린 나이에도 자신의 출생을 항상 의식한다. 그리하여 자기 자신의 존재와, 가능하다면 어머니의 출신까지도 정당화하기 위해 항상 '어머니는 부르주아였기 때문에 죽었다.'는 사실을 강조하며, 말할 때마다 당시 흘러넘치던 표어, 슬로건, 선동과 이념 교육을 아무 비판 없이 받아들이고 일상생활에 적용한다. 그러나 그 점을 제외한다면 가끔 자신을 돌봐 주는 아저씨들에게 투정도 하고 어리광도 부리는 보통의 어린 소녀일 뿐이다. 입이 걸고 언제나 제멋대로인 나스탸는 보통 생각하는 '천사같이 사랑스러운 어린 소녀'의 전형에 걸맞지 않으며 독자로서 애정을 갖기는 조금 힘들다. 플라토노프는 여기서 이상으로서의 어린이가 아니라, 때로는 심술도 부리고 언제나 제멋대로 굴고 싶어 하는 현실의 어린이를 묘사하고 있다. 그러나 그림같이 착하기만 한 어린이가 아니라 해서 사랑받을 자격이 없다고는 할 수 없다. 거친 남자들뿐인 공사 현장의 노동자들 사이에서 나스탸는 어쨌든 존재하는 자체로 모든 사람의 애정을 한 몸에 받는다.

보셰프가 처음 자체프를 만나는 장면에서 지나가는 피오네르 소년단의 어린이들과 마찬가지로, 나스탸 또한 러시아의 미래, 치클린을 비롯한 노동자들이 짓고 있는 사회주의의 집에서 행복하게 살아갈 인민의 희망을 상징한다. 삶의 의미를 찾는 보셰프가 이처럼 인민의 희망을 걸고 집을 짓는 공사 현장에 도착하게 되었다는 것은 우연이 아니다. 이 모든 희망을 담았던 구덩이가 그대로 나스탸의 무덤이 된 것은, 순진하리만큼 좋은 의도에서 시작했으나 결과적으로 러시아에 기아와 황폐함만을 더했던 스탈린의 집단화 정책에 대한 사실적이고도 단순한 은유로 읽을 수도 있다. 소설은 당대의 현실을 직접적으로 반영하고 비판한다. 치클린이 부농들을 근절하는 과정에서 한 부농이 그에게 소리치는 말은 인상적이다. "근절했다고?" 그는 외친다. "오늘은 내가 사라지지만, 내일은 당신이 끝장날 거요. 그리고 결국은 당신들 우두머리 한 사람만 살아서 사회주의를 맞이하게 될 거요!" 이것은 몇 년 후에 '당신들의 우두머리'인 스탈린이 실제로 자행한 대숙청을 무서울 만큼 정확하게 예언하고 있다.

그러나 플라토노프가 현실을 비판하거나 풍자하기 위해서만 소설을 썼던 것은 아니다. 프레드릭 제임슨은 포스트모더니즘과 자본주의를 논하는 저서 『시간의 씨앗』에서 한 장(章)을 전부 할애하여 플라토노프의 작품을 심도 있게 고찰한다. 플라토노프가 결국 이야기하고자 하는 것은 현실과 이상의 문제다. 제임슨이 주장한 대로, 이와 관련하여 플라토노프의 작품에 나타나는 중요한 주제는 '유토피아'다. 유토피아 (Utopia)란 '이상향'이라는 뜻으로 알려졌지만, 본래 '어디에도 없는 곳'이라는 의미다. 공산 혁명 자체가 이상향을 꿈꾸었으나 결국 그 이상향은 어디에도 없는 곳으로 판명되었으니, 이 유토피아의 문제는 혁명 후 많은 작가들에게 공통된 화두였다. 『구덩이』에서도 노동자들은 모든 사람이 행복하게 살 수 있는 미래를 꿈꾸며 "전(全) 프롤레타리아의 집"을 건설하고, 당 노선에 따라 이상적인 사회를 꿈꾸며 집단화에 착수한다. 어찌 보면 『구덩이』의 모든 등장인물들은 이상향을 좇는 사람들, 유토피아의 거주민들인 것이다. 그러나 유토피아란 본래 어디에도 없는 곳, 인간에게는 허락되지 않은 곳이므로, 『구덩이』는 가장 인간적인 방법으로 비극을 향해 나아간다.

소설이 비극으로 치닫는 이유는 등장인물들이 본래의 이상을 잊었기 때문이다. 원래 그들의 작업 목표는 모든 무산계급 인민이 행복하게 살 수 있는 사회주의의 집을 짓는 것이었다. 이러한 행복을 누릴 미래의 무산계급 인민을 상징하는 인물이 나스탸이므로, 이 "전 프롤레타리아의 집"은 곧 나스탸야의 집이기도 하다. 그러나 중간에 옆 마을의 집단화 정책에 참여하면서 노동자들은 길을 잃기 시작했다. 삽과 망치를 들고 땅을 파고 건물을 지으며 '생산'을 추구하고 희망을 향해 나아가야 할 노동자들은 대신 부농이라는 이유로 다른 사람의 집에 침입하여 사람을 죽이고 파괴와 폭력에 빠진다. 이런 와중에 치클린조차 소녀를 노동자 막사에 남겨 두고 집단화에 정신이 팔려 떠나 버린다. 소녀가 병들어 앓고 있을 때, 사람들은 "부단히 견고한 집단화를 생각하고 있었으므로" 소녀가 누워 있는 막사를 무심히 지나쳐 간다. 삶의 의미를 찾는 보세프조차 이런 집단화의 물결에 휩쓸려 이웃 마을의 지도자 역할을 자청하고, 여기서 드디어 삶의 의미를 발견했다고 착각한다. 이처럼 주객이 전도된 상황에서 원래의 이상향이 지어질 터전이었던 구덩이는 버려지고, 결국 나스탸의 무덤이 되고 만다. 집단화, 스탈린의 정책, 당대의 사회 현실 등이 반영되어 있지만, 소설의 궁극적인 질문은 결국 '우리는 어디로 가고 있는가, 우리의 원래 목적은 어디였는가, 본래의 이상을 기억하는가'이다. 결코 도달할 수 없는 곳, '어디에도 없는 곳'이라 하더라도, 본래 의도한 방향을 잊지는 말아야 한다는 것이다. 이것은 눈앞의 현실에 눈먼 인간이라면 누구나 한번쯤 숙고해야 할 질문들이다.

　이러한 질문을 던지며 예정된 비극에 이르기까지, 플라토노프가 풀어 나가는 이야기는 독특하다. 그의 소설에 정형화된 줄거리, 상식적이고 고정된 표현이나 묘사는 등장하지 않는다. 또한 이야기를 엮어 나가는 씨실과 날실이 되는 언어도 결코 예사롭지 않다. 플라토노프는 본래 시인이었으며, 그리하여 소설을 쓸 때에도 대단히 독창적인 언어를 구사한다. 『구덩이』 또한 그 시작부터 일반적으로 쉽게 이해할 수 있는 문장이 아니다. 뒤를 잇는 작가의 상황 혹은 심리 묘사, 등장인물들이 주고받는 대화 또한 일상의 범위를 뛰어넘는 낯설고 사색적인 표현들과, 운율을 담은 시적인 어구로 가득하다. 가장 폭력적인 살인 장면을 묘사할 때조차 작가의 이처럼 독특한 시각에서 관찰한 철학적인 표현, 조용하고 침착한 사색의 분위기는 시종일관 전혀 변하지 않는다. 그러나 다소 난해하고 엉뚱하게까지 느껴지는 이러한 표현들은 의미를 위한 의미를 담기 위해 일부러 꾸며 낸 미사여구가 아니며, 그의 철학과 사색 또한 일반적으로 '철학'이라 하면 생각하듯 추상적이고 방대한 주제에 대한 지루한 장광설과는 거리가 멀다. 플라토노프는 단지 세상을 다른 시각에서 바라볼 뿐이다. 그는 인간의 입장, 작가로서의 입장, 주인공으로서의 입장 등등 단 하나의 고정된 위치에 얽매여 사건이나 사물을 바라보지 않는다. 그리고 이렇게 관점을 이동하면, 이제까지 객체로서 바라보던 대상의 입장으로 자리를 옮겼을 때 좀 더 다양한 의미를 부여할 수 있다. 작가는 이 중에서 가장 본질적인 의미를 찾아서 그것을 자신만의 독특한 방법으로 표현하는 것이다. 그러므로 한 번 읽었을 때는 이해하기 어려웠던 문장들이지만 두 번 세 번 다시 읽으며 곱씹을수록, 난해하고 기이하게만 느껴졌던 표현들이 사실은 가장 적절하고 정곡을 찌르는 표현이라는 것을 깨닫게 된다.

여기에 더해진 것이 당대의 사회주의 선전, 표어, 슬로건과 당의 조직에서 사용하는 공식화된 언어들이다. 『구덩이』는 이러한 '정치적 알파벳(political alphabet)' 혹은 '소비에트 언어(Soviet speak)'로 점철되어 있으며, 이것은 플라토노프의 다른 작품들에도 나타나는 매우 중요한 요소다. 작가는 이러한 소비에트 언어를 일상적인 상황에서 일상적인 언어와 아무 차별 없이 배합하여 기묘한 효과를 얻어 낸다. 소비에트 언어 혹은 정치적 알파벳이란 단순히 공산당의 선전이나 표어를 자주 사용하는 수준을 넘어 모든 사람이 사용하는 언어가 획일화되어 있다는 것을 의미한다. 주어진 상황이 어떠하든 간에, 정치적으로 '적절한' 반응을 나타내기 위한 표현은 한정되어 있는 것이다. 그러나 인간의 감정이란, 인간과 인간이 반응하여 만들어내는 상황이란 무한히 다양하고 미묘하다. 그러므로 반복되는 정형화된 표현들은 사실 각각의 상황마다 조금씩 다른 색채를 띠게 된다. 이것은 '반어적'이라는 한마디로는 정의할 수 없는 복잡한 뉘앙스다. 이러한 뉘앙스를 포착하는 것은 독자의 몫으로 남는다. 나스탸의 언어가 가장 좋은 예다. 아직 어리기 때문에 나스탸는 주변에 흘러넘치는 소비에트 언어를 아무런 여과 없이 받아들이고 지나칠 정도로 열심히 사용한다. 치클린에게 보내는 편지에서 나스탸는 대리 아빠에 대한 애정을 "부농계급을 완전 근절하라!"는 선동적이고 규격화된 소비에트 언어로 표현한다. 그리고 치클린은 선전 문구가 아니라 여기에 담긴 어린 소녀의 사랑을 읽어 내고 깊이 감동한다. 반대로, 코즐로프는 이 소비에트 언어를 잘 이용하여 출세한 인물이다. 노동을 그만둔 코즐로프는 매일 아침마다 공식화된 문구, 표어, 슬로건을 외워서 적시적지에 활용한다. 그는 협동조합 상점에서 지배인이 자신을 알아보지 못하자 "천상이 아니라 시급히 필요한 빵, 검은 빵에서 행복을 찾았네"라는 수수께끼 같은 말로 화를 낸다. 그러나 지배인은 이 표현에서 '당신은 열성적인 당 일꾼을 알아보지 못하여 제대로 예우하지 못하고 있소.'라는 숨은 의미를 읽어 내고 그를 추천하여, 코즐로프는 '적합한 언어를 알고 있었다.'는 이유로 조합 위원장의 자리에까지 오른다. 이 같은 언어의 문제는 독자의 입장에서는 얼핏 껄끄럽고 부자연스럽지만, 사실 당대의 상황을 가장 잘 반영하고 있는 것이다. 작품 전반에서 작가는 이러한 정치적 알파벳과 자신만의 고유한 언어를 독창적으로 섞어 구사하여 상황을 묘사하고 인물들의 생각이나 감정을 표출한다. 러시아의 시인 조지프 브로드스키는 1975년 영문판『구덩이』의 서문에서 이것을 "유토피아의 언어"이며 "극단의 언어"라 표현하였다. 유토피아란 인간이 궁극적으로 도달하려 하는 이상향이니만큼, 그 이후에는 아무것도 있을 수 없는, 모든 가능성의 '끝'이다. 이런 이상향의 한쪽 끝에는 플라토노프 자신의 풍부하고 시적이며 사색적인 언어가 있다. 그리고 다른 쪽 끝에는 극도로 굳고 공식화된 제한적 언어인 소비에트 언어 혹은 정치적인 알파벳이 있다. 이 두 가지 언어는 플라토노프의 소설에서 정면으로 충돌한다. 이러한 두 가지 언어의 여러 층위가 서로 섞이고 충돌하고 화합하면서 빚어 내는 독특한 분위기는 플라토노프와『구덩이』의 가장 큰 특색이며 매력이라 하겠다.

번역에 대하여

　플라토노프의 작품들은 번역이 매우 어렵다.『구덩이』도 예외는 아니었다. 우선 제목부터 그러했다. 이 소설에서 말하는

'구덩이'는 땅에 아무렇게나 판 구덩이가 아니라 '건물의 기초를 놓기 위한 공사(工事)'의 의미다. 이것을 가리키는 정확한 건축 용어는 '토공사'라고 들었으며, 작품에서도 최대한 정확한 용어를 쓰고자 노력하였다. 그러나 이 소설은 건축학 입문서가 아닌 만큼, 건물의 기초라는 본래 의미뿐만 아니라 작품이 비극으로 끝나면서 희망이나 이상이 묻혀 버리는 구덩이의 의미도 담기 위해서는 '토공사'가 아닌 '구덩이' 쪽이 좀 더 소설의 의미에 가깝다고 생각했다.

또한 러시아어의 경칭[Vy]과 하대[Ty]를 우리말로 어떻게 옮기느냐 하는 것도 문제가 되었다. 우리말의 존댓말과 반말은 주로 위계질서의 문제지만, 러시아어의 '브이(Vy, 당신)'와 '뜨이(Ty, 너)'는 관계의 거리, 즉 얼마나 친한 사이인가 혹은 공식적 관계인가 비공식적 관계인가에 중점을 둔다. 예를 들어 우리말에서는 자식이 부모에게 존댓말을 쓰는 것이 자연스럽지만 러시아어에서 가족은 가까운 관계이므로 '뜨이(너)'를 사용하는 것이 자연스러운데, 이것을 자식이 부모에게 '너'라고 하는 상황으로 번역할 수 없다는 것이다. 그래서 이 점은 등장인물 사이의 친밀도와 사회적인 관계를 고려하여 역자 자신의 해석에 따라 존댓말과 반말을 구분하였다. 특히 공산권의 '동무(tovarishch)'라는 호칭이 문제가 되었다. 이것은 본래 모든 사람은 평등하다는 사회주의의 이상에 따른 호칭이다. 그러나 존댓말과 반말의 구분이 뚜렷한 우리말을 사용할 때는 이러한 호칭이 문제가 된다. 이 때문에 북한에서는 '동무'와 '동지'를 구분하여, '동무'는 자신과 동등한 사람 혹은 손아

랫사람에게 쓰는 호칭이며, '동지'는 윗사람에게 쓰는 경칭이라고 한다. 상하 관계의 위계질서가 반드시 언어에 반영되어야 하는 우리말에는 이런 구분이 더 자연스럽게 느껴질 수 있으나, 어차피 남한에서는 사용하지 않는 표현이며, 동무라는 호칭이 공산권의 분위기나 문화를 나타내기에는 더 적합하다고 생각하여 모두 '동무'로 통일하였다.

예를 들어 프루셉스키와 치클린의 대화에서, 프루셉스키는 현장 감독이며 치클린은 그의 지휘하에 있는 노동자다. 그러나 대화의 내용을 보면 이런 형식상의 상하 관계와는 반대로, 프루셉스키는 치클린에게 '브이'라는 경칭을 쓰며 고민을 털어놓고, 치클린은 프루셉스키를 '뜨이'로 칭하며 마치 어린아이를 보살피듯 돌보고 이끄는 것을 볼 수 있다. 이것은 한쪽이 다른 쪽을 하대한다는 의미가 아니다. 프루셉스키는 노동자들 모두에게 경칭을 쓴다. 즉 출신도 다르고 신분도 다른 노동자들 앞에서 부르주아 지식인 프루셉스키는 그만큼의 거리를 느낀다는 뜻이며, 치클린은 프루셉스키의 지식을 존경하지만, 그의 인간적이고 나약한 면을 보면서 그에게 친밀함을 느껴 '뜨이'에 해당하는 인칭을 사용한다는 의미인 것이다. 이러한 미묘한 관계를, '브이'와 '뜨이'의 이분법밖에 없는 러시아어에서 복잡한 존댓말 체계가 발달한 우리말로 옮기는 것에는 많은 난점이 있었다. 따라서 세부적인 관계는 존댓말의 어미로 표현하고자 노력했으며, 호칭은 원문대로 모두 동무로 하였다.

이러한 문제 외에도, 독특하고 비범한 언어로 이루어진 원작의 깊이를 번역에서 어느 정도까지 표현할 수 있느냐는 것이 역자로서는 최대의 난관이었다. 러시아어에는 남성 여성 중성의 세 가지 성이 있어서, 명사는 물론 형용사와 동사 활용까지, 주어의 성별과 수(數)에 따라 어미가 대체로 정해져 있다. 그러므로 러시아의 문법 자체가 운율을 만들기 매우 쉽다. 더욱이 플라토노프는 소설가이기 이전에 시인이었다. 소설에 운율을 갖춘 시적 표현들이 종종 등장하며, 이것은 언어 자체의 의미와는 별개로 특정한 분위기를 형성한다. 그러나 의미가 어그러지는 것을 막기 위해 충분히 옮길 수 없었던 점이 아쉽다. 전반적으로, 매끄러운 한국어에 중점을 두고 의역을 한다면 원문 고유의 낯설고 독특한 분위기를 해칠 우려가 있었고, 원작 자체의 분위기를 고려하여 직역을 고집한다면 미숙한 번역으로 인한 껄끄러운 우리말로 보일 위험이 있었다. 두 가지 선택의 여지를 놓고 고심 끝에 후자를 택했음을 밝히는 바이다.

러시아어 텍스트로는 1987년 모스크바의 문예 출판사에서 발행된 플라토노프 중편선 『구덩이/젊음의 바다』 중에서 「구덩이」와 1989년 스베르들롭스크의 중부 우랄 서적 출판사에서 출판된 플라토노프 대표작품선 『장인의 출현』 중에서 「구덩이」를 사용하였다. 몇 번 확인을 거듭한바, 러시아어는 두 판본에 차이가 없었다. 영문 텍스트는 1975년 뉴욕의 듀턴 출판사에서 발행된 『구덩이(The Foundation Pit)』와 1978년 미국의 아디스 출판사에서 발행된 플라토노프 작품선 중 『구덩이(The Foundation Pit)』를 함께 참조하였다. 본문은 미라 긴즈버그가 번역한 듀턴판을 참조하였고, 토머스 휘트니가 번역한 아디스판은 본문 자체보다는 브로드스키의 서문과 해설을 위해 참조하였음을 밝혀 둔다.

방대한 자료를 제공해 주신 예일 대학교의 카테리나 클라크 교수님, 작가 플라토노프와 그의 등장인물들에 대해 설명해 주신 이리나 돌고바 교수님, 그리고 문외한인 역자에게 건물을 짓는 과정과 각종 건축 용어를 상세히 설명해 준 서울대학교 건축학과의 조상규 군에게 감사 드린다.

작가 연보

1899년   9월 1일(구력 8월 20일) 모스크바 남서쪽의 보로네시에
        서 11남매의 맏이로 태어났다. 아버지가 인근 기차역에
        서 철도 기계공으로 일했으나 집은 몹시 가난했다.

1914년   생계를 돕기 위해 학교를 그만두고 철도 기관사 조수
        와 공장 노동자 등으로 일했다. 작가 자신은 이 시기를
        '어린아이에서 곧장 어른이 되어야만 했던 시기'라고
        회상했다. 가난했던 어린 시절의 경험은 훗날 그의 소
        설에 중요한 주제가 되었다.

1918년   고향의 철도 공업전문학교에 입학, 전기공학을 공부.
        동시에 지역 잡지인 《붉은 마을》《철도》《소집》에 시와
        비평 등을 기고하여 보로네시 지역 문단에 등단했다.

1920년   전 소비에트 작가 동맹 창단 대회에 보로네시 대표로

참가. 본인이 속한 문예사조나 학파를 명시하라는 질
의서에 "없음. 나는 내 학파에 속한다."라고 썼다.

1921년   첫 저작인 『전기화』 발간.

1922년   시집 『푸른 심연』 발간. 시집의 평은 대단히 좋았으며
러시아 상징주의 시인인 발레리 브류소프는 플라토노
프를 "장래가 대단히 촉망되는 젊은 프롤레타리아 작
가"라고 평했다. 문단에 본격적으로 등단하고 나서도
계속 전기기사로 일했다. 1921년부터 1922년까지 보로
네시 지역의 특별 가뭄 대책 위원회 위원으로 일했다.

1926년   2월 토지개발기사 자격으로 농림업 동맹 중앙 위원회
임원으로 발탁. 그해 6월에 아내 마리야 알렉산드로브
나와 아들 플라톤과 함께 모스크바로 이주. 그러나 그
해 7월 위원 자격을 잃고 살던 집에서 쫓겨날 처지에
이르렀다. 가난에 쫓겨 갖고 있던 책을 팔아서 생계를
이었다. 가을 탐보프 지역 토지개발부서 책임자로 부
임. 이와 함께 「천상의 대로」 「에피판의 수문」 「그라도
프 시」 등의 단편소설을 저작. 이 중 「에피판의 수문」은
초기 작품 중에서도 걸작으로 평가받았다.

1927년   5월 전업 작가가 되기 위해 모스크바로 이주. 단편 「비
밀스러운 사람」 「얌스카야 마을」 「국가 건립자들」 등
과 탐보프에서의 경험을 살린 풍자소설 『체체오』 저
작.(1928년 발표.) 단편집 『에피판의 수문』 출간했다.

1929년   「의심하는 마카르」 발표. "반사회주의적, 회의적, 비판
적"이라는 이유로 소비에트 작가 동맹 위원장인 레오폴

트 아베르바흐의 심한 질책을 받았다. 장편『체벤구르』
를 발표하려 하나 출판 허가를 받지 못했다.(이 작품은
작가가 사망한 후에야 출판됨.)

1930년 집단화를 풍자한 단편「저장용으로——가난한 자의 연
대기」를 저작했다. 그러나 출판사에서 거절하여 발표하
지 못했다. 같은 해에『구덩이』출간 시도. 사회주의 발
전과 공산당 노선을 음해했다는 이유로 비판받았다.

1931년 《붉은 처녀지》에「저장용으로」를 발표. 편집장 알렉
산드르 파데예프는 교정을 보면서 작품 중 정치적으
로 문제될 소지가 있다고 생각되는 부분에 밑줄을 그
어 두었는데, 인쇄소에서 이를 오해하여 밑줄 그은 부
분을 삭제하지 않고 오히려 진하게 인쇄했다. 스탈린은
「저장용으로」를 '부농 연대기'라고 비판하고 작가를 '인
간쓰레기'로 낙인찍었다.

1932년 2월 작가 동맹 회의에서 자신의 작품이 "혁명에 아무
런 쓸모도 도움도 되지 못한다."고 자아비판하고 공식
사과했다. 그러나 같은 해에 농장 집단화로 인한 기아
와 죽음을 묘사한 희곡「열네 개의 붉은 초가집」을 발
표했다.

1934년 3월 작가들을 위한 투르크메니스탄 여행에 참가. 이 여
행에서 받은 인상을 토대로 중앙아시아를 배경으로
한 단편들을 저작. 대표적으로「영혼」「타키르」와 비평
「첫 소비에트 비극에 관하여」가 있다. 이 중「타키르」만
발표되었다.

1936년   철도 교통의 영웅을 묘사한 책을 저작하는 작가 집단
         에 참여하여 「불멸」을 발표, 이례적으로 긍정적이고 호
         의적인 평가를 받았다. 그러나 다음 작품인 「동물과 식
         물 사이」는 "영웅적" 소재를 버리고 "끝없는 반어와 냉
         소"를 보였다는 이유로 또다시 질책당했다. 생계를 위
         해 잡지나 신문에 문예 비평을 기고하기 시작했다.

1937년   단편집 『포투단 강』 출간. "주인공의 종교적이고 영적인
         구도 때문에 해로운 책"이라는 평을 받았다.

1938년   15세 된 아들 플라톤이 '반(反) 소비에트적 음모를 꾸
         몄다.'는 이유로 체포돼 강제노동 수용소에 보내졌다.

1939년   문예 비평을 모은 책이 출판될 예정이었으나 출판 허
         가가 정지되어 작가로서 생계를 잇기 힘들어지자 동화
         나 어린이들을 위한 희곡을 써서 생계를 잇지만 이마
         저 여의치 않았다.

1941년   아들 플라톤이 폐결핵에 걸린 상태로 석방되었다.(플라
         톤은 폐결핵을 앓다가 1943년 사망.) 이때 플라토노프
         도 아들을 간호하다가 폐결핵에 감염되었다.

1942년   2차 세계 대전 중 군 기관지인 《붉은 별》의 종군기자로
         활동. 이 시기에 『영감을 얻은 사람들』 『조국의 이야기』
         『무장』 『해가 지는 쪽으로』 등 네 권의 작품집이 출판되
         었다.

1946년   단편 「이바노프 가족」 발표. 후에 제목을 '귀향'으로 바꾸
         었다.

1947년   소비에트 비평가 예르밀로프가 2차 세계대전 후 플라

토노프의 작품 전체를 "소비에트 권력에 대한 음해"라
고 비판했다.

1948년   단편 「두 조각」 발표.

1951년   1월 5일 모스크바에서 폐결핵으로 사망했다.

세계문학전집 **153**

구덩이

1판 1쇄 펴냄 2007년 8월 10일
1판 21쇄 펴냄 2023년 1월 13일

지은이 안드레이 플라토노프
옮긴이 정보라
발행인 박근섭, 박상준
펴낸곳 (주)민음사

출판등록 1966. 5. 19. (제 16-490호)
서울특별시 강남구 도산대로1길 62(신사동) 강남출판문화센터 5층 (우편번호 06027)
대표전화 02-515-2000 팩시밀리 02-515-2007
www.minumsa.com

ISBN 978-89-374-6153-8 04800
ISBN 978-89-374-6000-5 (세트)

* 잘못 만들어진 책은 구입처에서 교환해 드립니다.

민음사 세계문학전집

세계문학전집 목록

1·2 **변신 이야기** 오비디우스·이윤기 옮김 서울대 권장도서 100선

3 **햄릿** 셰익스피어·최종철 옮김 서울대 권장도서 100선 | 미국대학위원회 선정 SAT 추천도서

4 **변신·시골의사** 카프카·전영애 옮김 서울대 권장도서 100선

5 **동물농장** 오웰·도정일 옮김 미국대학위원회 선정 SAT 추천도서 | 《타임》 선정 현대 100대 영문소설

6 **허클베리 핀의 모험** 트웨인·김욱동 옮김 《뉴스위크》 선정 100대 명저

7 **암흑의 핵심** 콘래드·이상옥 옮김 미국대학위원회 선정 SAT 추천도서 | 《뉴스위크》 선정 10대 명저

8 **토니오 크뢰거·트리스탄·베니스에서의 죽음** 토마스 만·안삼환 외 옮김 노벨 문학상 수상 작가

9 **문학이란 무엇인가** 사르트르·정명환 옮김

10 **한국단편문학선 1** 김동인 외·이남호 엮음 국립중앙도서관 선정 청소년 권장도서

11·12 **인간의 굴레에서** 서머싯 몸·송무 옮김

13 **이반 데니소비치, 수용소의 하루** 솔제니친·이영의 옮김 노벨 문학상 수상 작가

14 **너새니얼 호손 단편선** 호손·천승걸 옮김

15 **나의 미카엘** 오즈·최창모 옮김

16·17 **중국신화전설** 위앤커·전인초, 김선자 옮김

18 **고리오 영감** 발자크·박영근 옮김

19 **파리대왕** 골딩·유종호 옮김 노벨 문학상 수상 작가 | 《타임》 선정 현대 100대 영문소설

20 **한국단편문학선 2** 김동리 외·이남호 엮음

21·22 **파우스트** 괴테·정서웅 옮김 서울대 권장도서 100선 | 미국대학위원회 선정 SAT 추천도서

23·24 **빌헬름 마이스터의 수업시대** 괴테·안삼환 옮김

25 **젊은 베르테르의 슬픔** 괴테·박찬기 옮김 논술 및 수능에 출제된 책(1998~2005)

26 **이피게니에·스텔라** 괴테·박찬기 외 옮김

27 **다섯째 아이** 레싱·정덕애 옮김 노벨 문학상 수상 작가

28 **삶의 한가운데** 린저·박찬일 옮김

29 **농담** 쿤데라·방미경 옮김

30 **야성의 부름** 런던·권택영 옮김

31 **아메리칸** 제임스·최경도 옮김

32·33 **양철북** 그라스·장희창 옮김 노벨 문학상 수상 작가 | 서울대 권장도서 100선

34·35 **백년의 고독** 마르케스·조구호 옮김 노벨 문학상 수상 작가 | 서울대 권장도서 100선

36 **마담 보바리** 플로베르·김화영 옮김 서울대 권장도서 100선

37 **거미여인의 키스** 푸익·송병선 옮김

38 **달과 6펜스** 서머싯 몸·송무 옮김

39 **폴란드의 풍차** 지오노·박인철 옮김

40·41 **독일어 시간** 렌츠·정서웅 옮김

42 **말테의 수기** 릴케·문현미 옮김

43 **고도를 기다리며** 베케트·오증자 옮김 노벨 문학상 수상 작가 | 서울대 권장도서 100선

44 **데미안** 헤세·전영애 옮김 노벨 문학상 수상 작가

45 젊은 예술가의 초상 조이스 · 이상옥 옮김 서울대 권장도서 100선

46 카탈로니아 찬가 오웰 · 정영목 옮김

47 호밀밭의 파수꾼 샐린저 · 공경희 옮김 《타임》 선정 현대 100대 영문소설 | 미국대학위원회 선정 SAT 추천도서 | 《뉴스위크》 선정 100대 명저 | BBC 선정 꼭 읽어야 할 책

48·49 파르마의 수도원 스탕달 · 원윤수, 임미경 옮김

50 수레바퀴 아래서 헤세 · 김이섭 옮김 노벨 문학상 수상 작가 | 국립중앙도서관 선정 청소년 권장도서

51·52 내 이름은 빨강 파묵 · 이난아 옮김 노벨 문학상 수상 작가

53 오셀로 셰익스피어 · 최종철 옮김 서울대 권장도서 100선

54 조서 르 클레지오 · 김윤진 옮김 노벨 문학상 수상 작가

55 모래의 여자 아베 코보 · 김난주 옮김

56·57 부덴브로크 가의 사람들 토마스 만 · 홍성광 옮김 노벨 문학상 수상 작가

58 싯다르타 헤세 · 박병덕 옮김 노벨 문학상 수상 작가

59·60 아들과 연인 로렌스 · 정상준 옮김 《뉴스위크》 선정 100대 명저

61 설국 가와바타 야스나리 · 유숙자 옮김 노벨 문학상 수상 작가 | 서울대 권장도서 100선

62 벨킨 이야기 · 스페이드 여왕 푸슈킨 · 최선 옮김

63·64 넙치 그라스 · 김재혁 옮김 노벨 문학상 수상 작가

65 소망 없는 불행 한트케 · 윤용호 옮김 노벨 문학상 수상 작가

66 나르치스와 골드문트 헤세 · 임홍배 옮김 노벨 문학상 수상 작가

67 황야의 이리 헤세 · 김누리 옮김 노벨 문학상 수상 작가

68 페테르부르크 이야기 고골 · 조주관 옮김

69 밤으로의 긴 여로 오닐 · 민승남 옮김 노벨 문학상 수상 작가 | 미국대학위원회 선정 SAT 추천도서

70 체호프 단편선 체호프 · 박현섭 옮김

71 버스 정류장 가오싱젠 · 오수경 옮김 노벨 문학상 수상 작가

72 구운몽 김만중 · 송성욱 옮김 서울대 권장도서 100선 | 국립중앙도서관 선정 청소년 권장도서

73 대머리 여가수 이오네스코 · 오세곤 옮김

74 이솝 우화집 이솝 · 유종호 옮김 논술 및 수능에 출제된 책(1998~2005)

75 위대한 개츠비 피츠제럴드 · 김욱동 옮김 《타임》 선정 현대 100대 영문소설

76 푸른 꽃 노발리스 · 김재혁 옮김

77 1984 오웰 · 정회성 옮김 《타임》 선정 현대 100대 영문소설 | 《뉴스위크》 선정 100대 명저

78·79 영혼의 집 아옌데 · 권미선 옮김

80 첫사랑 투르게네프 · 이항재 옮김

81 내가 죽어 누워 있을 때 포크너 · 김명주 옮김 노벨 문학상 수상 작가

82 런던 스케치 레싱 · 서숙 옮김 노벨 문학상 수상 작가

83 팡세 파스칼 · 이환 옮김

84 질투 로브그리예 · 박이문, 박희원 옮김

85·86 채털리 부인의 연인 로렌스 · 이인규 옮김

87 그 후 나쓰메 소세키 · 윤상인 옮김

88 오만과 편견 오스틴 · 윤지관, 전승희 옮김 미국대학위원회 선정 SAT 추천도서

89·90 부활 톨스토이 · 연진희 옮김 논술 및 수능에 출제된 책(1998~2005)

91 방드르디, 태평양의 끝 투르니에 · 김화영 옮김

92 미겔 스트리트 나이폴 · 이상옥 옮김 노벨 문학상 수상 작가

93 뻬드로 빠라모 룰포 · 정창 옮김

94 차라투스트라는 이렇게 말했다 니체 · 장희창 옮김 국립중앙도서관 선정 청소년 권장도서

95·96 적과 흑 스탕달 · 이동렬 옮김 국립중앙도서관 선정 청소년 권장도서

97·98 콜레라 시대의 사랑 마르케스 · 송병선 옮김 노벨 문학상 수상 작가 | BBC 선정 꼭 읽어야 할 책

99 맥베스 셰익스피어 · 최종철 옮김 서울대 권장도서 100선 | 미국대학위원회 선정 SAT 추천도서

100 춘향전 작자 미상 · 송성욱 풀어 옮김 서울대 권장도서 100선

101 페르디두르케 곰브로비치 · 윤진 옮김

102 포르노그라피아 곰브로비치 · 임미경 옮김

103 인간 실격 다자이 오사무 · 김춘미 옮김

104 네루다의 우편배달부 스카르메타 · 우석균 옮김

105·106 이탈리아 기행 괴테 · 박찬기 외 옮김

107 나무 위의 남작 칼비노 · 이현경 옮김

108 달콤 쌉싸름한 초콜릿 에스키벨 · 권미선 옮김

109·110 제인 에어 C. 브론테 · 유종호 옮김 BBC 선정 꼭 읽어야 할 책

111 크눌프 헤세 · 이노은 옮김 노벨 문학상 수상 작가

112 시계태엽 오렌지 버지스 · 박시영 옮김 《타임》 선정 현대 100대 영문소설 | 《뉴스위크》 선정 100대 명저

113·114 파리의 노트르담 위고 · 정기수 옮김 미국대학위원회 선정 SAT 추천도서

115 새로운 인생 단테 · 박우수 옮김

116·117 로드 짐 콘래드 · 이상옥 옮김 《뉴스위크》 선정 100대 명저

118 폭풍의 언덕 E. 브론테 · 김종길 옮김 미국대학위원회 선정 SAT 추천도서

119 텔크테에서의 만남 그라스 · 안삼환 옮김 노벨 문학상 수상 작가

120 검찰관 고골 · 조주관 옮김

121 안개 우나무노 · 조민현 옮김

122 나사의 회전 제임스 · 최경도 옮김 미국대학위원회 선정 SAT 추천도서

123 피츠제럴드 단편선 1 피츠제럴드 · 김욱동 옮김

124 목화밭의 고독 속에서 콜테스 · 임수현 옮김

125 돼지꿈 황석영

126 라셀라스 존슨 · 이인규 옮김

127 리어 왕 셰익스피어 · 최종철 옮김 서울대 권장도서 100선 | 《뉴스위크》 선정 100대 명저

128·129 쿠오 바디스 시엔키에비츠 · 최성은 옮김 노벨 문학상 수상 작가

130 자기만의 방 · 3기니 울프 · 이미애 옮김

131 시르트의 바닷가 그라크 · 송진석 옮김

132 이성과 감성 오스틴 · 윤지관 옮김

133 바덴바덴에서의 여름 치프킨 · 이장욱 옮김

134 새로운 인생 파묵 · 이난아 옮김 노벨 문학상 수상 작가

135·136 무지개 로렌스 · 김정매 옮김

137 인생의 베일 서머싯 몸 · 황소연 옮김

138 보이지 않는 도시들 칼비노 · 이현경 옮김

139·140·141 연초 도매상 바스 · 이운경 옮김 《타임》 선정 현대 100대 영문소설

142·143 플로스 강의 물방앗간 엘리엇 · 한애경, 이봉지 옮김 미국대학위원회 선정 SAT 추천도서

144 연인 뒤라스 · 김인환 옮김

145·146 이름 없는 주드 하디 · 정종화 옮김

147 제49호 품목의 경매 핀천 · 김성곤 옮김 《타임》 선정 현대 100대 영문소설

148 성역 포크너 · 이진준 옮김 노벨 문학상 수상 작가 | 퓰리처상 수상 작가

149 무진기행 김승옥

150·151·152 신곡(지옥편·연옥편·천국편) 단테 · 박상진 옮김 《뉴스위크》 선정 100대 명저

153 구덩이 플라토노프 · 정보라 옮김

154·155·156 카라마조프가의 형제들 도스토옙스키 · 김연경 옮김

157 지상의 양식 지드 · 김화영 옮김 노벨 문학상 수상 작가

158 밤의 군대들 메일러 · 권택영 옮김 퓰리처상 수상 작가

159 주홍 글자 호손 · 김욱동 옮김 서울대 권장도서 100선 | 미국대학위원회 선정 SAT 추천도서

160 깊은 강 엔도 슈사쿠 · 유숙자 옮김

161 욕망이라는 이름의 전차 윌리엄스 · 김소임 옮김

162 마사 퀘스트 레싱 · 나영균 옮김 노벨 문학상 수상 작가

163·164 운명의 딸 아옌데 · 권미선 옮김

165 모렐의 발명 비오이 카사레스 · 송병선 옮김

166 삼국유사 일연 · 김원중 옮김 서울대 권장도서 100선

167 풀잎은 노래한다 레싱 · 이태동 옮김 노벨 문학상 수상 작가

168 파리의 우울 보들레르 · 윤영애 옮김

169 포스트맨은 벨을 두 번 울린다 케인 · 이만식 옮김

170 썩은 잎 마르케스 · 송병선 옮김 노벨 문학상 수상 작가

171 모든 것이 산산이 부서지다 아체베 · 조규형 옮김 《타임》 선정 현대 100대 영문소설

172 한여름 밤의 꿈 셰익스피어 · 최종철 옮김 미국대학위원회 선정 SAT 추천도서

173 로미오와 줄리엣 셰익스피어 · 최종철 옮김 미국대학위원회 선정 SAT 추천도서

174·175 분노의 포도 스타인벡 · 김승욱 옮김 노벨 문학상 수상 작가 | 《타임》 선정 현대 100대 영문소설

176·177 괴테와의 대화 에커만 · 장희창 옮김

178 그물을 헤치고 머독 · 유종호 옮김 《타임》 선정 현대 100대 영문소설

179 브람스를 좋아하세요... 사강 · 김남주 옮김

180 카타리나 블룸의 잃어버린 명예 하인리히 뵐 · 김연수 옮김 노벨 문학상 수상 작가

181·182 에덴의 동쪽 스타인벡 · 정회성 옮김 노벨 문학상 수상 작가

183 순수의 시대 워튼 · 송은주 옮김 《뉴스위크》 선정 100대 명저 | 퓰리처상 수상작

184 도둑 일기 주네 · 박형섭 옮김

185 나자 브르통 · 오생근 옮김

186·187 캐치-22 헬러 · 안정효 옮김 《타임》 선정 현대 100대 영문소설 | 《뉴스위크》 선정 100대 명저 | BBC 선정 꼭 읽어야 할 책

188 숄로호프 단편선 숄로호프 · 이항재 옮김 노벨 문학상 수상 작가

189 말 사르트르 · 정명환 옮김

190·191 보이지 않는 인간 엘리슨 · 조영환 옮김 《타임》 선정 현대 100대 영문소설

192 왑샷 가문 연대기 치버 · 김승욱 옮김 퓰리처상 수상 작가

193 왑샷 가문 몰락기 치버 · 김승욱 옮김 퓰리처상 수상 작가

194 필립과 다른 사람들 노터봄 · 지명숙 옮김

195·196 하드리아누스 황제의 회상록 유르스나르 · 곽광수 옮김

197·198 소피의 선택 스타이런 · 한정아 옮김 퓰리처상 수상 작가

199 피츠제럴드 단편선 2 피츠제럴드 · 한은경 옮김

200 홍길동전 허균 · 김탁환 옮김

201 요술 부지깽이 쿠버·양윤희 옮김

202 북호텔 다비·원윤수 옮김

203 톰 소여의 모험 트웨인·김욱동 옮김

204 금오신화 김시습·이지하 옮김

205·206 테스 하디·정종화 옮김 미국대학위원회 선정 SAT 추천도서 | BBC 선정 꼭 읽어야 할 책

207 브루스터플레이스의 여자들 네일러·이소영 옮김

208 더 이상 평안은 없다 아체베·이소영 옮김

209 그레인지 코플랜드의 세 번째 인생 워커·김시현 옮김 퓰리처상 수상 작가

210 어느 시골 신부의 일기 베르나노스·정영란 옮김

211 타라스 불바 고골·조주관 옮김

212·213 위대한 유산 디킨스·이인규 옮김 서울대 권장도서 100선 | BBC 선정 꼭 읽어야 할 책

214 면도날 서머싯 몸·안진환 옮김

215·216 성채 크로닌·이은정 옮김

217 오이디푸스 왕 소포클레스·강대진 옮김 서울대 권장도서 100선

218 세일즈맨의 죽음 밀러·강유나 옮김

219·220·221 안나 카레니나 톨스토이·연진희 옮김 서울대 권장도서 100선

222 오스카 와일드 작품선 와일드·정영목 옮김

223 벨아미 모파상·송덕호 옮김

224 파스쿠알 두아르테 가족 호세 셀라·정동섭 옮김 노벨 문학상 수상 작가

225 시칠리아에서의 대화 비토리니·김운찬 옮김

226·227 길 위에서 케루악·이만식 옮김 《타임》 선정 현대 100대 영문소설 | 《뉴스위크》 선정 100대 명저

228 우리 시대의 영웅 레르몬토프·오정미 옮김

229 아우라 푸엔테스·송상기 옮김

230 클링조어의 마지막 여름 헤세·황승환 옮김 노벨 문학상 수상 작가

231 리스본의 겨울 무뇨스 몰리나·나송주 옮김

232 뻐꾸기 둥지 위로 날아간 새 키지·정회성 옮김 《타임》 선정 현대 100대 영문소설

233 페널티킥 앞에 선 골키퍼의 불안 한트케·윤용호 옮김 노벨 문학상 수상 작가

234 참을 수 없는 존재의 가벼움 쿤데라·이재룡 옮김

235·236 바다여, 바다여 머독·최옥영 옮김

237 한 줌의 먼지 에벌린 워·안진환 옮김 《타임》 선정 현대 100대 영문소설

238 뜨거운 양철 지붕 위의 고양이·유리 동물원 윌리엄스·김소임 옮김 퓰리처상 수상작

239 지하로부터의 수기 도스토옙스키·김연경 옮김

240 키메라 바스·이운경 옮김

241 반쪼가리 자작 칼비노·이현경 옮김

242 벌집 호세 셀라·남진희 옮김 노벨 문학상 수상 작가

243 불멸 쿤데라·김병욱 옮김

244·245 파우스트 박사 토마스 만·임홍배, 박병덕 옮김 노벨 문학상 수상 작가

246 사랑할 때와 죽을 때 레마르크·장희창 옮김

247 누가 버지니아 울프를 두려워하랴? 올비·강유나 옮김

248 인형의 집 입센·안미란 옮김

249 위폐범들 지드·원윤수 옮김 노벨 문학상 수상 작가

250 무정 이광수·정영훈 책임 편집 서울대 권장도서 100선

251·252 의지와 운명 푸엔테스 · 김현철 옮김

253 폭력적인 삶 파솔리니 · 이승수 옮김

254 거장과 마르가리타 불가코프 · 정보라 옮김

255·256 경이로운 도시 멘도사 · 김현철 옮김

257 야콥을 둘러싼 추측들 욘존 · 손대영 옮김

258 왕자와 거지 트웨인 · 김욱동 옮김

259 존재하지 않는 기사 칼비노 · 이현경 옮김

260·261 눈먼 암살자 애트우드 · 차은정 옮김 《타임》 선정 현대 100대 영문소설

262 베니스의 상인 셰익스피어 · 최종철 옮김

263 말리나 바흐만 · 남정애 옮김

264 사볼타 사건의 진실 멘도사 · 권미선 옮김

265 뒤렌마트 희곡선 뒤렌마트 · 김혜숙 옮김

266 이방인 카뮈 · 김화영 옮김 노벨 문학상 수상 작가 | 미국대학위원회 선정 SAT 추천도서

267 페스트 카뮈 · 김화영 옮김 노벨 문학상 수상 작가 | 국립중앙도서관 선정 청소년 권장도서

268 검은 튤립 뒤마 · 송진석 옮김

269·270 베를린 알렉산더 광장 되블린 · 김재혁 옮김

271 하얀 성 파묵 · 이난아 옮김 노벨 문학상 수상 작가

272 푸슈킨 선집 푸슈킨 · 최선 옮김

273·274 유리알 유희 헤세 · 이영임 옮김 노벨 문학상 수상 작가

275 픽션들 보르헤스 · 송병선 옮김 서울대 권장도서 100선

276 신의 화살 아체베 · 이소영 옮김

277 빌헬름 텔 · 간계와 사랑 실러 · 홍성광 옮김

278 노인과 바다 헤밍웨이 · 김욱동 옮김 노벨 문학상 수상 작가 | 퓰리처상 수상작

279 무기여 잘 있어라 헤밍웨이 · 김욱동 옮김 미국대학위원회 선정 SAT 추천도서

280 태양은 다시 떠오른다 헤밍웨이 · 김욱동 옮김 《타임》 선정 현대 100대 영문 소설

281 알레프 보르헤스 · 송병선 옮김

282 일곱 박공의 집 호손 · 정소영 옮김

283 에마 오스틴 · 윤지관, 김영희 옮김

284·285 죄와 벌 도스토옙스키 · 김연경 옮김 미국대학위원회 선정 SAT 추천도서

286 시련 밀러 · 최영 옮김

287 모두가 나의 아들 밀러 · 최영 옮김

288·289 누구를 위하여 종은 울리나 헤밍웨이 · 김욱동 옮김 노벨 문학상 수상 작가

290 구르브 연락 없다 멘도사 · 정창 옮김

291·292·293 데카메론 보카치오 · 박상진 옮김

294 나누어진 하늘 볼프 · 전영애 옮김

295·296 제브데트 씨와 아들들 파묵 · 이난아 옮김 노벨 문학상 수상 작가

297·298 여인의 초상 제임스 · 최경도 옮김 미국대학위원회 선정 SAT 추천도서

299 압살롬, 압살롬! 포크너 · 이태동 옮김 노벨 문학상 수상 작가

300 이상 소설 전집 이상 · 권영민 책임 편집

301·302·303·304·305 레 미제라블 위고 · 정기수 옮김

306 관객모독 한트케 · 윤용호 옮김 노벨 문학상 수상 작가

307 더블린 사람들 조이스 · 이종일 옮김

308 에드거 앨런 포 단편선 앨런 포·전승희 옮김 미국대학위원회 선정 SAT 추천도서

309 보이체크·당통의 죽음 뷔히너·홍성광 옮김

310 노르웨이의 숲 무라카미 하루키·양억관 옮김

311 운명론자 자크와 그의 주인 디드로·김희영 옮김

312·313 헤밍웨이 단편선 헤밍웨이·김욱동 옮김 노벨 문학상 수상 작가

314 피라미드 골딩·안지현 옮김 노벨 문학상 수상 작가

315 닫힌 방·악마와 선한 신 사르트르·지영래 옮김

316 등대로 울프·이미애 옮김 《타임》 선정 현대 100대 영문소설 | 《뉴스위크》 선정 100대 명저

317·318 한국 희곡선 송영 외·양승국 엮음

319 여자의 일생 모파상·이동렬 옮김

320 의식 노터봄·김영중 옮김

321 육체의 악마 라디게·원윤수 옮김

322·323 감정 교육 플로베르·지영화 옮김

324 불타는 평원 룰포·정창 옮김

325 위대한 몬느 알랭푸르니에·박영근 옮김

326 라쇼몬 아쿠타가와 류노스케·서은혜 옮김

327 반바지 당나귀 보스코·정영란 옮김

328 정복자들 말로·최윤주 옮김

329·330 우리 동네 아이들 마흐푸즈·배혜경 옮김 노벨 문학상 수상 작가

331·332 개선문 레마르크·장희창 옮김

333 사바나의 개미 언덕 아체베·이소영 옮김

334 게걸음으로 그라스·장희창 옮김 노벨 문학상 수상 작가

335 코스모스 곰브로비치·최성은 옮김

336 좁은 문·전원교향곡·배덕자 지드·동성식 옮김 노벨 문학상 수상 작가

337·338 암 병동 솔제니친·이영의 옮김 노벨 문학상 수상 작가

339 피의 꽃잎들 응구기 와 시옹오·왕은철 옮김

340 운명 케르테스·유진일 옮김 노벨 문학상 수상 작가

341·342 벌거벗은 자와 죽은 자 메일러·이운경 옮김 퓰리처상 수상 작가

343 시지프 신화 카뮈·김화영 옮김 노벨 문학상 수상 작가

344 뇌우 차오위·오수경 옮김

345 모옌 중단편선 모옌·심규호, 유소영 옮김 노벨 문학상 수상 작가

346 일야서 한사오궁·심규호, 유소영 옮김

347 상속자들 골딩·안지현 옮김 노벨 문학상 수상 작가

348 설득 오스틴·전승희 옮김

349 히로시마 내 사랑 뒤라스·방미경 옮김

350 오 헨리 단편선 오 헨리·김희용 옮김

351·352 올리버 트위스트 디킨스·이인규 옮김

353·354·355·356 전쟁과 평화 톨스토이·연진희 옮김

357 다시 찾은 브라이즈헤드 에벌린 워·백지민 옮김

358 아무도 대령에게 편지하지 않다 마르케스·송병선 옮김

359 사양 다자이 오사무·유숙자 옮김

360 좌절 케르테스·한경민 옮김 노벨 문학상 수상 작가

361·362 닥터 지바고 파스테르나크 · 김연경 옮김　노벨 문학상 수상 작가

363 노생거 사원 오스틴 · 윤지관 옮김

364 개구리 모옌 · 심규호, 유소영 옮김　노벨 문학상 수상 작가

365 마왕 투르니에 · 이원복 옮김　공쿠르상 수상 작가

366 맨스필드 파크 오스틴 · 김영희 옮김

367 이선 프롬 이디스 워튼 · 김욱동 옮김　퓰리처상 수상 작가

368 여름 이디스 워튼 · 김욱동 옮김　퓰리처상 수상 작가

369·370·371 나는 고백한다 자우메 카브레 · 권가람 옮김

372·373·374 태엽 감는 새 연대기 무라카미 하루키 · 김연경 옮김

375·376 대사들 제임스 · 정소영 옮김

377 족장의 가을 마르케스 · 송병선 옮김　노벨 문학상 수상 작가

378 핏빛 자오선 매카시 · 김시현 옮김

379 모두 다 예쁜 말들 매카시 · 김시현 옮김

380 국경을 넘어 매카시 · 김시현 옮김

381 평원의 도시들 매카시 · 김시현 옮김

382 만년 다자이 오사무 · 유숙자 옮김

383 반항하는 인간 카뮈 · 김화영 옮김　노벨 문학상 수상 작가

384·385·386 악령 도스토옙스키 · 김연경 옮김

387 태평양을 막는 제방 뒤라스 · 윤진 옮김

388 남아 있는 나날 가즈오 이시구로 · 송은경 옮김

389 앙리 브륄라르의 생애 스탕달 · 원윤수 옮김

390 찻집 라오서 · 오수경 옮김

391 태어나지 않은 아이를 위한 기도 케르테스 · 이상동 옮김　노벨 문학상 수상 작가

392·393 서머싯 몸 단편선 서머싯 몸 · 황소연 옮김

394 케이크와 맥주 서머싯 몸 · 황소연 옮김

395 월든 소로 · 정회성 옮김

396 모래 사나이 E. T. A. 호프만 · 신동화 옮김

397·398 검은 책 오르한 파묵 · 이난아 옮김　노벨 문학상 수상 작가

399 방랑자들 올가 토카르추크 · 최성은 옮김　노벨 문학상 수상 작가

400 시여, 침을 뱉어라 김수영 · 이영준 엮음

401·402 환락의 집 이디스 워튼 · 전승희 옮김

403 달려라 메로스 다자이 오사무 · 유숙자 옮김

404 아버지와 자식 투르게네프 · 연진희 옮김

405 청부 살인자의 성모 바예호 · 송병선 옮김

406 세피아빛 초상 아옌데 · 조영실 옮김

407·408·409·410 사기 열전 사마천 · 김원중 옮김　서울대 권장도서 100선

411 이상 시 전집 이상 · 권영민 책임 편집

412 어둠 속의 사건 발자크 · 이동렬 옮김

413 태평천하 채만식 · 권영민 책임 편집

414·415 노스트로모 콘래드 · 이미애 옮김

416·417 제르미날 졸라 · 강충권 옮김

418 명인 가와바타 야스나리 · 유숙자 옮김　노벨 문학상 수상 작가

419 핀처 마틴 골딩 · 백지민 옮김　노벨 문학상 수상 작가

세계문학전집은 계속 간행됩니다.